미드나잇 선

미드나잇 선

1판 1쇄 인쇄 2016년 4월 25일 **1판 1쇄 발행** 2016년 4월 30일

지은이 요 네스뵈 **옮긴이** 노진선
펴낸이 김강유
편집 이승희
디자인 길하나

발행처 비채
주소 경기도 파주시 문발로 197(문발동) 우편번호 10881
등록 1979년 5월 17일 (제406-2003-036호)
주문 및 문의전화 031)955-3200 **팩스** 031)955-3111
편집부 전화 02)3668-3292 **팩스** 02)745-4827 **전자우편** literature@gimmyoung.com
비채 카페 cafe.naver.com/vichebooks **인스타그램** @drviche
트위터 @vichebook **페이스북** facebook.com/vichebook

ISBN 978-89-349-7422-2 04890 | 978-89-349-7434-5 (SET)
책값은 뒤표지에 있습니다.

비채는 김영사의 문학 브랜드입니다.

이 도서의 국립중앙도서관 출판예정도서목록(CIP)은 서지정보유통지원시스템 홈페이지
(http://seoji.nl.go.kr)와 국가자료공동목록시스템(http://www.nl.go.kr/kolisnet)에서
이용하실 수 있습니다. (CIP제어번호: CIP2016010800)

OSLO 1970 SERIES

요 네스뵈 장편소설 | 노진선 옮김

MIDNIGHT SUN

JO NESBØ

미드나잇 선

비채

1

이 이야기를 어디서부터 시작해야 할까? 처음부터 시작하면 좋겠지만 난 어디가 처음인지 모른다. 다른 사람들처럼 나 역시 내 삶의 인과관계를 제대로 알지 못하기 때문이다.

내가 우리 반에서 축구를 겨우 네 번째로 잘한다는 걸 깨달았을 때부터일까? 아니면 할아버지가 당신이 직접 그린 사그라다 파밀리아 성당의 그림을 보여줬을 때부터? 첫 담배를 한 모금 빨고, 그레이트풀 데드의 음악을 처음 들었을 때부터? 대학에서 칸트를 읽고 이해했다고 생각했을 때부터? 마리화나를 처음 팔았을 때부터? 아니면 보비(이름은 이래도 실은 여자다)에게 키스했을 때 혹은 날 향해 악을 쓰며 울어대는, 후에 안나라는 이름이 붙게 될 작고 쪼글쪼글한 생명체를 처음 봤을 때부터? 어쩌면 비린내가 진동하는 뱃사람의 생선 가게 뒤쪽 밀실에 앉아 뱃사람의 요구 사항을 듣고 있을 때부터였을 수도 있다. 정말이지 난 모르겠다. 우리는 날조된 논리로 이야기의 앞뒤를 만들어 인생에 뭔가 의미가 있는 것처럼 보이게 한다.

그러니 여기서부터 시작하겠다. 혼돈의 한가운데, 운명이 짧은 휴식을 취하며 숨을 돌리는 듯했던 시간과 장소에서. 목적지로 가는 중이지만 잠시나마 이미 도착했다고 생각했던 때.

나는 한밤중에 버스에서 내렸다. 실눈을 뜨고 태양을 올려다보았다. 태양은 섬을 가로질러 바다로, 북쪽으로 향하고 있었다. 붉고 흐릿하게. 나처럼. 태양 뒤로 더 많은 바다가 펼쳐져 있었다. 그리고 바다 뒤로는 북극이었다. 여기라면 그들이 날 찾아내지 못할 수도 있다.

주위를 둘러봤다. 세 방위에서 나직한 산등성이들이 내 쪽으로 기울어져 내려왔다. 빨간색과 녹색의 헤더*, 바위, 군데군데 무리 지어 있는 왜소한 자작나무들. 동쪽 지형은 바위투성이 해변과 팬케이크처럼 납작한 바다로 미끄러졌고, 남서쪽은 바다가 시작되는 지점에서 칼로 땅을 뚝 자른 것 같았다. 미동도 없는 바다에서 100미터쯤 위로 탁 트인 고원이 펼쳐져 내륙까지 쭉 이어

* 주로 광야에 피는 야생화.

졌다. 핀마르크* 고원. 선線의 끝, 우리 할아버지가 입버릇처럼 말했던.

발 아래, 사갈을 고르게 다져서 만든 길은 옹기종기 모인 건물들로 이어졌다. 건물은 다 나직했고, 교회 첨탑만 높이 솟아 있었다. 아까 버스에서 졸다 깨어 보니 길 아래 바닷가, 목제 잔교棧橋 옆에 '코순'이라는 이름의 마을 표지판을 지나고 있었다. 여기도 나쁘지 않겠다는 생각이 들어 차창 위의 끈을 잡아당겼더니, 운전기사 위쪽에 있는 '정차' 사인에 불이 들어왔다.

나는 양복 재킷을 입고 가죽 가방을 집어 들고 걷기 시작했다. 재킷 주머니에 든 권총이 골반에 톡톡 부딪혔다. 뼈에 정통으로. 나는 어릴 때부터 이렇게 깡말랐다. 걸음을 멈추고 전대를 셔츠 아래로 내려 전대 속의 지폐가 쿠션 역할을 하게 했다.

하늘에는 구름 한 점 없고, 대기는 맑아서 아주 멀리까지 볼 수 있을 것 같았다. 시력이 허락하는 한. 사람들은 핀마르크 고원이 아름답다고들 한다. 아름답기는 개뿔. 사람이 살 수 없는 곳을 그냥 그렇게 돌려 말하는 거 아닌가? 약간 센 척하기 위해 혹은 남들보다 우월하고 무슨 통찰력이라도 있는 것처럼 보이려고. 이해할 수 없는 음악이나 어려운 문학 작품을 좋아한다고 자랑하는

---

* 노르웨이 최북단에 위치한 주. 핀란드 및 러시아 국경과 접해 있다.

것처럼 말이다. 하지만 한때는 나도 그랬다. 그렇게 하면 나의 부족한 면들 중에서 적어도 서너 가지는 채워질 줄 알았다. 어쩌면 그 말은 여기 사는 소수의 사람들을 위로하기 위한 것일 수도 있다. "여긴 정말 아름답네요." 왜냐하면 이 단조롭고 평평하고 황량한 풍경이 아름다울 리가 없기 때문이다. 여긴 마치 화성 같다. 붉은 사막. 사람이 살 수 없는 잔혹한 곳. 숨기에 완벽한 장소. 부디 그러하길.

앞에 보이는 길옆 나무 덤불의 가지가 움직였다. 잠시 후 무언가가 배수로를 훌쩍 뛰어넘어 길에 착지했다. 나도 모르게 손이 권총으로 향했지만 난 동작을 멈췄다. 그들이 아니었다. 이 사람은 트럼프 카드에서 그대로 튀어나온 조커 같았다.

"안녕하세요!" 그가 큰 소리로 외쳤다.

그러더니 뒤뚱거리는 이상한 걸음걸이로 날 향해 걸어왔다. 양다리가 어찌나 굽었는지 그 사이로 마을을 향해 뻗은 길이 보일 지경이었다. 그가 다가오자, 나는 그의 머리에 쓴 모자가 어릿광대 모자가 아닌 사미족* 남자들의 전통 모자라는 걸 알게 되었다. 푸른색, 빨간색, 노란색으로 이뤄졌는데 종은 달려 있지 않았다. 옅은 갈색 가죽 부츠에 군데군데 검은 테이프를 붙인 푸른색 패

* 라플란드에 거주하는 소수민족. 라프족이라고도 불린다.

딩 점퍼를 입었는데 여러 군데가 찢어져 패딩 안의 노란 충전재가 보였다. 충전재는 깃털이라기보다 집을 지을 때 쓰는 단열재 같았다.

"실례되는 질문입니다만, 누구신가요?" 그가 물었다.

적어도 나보다 머리 두 개는 작았다. 넓적한 얼굴은 환하게 웃고 있었고, 눈은 가늘고 길게 찢어져 있었다. 오슬로 사람이 생각하는 사미족의 상투적 이미지를 모두 모으면 이 남자가 될 것이다.

"방금 버스를 타고 왔습니다." 내가 말했다.

"나도 봤어요. 난 마티스라고 합니다."

"마티스." 난 그의 이름을 따라 말했다. 불가피한 다음 질문에 대답할 시간을 조금이라도 벌기 위해서였다.

"당신 이름은 뭔가요?"

"울프." 내가 대답했다. 꽤 괜찮은 이름 같았다.

"코순에는 무슨 일로 왔죠?"

"그냥 볼일이 있어서 왔습니다." 나는 그렇게 말하며 집들이 모여 있는 쪽으로 고갯짓을 했다.

"누굴 만나러 왔나요?"

나는 어깨를 으쓱였다. "아뇨."

"그럼 야생동물 보호 협회에서 오셨나요? 아니면 목사님?"

나는 야생동물 보호 협회 사람들이 어떤 차림으로 다니는지 몰랐기 때문에 고개를 저었다. 그러고는 히피처럼 긴 머리를 손으로 쓸어내렸다. 머리를 좀 잘라야겠다. 사람들 눈에 덜 띄게.

"실례되는 질문입니다만, 당신은 뭐하는 사람이죠?" 그가 다시 물었다.

"사냥꾼입니다." 아마도 야생동물 보호 협회라는 말을 듣고 떠올렸을 것이다. 그리고 그 말은 거짓이기도 하고 사실이기도 했다.

"아, 여기서 사냥을 할 건가요, 울프?"

"사냥하기에 좋은 곳 같군요."

"그렇죠. 하지만 일주일 빨리 왔네요. 사냥철은 8월 15일이나 돼야 시작이거든요."

"여기 호텔이 있나요?"

사미족 남자는 큰 소리로 웃더니 기침을 하면서 갈색 덩어리를 뱉어냈다. 그게 씹는담배나 그 비슷한 것이기를. 갈색 덩어리는 툭 소리를 내며 바닥에 떨어졌다.

"그럼 게스트하우스는요?" 내가 다시 물었다.

남자는 고개를 저었다.

"캠핑장은요? 아니면 월세로 나오는 방이라도."

그의 뒤에 있는 전신주에는 곧 알타에서 공연할 댄스 밴드의 포스터가 붙어 있었다. 그러니까 여기서 알타가 그렇게 멀지 않은 모양이다. 어쩌면 계속 버스를 타고 알타까지 갔어야 했는지도 모른다.

"당신은 어때요, 마티스?" 나는 그렇게 물으며 내 이마를 무는 모기를 손으로 쫓았다. "혹시 오늘 밤 내게 내줄 침대가 있나요?"

"침대는 지난 5월에 난로 땔감으로 썼어요. 5월에 아주 추웠거든요."

"그럼 소파는요? 매트리스라도."

"매트리스?" 그는 헤더로 뒤덮인 고원을 향해 손을 내밀었다.

"고맙지만 난 지붕 아래가 좋습니다. 빈 개집이나 찾아봐야겠네요. 그럼 이만." 나는 집들이 있는 쪽으로 출발했다.

"코순의 유일한 개집은 저기뿐입니다." 그가 구슬픈 어조로 외쳤다. 말끝을 내리면서.

나는 뒤를 돌아봤다. 그는 모여 있는 집들 중에서 맨 앞의 건물을 가리켰다.

"교회요?"

그가 고개를 끄덕였다.

"이런 한밤중에도 열려 있습니까?"

마티스는 고개를 갸웃했다. "왜 코순에 도둑이 없는지 압니까? 순록 말고는 훔쳐 갈 물건이 하나도 없으니까요."

통통하고 작은 남자는 놀랍도록 우아하게 다시 배수로를 폴짝 뛰어넘어 헤더 사이로 터벅터벅 걸어가기 시작했다. 서쪽으로. 내 나침반은 북쪽의 태양과 (우리 할아버지 말에 따르면) 세상 어디에서든 서쪽을 향한다는 교회의 탑이었다. 나는 손을 들어 눈가에 그늘을 만들고, 사미족 남자 앞에 펼쳐진 땅을 바라보았다. 저자는 대체 어디로 가는 거지?

한밤중인데도 태양은 환히 빛나고, 주위는 죽은 듯이 고요한 탓이겠지만 그것 말고도 이 마을에는 이상하게 아무도 살지 않는 듯한 분위기가 감돌았다. 집들은 서둘러 지은 듯했다. 애정 없이 대충. 부실해 보여서가 아니었다. 집이라기보다는 누군가의 머리 위에 지붕 하나만 올린 듯한 인상을 주었기 때문이다. 실용적이었다. 보수 유지가 필요 없는 석판들이 바람과 날씨에 맞서고 있었다. 파손된 차 서너 대가 정원에 주차되어 있었는데 정원이라기보다 그냥 헤더와 자작나무가 있는 벌판에 울타리만 둘러친 듯했다. 유모차, 하지만 장난감은 없었다. 창문에 커튼이나 블라인드가 달린 집은 불과 서너 채밖에 되지 않았다. 나머지는 벌거벗은 창유리가 태양을 반사해 안을 들여다볼 수 없었다. 마치 영혼을 너무 드러내지 않으려고 쓴 선글라스처럼.

당연히 교회는 열려 있었다. 비록 문이 불룩하게 부푼 탓에 내가 갔던 다른 교회들처럼 잘 열리지는 않았지만. 신도석은 몇 줄 되지 않았고, 수수하게 꾸며졌지만 그 간소함이 매력적이었다. 한밤중의 태양이 스테인드글라스로 장식된 창문을 환히 비췄고, 제단 위에는 십자가에 매달려 고통받는 예수가 있었다. 앞에는 세 폭의 제단화가 있었는데 가운데에는 성모 마리아, 한쪽은 다윗과 골리앗, 다른 쪽은 아기 예수를 그렸다.

제단 뒤 한쪽에 성구보관실이 있었다. 찬장을 뒤져보았지만 제의祭衣 두 벌과 대걸레 막대, 양동이만 있을 뿐 포도주는 없었다. 올센 제과점이라고 찍힌 상자 두 개에 제병만 들어 있었다. 그중 네댓 개를 우적우적 씹었는데 마치 압지를 먹는 기분이었다. 입 안이 너무 말라서 결국에는 테이블에 있던 신문에 뱉어내고 말았다. 신문을 통해(오늘 자 핀마르크 다그블라데가 맞는다면) 오늘이 1977년 8월 8일이고, 알타 강 개발 반대 시위가 점점 거세지는 중이고, 핀마르크 주지사인 아르놀프 올센이 어떻게 생겼고, 노르웨이에서 유일하게 소련 연방과 국경이 닿아 있는 핀마르크 주로서는 소련 첩자로 활동했던 군보르 갈퉁 하빅의 사망 소식에 좀 더 안도하게 되었고, 마침내 이곳의 날씨가 오슬로보다 좋아졌다는 사실을 알게 되었다.

성구보관실의 돌바닥은 너무 딱딱해서 잘 수가 없었고, 신도석의 의자는 너무 좁았다. 그래서 제의 두 벌을 들고 제단 난간 안

쪽으로 들어가 난간에 재킷을 걸쳐놓고 내 가죽 가방을 베고 누웠다. 무언가 축축한 것이 얼굴에 떨어졌다. 손으로 닦아내 손끝을 보았다. 핏물이었다.

고개를 들어 내 바로 위 십자가에 못 박힌 남자를 바라보았다. 그러다 이건 핏물이 아니라 경사진 지붕에서 떨어진 녹물임을 깨달았다. 점토 혹은 철 색깔의 지붕은 군데군데 구멍이 뚫리고 축축했다. 나는 아프지 않은 어깨가 바닥으로 가게 돌아누운 뒤, 햇빛을 가리기 위해 제의를 머리 위로 뒤집어썼다. 눈을 감았다.

그만. 생각하지 마. 모든 생각을 차단시키자.

문을 잠가버리자.

숨을 쉬기 위해 제의를 끌어 내렸다.

젠장.

그렇게 누워 천장을 바라보았다. 장례식이 끝난 후로 통 잠을 잘 수가 없어서 바리움^{valium}을 복용하기 시작했다. 그러다 중독이 됐는지 이젠 그걸 먹지 않으면 잠이 들지 않았다. 유일한 대안은 몸을 녹초로 만드는 것이다.

제의를 다시 머리 위로 끌어 올리고 눈을 감았다. 70시간의 이동. 1800킬로미터. 버스와 기차에서 두어 시간 잔 게 전부였다. 이 정도면 녹초가 되고도 남았으리라.

이제 행복한 생각을 하자.

예전에는 모든 것이 어땠는지 생각해내려 했다. 아주아주 예전에. 하지만 생각나지 않았다. 대신 자꾸 다른 생각들이 떠올랐다. 하얀 옷을 입은 남자. 생선 비린내. 권총의 검은 총구. 산산이 부서지는 유리, 추락. 나는 그 생각들을 밀어내고 어떤 이름을 속삭이며 손을 내밀었다.

그러자 마침내 그 이름의 주인이 왔다.

나는 잠에서 깼다. 죽은 듯이 누워 있었다.

무언가가 날 건드렸다. 누군가가. 부드럽게. 날 깨우기 위해서가 아니라 제의 밑에 사람이 있는지 확인하려고.

나는 호흡을 고르게 유지했다. 어쩌면 아직 기회가 있을지도 모른다. 놈들은 내가 잠에서 깼다는 걸 아직 모를 수도 있다.

손을 살그머니 아래로 내렸다가 권총이 든 재킷을 제단 난간에 걸쳐둔 게 생각났다.

프로치고는 너무도 아마추어 같은 짓이었다.

2

난 계속 천천히 고르게 숨을 쉬었고, 맥박은 점차 차분해졌다. 머리는 아직 파악하지 못한 사실을 몸이 먼저 깨달았기 때문이다. 즉 만약 그들이었다면 날 찔러보는 게 아니라 제의를 걷어내고 내가 맞는지 확인한 다음, 내 몸을 벌집으로 만들었으리라는 사실.

조심스럽게 제의를 얼굴 아래로 끌어 내렸다.

주근깨투성이에 들창코, 옅은 속눈썹과 새파란 눈동자, 이마에 반창고를 붙인 얼굴이 날 내려다보고 있었다. 그 위에는 숱이 많은 빨간 머리가 있었다. 몇 살쯤 됐을까? 아홉 살? 열세 살? 모르겠다. 난 애들에 관해서는 아는 게 없다.

"여기서 자면 안 돼요."

난 주위를 둘러봤다. 소년 혼자인 것 같았다.

"왜?" 나는 목쉰 소리로 물었다.

"엄마가 여길 청소해야 하니까요."

나는 일어나 제의를 둘둘 만 다음, 제단 난간에 걸쳐 있던 재킷을 집어 들고 권총이 그대로 있는지 확인했다. 왼쪽 어깨를 재킷 속으로 밀어 넣자, 어깨가 욱신거렸다.

"남쪽에서 왔어요?" 소년이 물었다.

"'남쪽'의 정의가 무엇이냐에 달렸지."

"그거야 당연히 여기보다 남쪽을 말하는 거죠."

"여기보다 북쪽에 사는 사람은 없어."

소년은 고개를 갸웃했다. "내 이름은 크누트예요. 열 살이고요. 아저씨는 이름이 뭐예요?"

아무 이름이나 대답하려던 찰나, 어제의 일이 기억났다. "울프."

"아저씨는 몇 살이에요?"

"너보단 많아." 목 스트레칭을 하며 내가 말했다.

"서른 살보다 많아요?"

성구보관실의 문이 열렸다. 나는 뒤를 돌아봤다. 한 여자가 나오더니 동작을 멈추고 날 바라보았다. 청소부치고는 너무 젊다는 게 내 첫인상이었다. 그리고 힘이 세 보였다. 물이 가득 담긴 양동이를 든 그녀의 손과 팔뚝에 힘줄이 보였다. 어깨가 넓었지만 허리는 가늘었다. 다리는 검정색 구식 플리츠스커트 속에 감춰져 있었다. 그녀의 머리카락도 인상적이었다. 긴 머리카락이 어찌나 새카만지 높은 창문에서 들어오는 빛을 받아 반짝거렸다. 뒤로 모은 머리에는 밋밋한 헤어핀이 찔려 있었다.

여자는 다시 움직이기 시작했고, 내 쪽으로 걸어왔다. 바닥 위에서 그녀의 신발이 달가닥거렸다. 그녀가 가까이 다가오자 예쁜 입매가 눈에 들어왔다. 하지만 윗입술에 흉터가 있었다. 아마 언청이 수술을 한 자국일 것이다. 피부는 가무스름하고 머리카락은 검은데 눈동자는 또 너무 새파래서 부자연스러울 지경이었다.

"안녕하세요." 그녀가 말했다.

"안녕하세요. 어젯밤에 버스를 타고 왔는데 달리 잘 데가……."

"괜찮아요. 이곳은 누구에게나 활짝 열려 있답니다." 여자는 전혀 따뜻하지 않은 목소리로 그렇게 말하더니 양동이와 대걸레 막대를 내려놓고 한 손을 내밀었다.

"울프라고 합니다." 그녀와 악수하기 위해 나도 손을 내밀며 말했다.

"제의 주세요." 그녀가 내 손을 뿌리치며 말했다. 나는 다른 손에 들고 있던 둘둘 말린 제의를 내려다보았다.

"담요를 찾을 수가 없어서요." 그녀에게 제의를 건네며 내가 말했다.

"그리고 성만찬에 쓸 제병 말고는 먹을 것도 없었겠죠." 그녀는 그렇게 말하며 묵직한 흰색 제의를 펼쳐 살펴보았다.

"미안합니다, 값은 당연히-."

"먹어도 돼요. 축복을 받은 것이든 아니든. 다만 다음부턴 먹다가 주지사 얼굴에 뱉지는 마세요."

내가 보는 게 미소인지는 잘 모르겠지만, 여자의 윗입술에 있는 흉터가 실룩거렸다. 그녀는 그렇게만 말하고 뒤로 돌아 다시 성구보관실로 사라졌다.

나는 가방을 집어 들고 제단 난간을 넘어갔다.

"어디 가요?" 꼬마가 물었다.

"밖에."

"왜요?"

"왜냐고? 난 여기 살지 않으니까."

"저래 보여도 엄마는 화난 게 아니에요."

"내가 인사하고 갔다고 전해주렴."

"내가 누군데요?" 여자의 목소리가 들리더니 그녀가 다시 제단 난간 쪽으로 걸어 나왔다.

"울프요." 나는 이 이름에 익숙해지기 시작했다.

"코순에는 무슨 일로 왔죠, 울프?" 여자는 양동이 위로 젖은 천 조각을 비틀어 짰다.

"사냥하러요." 이렇게 작은 마을에서는 하나의 사연만 밀고 나가는 게 최상일 듯싶었다.

그녀는 대걸레 끝에 천 조각을 고정시켰다. "뭘 사냥할 건데요?"

"뇌조요." 에라, 모르겠다. 과연 이런 북쪽에도 뇌조가 있을까? "사실 살아 있기만 하면 뭐든 상관없습니다." 나는 그렇게 덧붙였다.

"올해는 쥐가 적었어요." 그녀가 말했다.

나는 큭큭 웃었다. "그보다는 좀 더 큰 걸 잡아야죠."

여자의 한쪽 눈썹이 올라갔다. "뇌조가 적다는 뜻으로 한 말인데요."

정적이 흘렀다.

마침내 크누트가 정적을 깼다. "쥐를 충분히 잡아먹지 못하면 육식 동물들이 뇌조의 알을 먹거든요."

"당연하지." 나는 고개를 끄덕였고 등에 땀이 흐른다는 걸 깨달았다. 좀 씻어야 했다. 셔츠와 전대도 빨아야 했다. 양복 재킷도 빨아야 했다. "그래도 뭔가 잡을 게 있을 겁니다. 그보다는 일주일 먼저 온 게 문제죠. 사냥철은 다음 주에나 시작될 테니까요. 그때까지 연습하는 수밖에요." 난 사미족 남자가 준 정보가 정확하기를 바랐다.

"사냥철이 언제인지는 모르겠네요." 여자는 그렇게 말하며 내가 누워 있던 자리를 대걸레로 박박 문질렀다. 어찌나 세게 문지르는지 천 조각을 끼워 넣은 부분에서 끼익끼익 소리가 났다. "사냥철이란 개념을 생각해낸 건 당신네 남쪽 사람들이니까요. 우린 꼭 필요할 때만 사냥을 하죠. 필요하지 않을 땐 굳이 사냥하지 않아요."

"필요 얘기가 나왔으니 말인데 혹시 이 마을에 제가 묵을 만한 곳이 있을까요?" 내가 물었다.

그녀는 동작을 멈추고 대걸레에 몸을 기댔다. "그냥 문을 두드리기만 하면 돼요. 그럼 침대를 내줄 거예요."

"어느 집이나요?"

"네, 그렇다고 할 수 있죠. 물론 지금은 집에 있는 사람이 많지 않지만요."

"당연히 그렇겠죠." 난 크누트를 내려다봤다. "다들 여름휴가를 떠났을 테니까요."

여자는 미소를 지으며 고개를 저었다. "휴가가 아니라 풀을 뜯기러 갔죠. 순록을 키우는 집은 다들 해변 옆 목초지에서 텐트를 치거나 마차에서 생활하고 있어요. 대구를 잡으러 간 사람들도 있지만 대다수는 카우토케이노의 장터에 갔죠."

"그렇군요. 혹시 댁에 묵을 순 없을까요?" 그녀가 머뭇거리자 내가 얼른 덧붙였다. "값은 치를 겁니다. 아주 후하게요."

"어차피 여기선 누구도 돈을 많이 받지 않을 거예요. 하지만 지금 우리 집은 남편이 부재중이라서 당신이 머무는 건 별로 타당하지 않아요."

타당하지 않다고? 나는 그녀의 스커트를 바라보았다. 긴 머리카락도.

"알겠습니다. 그럼 에…… 도심에서 조금 떨어진 집이 있나요? 조용하고 평화로운 곳이요. 전망도 좋고." 여기서 말하는 전망이란 누가 오는지 볼 수 있다는 뜻이었다.

"글쎄요. 사냥을 하실 거라니까 사냥용 오두막에서 지낼 수도 있겠네요. 누구나 사용할 수 있어요. 꽤 멀리 떨어진 데다 비좁고 금방이라도 허물어질 것 같지만 확실히 조용하고 평화롭긴 하죠. 사방으로 전망도 좋고요. 그건 확실해요."

"딱 좋네요."

"크누트가 안내해드릴 거예요."

"그럴 필요 없습니다. 저 혼자서도-."

"안 돼요! 제발!" 크누트가 말했다.

난 다시 그 애를 내려다보았다. 휴가철이라 아무도 없는 마을. 아이는 분명 청소하는 엄마를 따라다니기가 지루할 것이다. 그러던 차에 마침내 새로운 일이 생긴 것이다.

"알았다. 그럼 지금 갈까?" 내가 말했다.

"네!"

"한 가지 궁금한 게 있는데," 검은 머리 여자가 양동이에 대걸레를 담그며 말했다. "사냥은 뭘로 하실 건가요? 그 가방 안에 엽총이 들어 있을 것 같진 않은데."

나는 가방을 내려다보았다. 마치 그녀의 말에 동의할지 말지 가늠하듯이.

"기차에 두고 내렸습니다. 전화했더니 며칠 후에 버스로 보내주겠다고 하더군요." 내가 말했다.

"하지만 그동안에 연습하고 싶으실 텐데요." 그녀가 말하더니 미소를 지었다. "사냥철이 시작되기 전에요."

"그건……."

"남편의 엽총을 빌려드릴게요. 청소 끝날 때까지 밖에서 기다리세요. 금방 끝나요."

엽총? 그래, 젠장, 안 될 게 뭐야? 그리고 그녀가 한 말은 모두 명령문이었으므로 나는 그냥 고개를 끄덕이고 문 쪽으로 걸어갔다. 뒤에서 헐떡거리는 숨소리가 들려서 걸음을 살짝 늦췄다. 꼬마가 내 뒤꿈치를 밟았다.

"울프 아저씨?"

"왜?"

"재밌는 이야기 해줘요."

　나는 교회 남쪽에 앉아 담배를 피웠다. 나도 내가 왜 담배를 피우는지 알 수 없었다. 담배에 중독되지 않았기 때문이다. 그러니까 내 피가 니코틴을 갈구하지는 않는다는 말이다. 그 때문이 아니다. 다른 이유다. 행동 자체와 연관이 있다. 담배를 피우는 행위는 내 마음을 차분하게 해준다. 굳이 담배가 아니라 지푸라기를 피워도 될 것이다. 내가 니코틴에 중독됐나? 아니, 분명 아니다. 그보다는 알코올 중독자일 확률이 높지만 역시 확신할 순 없다. 그래도 술에 취해 고주망태가 되는 건 좋아한다. 그건 확실하다. 바리움은 아주 좋아한다. 아니 그보다는 바리움을 안 먹는 걸 싫어한다고 해야 맞겠다. 따라서 바리움만이 내가 유일하게 줄여야 할 필요성을 느끼는 약물이다.

　처음에 대마초를 팔기 시작한 건 내 몫의 대마초를 마련하기 위해서였다. 아주 간단하고 논리적인 이치다. 싼값에 대량으로 구입해 그중 3분의 2를 조금씩 비싼 가격에 되파는 것이다. 그러면 짜잔, 난 공짜로 대마초를 피울 수 있게 된다. 거기서부터 정식 마약상으로 가는 길은 별로 험난하지 않다. 험난했던 건 처음 약을 팔기까지였다. 그 길은 길고 구불구불했으며 불필요한 갈림목도 두어 개 있었다. 그래도 슬로츠 공원에 서서 행인들에게 간

결한 영업 구호를 ("대마초?") 중얼거렸을 때 나는 이 정도면 머리도 충분히 길고, 옷도 충분히 괴상하게 입었다고 생각했다. 그리고 세상만사가 그렇듯 처음이 항상 최악이다. 그리하여 짧은 머리에 푸른 셔츠를 입은 남자가 걸음을 멈추고 2그램만 달라고 했을 때 나는 겁이 나서 도망쳐버렸다.

그가 잠복 형사가 아니라는 건 알고 있었다. 그들은 늘 머리를 제일 길게 기르고, 제일 괴상한 옷을 입으니까. 나는 그가 뱃사람의 부하일까 두려웠다. 하지만 차츰 뱃사람이 나 같은 피라미는 신경 쓰지 않는다는 걸 깨달았다. 돈을 너무 많이 벌지만 않으면 된다. 그리고 그가 파는 암페타민과 헤로인 시장에 끼어들지만 않으면. 호프만을 반면교사 삼아. 호프만은 비참한 최후를 맞이했다. 이제 이 세상에 호프만은 없다.

나는 앞에 늘어선 묘비들 사이로 담배꽁초를 던졌다.

우리에게는 할당된 시간이 있고 필터까지 타들어가면 영원히 끝이다. 하지만 필터까지 태우는 것, 그전에는 끄지 않는 게 중요하다. 뭐 중요하지 않을 수도 있지만 어쨌거나 내 목표는 그거다. 중요하든 말든 상관없다. 그리고 장례식 이후에는 그 목표조차 확신할 수 없는 날이 더 많았다.

나는 눈을 감고 햇빛에, 그리고 햇빛이 내 살갗을 달구는 느낌에 집중했다. 그것을 즐기는 데 집중했다. 헤도네. 그리스의 신.

혹은 우상. 왜냐하면 지금 나는 성지에 와 있으니까. 자기가 생각해낸 신을 제외한 다른 신을 모두 우상이라 부르는 건 꽤나 교만한 짓이다. 나 이외에 다른 신을 섬기지 마라. 모든 독재자들이 국민에게 하는 말이다, 당연히. 하지만 우습게도 기독교인들은 그걸 보지 못한다. 그 메커니즘을 보지 못한다. 자기실현적이고 자기 강화적이고 재생적인 측면이 이런 미신을 2천 년이나 지속시켰다는 사실을. 그리고 그들의 믿음에서 가장 중요한 구원이란 인류 역사상 눈 깜짝할 정도로 짧은 특정 기간에 태어나, 그것도 우연히 십계명이 들리고 간략한 영업 문구("천국?")에 대한 의견을 내세울 수 있었던 지구의 어느 작은 영토에 살았던 행운아들에게만 국한되어 있다는 사실을.

햇빛의 열기가 사라졌다. 태양 앞으로 구름이 지나가는 모양이었다.

"우리 할머니예요."

나는 눈을 떴다. 구름이 아니었다. 태양이 소년의 빨간 머리 뒤로 후광을 만들고 있었다. 교회 안의 저 여자가 사실은 아이의 할머니란 말인가?

"뭐라고?"

소년이 가리켰다. "방금 아저씨가 담배를 던진 무덤 말이에요."

나는 소년의 어깨 너머를 보았다. 검은 비석 앞 화단에서 한 줄기 연기가 피어오르고 있었다. "미안. 무덤 사잇길로 던진다는 게 그만."

소년이 팔짱을 꼈다. "정말요? 그것도 못하면서 어떻게 뇌조를 잡겠다는 거예요?"

"좋은 질문이로구나."

"재미있는 얘기는 생각났어요?"

"아니, 생각해내려면 시간이 걸린다고 했잖아."

"벌써-." 소년은 있지도 않은 손목시계를 보는 척했다. "25분이나 지났다고요."

거짓말이었다. 아무래도 사냥꾼 오두막까지 가는 내내 시달릴 것 같은 예감이 들었다.

"크누트! 아저씨 귀찮게 하지 마." 소년의 엄마였다. 그녀는 교회에서 나와 정문 쪽으로 걸어갔다.

나는 일어나서 그녀를 따라갔다. 그녀의 걸음걸이는 통통 튀었고, 허리로 내려올수록 움푹 들어간 등의 곡선은 백조를 연상시켰다. 자갈길은 교회를 지나 옹기종기 모인 집들로 이어졌는데 여기가 곧 코순이었다. 마을은 불안할 정도로 고요했다. 지금까지 만난 사람이라고는 이 모자와 어젯밤에 만난 사미족 남자뿐이었다.

"왜 여기 집들은 커튼이 달려 있지 않죠?" 내가 물었다.

"하나님의 빛을 집 안에 들이라는 레스타디우스의 가르침을 따르니까요."

"레스타디우스?"

"라스 레비 레스타디우스요. 그의 가르침을 모르나요?"

나는 고개를 저었다. 19세기 스웨덴 신학자인 그에 대해 읽은 것 같기는 했다. 그가 이곳 사람들의 방탕한 생활 태도를 척결했다고. 하지만 그의 가르침을 안다고 할 수는 없었고, 그렇게 고리타분한 신학은 진작 소멸된 줄 알았다.

"아저씨는 레스타디우스교*가 아닌가요? 그럼 지옥 불에 떨어질 거예요."

"크누트!"

"할아버지가 그랬어요! 그리고 할아버지 말이 맞아요. 할아버진 핀마르크 주와 트롬스 주 북쪽을 돌아다니며 설교하는 목사님이니까요."

"할아버지가 길모퉁이에서 네 믿음을 외쳐대지 말라고 했던 말은 잊었니?" 그녀는 미안하다는 표정으로 날 보았다. "크누트는 가끔씩 너무 열성적이어서 탈이죠. 오슬로에서 오셨나요?"

"거기서 나고 자랐죠."

---

* 북유럽과 미국 일부 지역에 존재하는 루터교회의 한 분파로 근본주의적인 성향을 띤다.

"가족은요?"

나는 고개를 저었다.

"정말요?"

"뭐가요?"

그녀가 미소를 지었다. "방금 망설였잖아요. 혹시 이혼했나요?"

"그럼 반드시 지옥 불에 떨어질 거예요!" 크누트가 외치며 손가락을 꿈틀거렸는데 아마도 불꽃을 표현하는 듯했다.

"이혼 안 했습니다." 내가 말했다.

그녀가 곁눈질로 날 힐끗 보았다. "그렇다면 먼 길을 떠나온 외로운 사냥꾼이군요. 사냥 말고는 무슨 일을 하시죠?"

"해결삽니다." 내가 말했다. 인기척이 느껴져서 고개를 들었더니, 창문에 한 남자의 얼굴이 얼핏 나타났다가 이내 다시 커튼이 쳐졌다. "하지만 얼마 전에 관뒀습니다. 새로운 일을 알아보는 중이죠."

"새로운 일." 그녀가 따라 말했다. 한숨처럼 들렸다.

"당신은 청소부인가요?" 내가 말했다. 궁금해서라기보다 무슨 말이라도 하기 위해서였다.

"엄마는 교회 관리인이기도 해요. 할아버지는 엄마가 목사를 해도 될 거라고 했어요. 그러니까 엄마가 남자였다면요." 크누트가 말했다.

"여자도 목사가 될 수 있는 법안이 통과되지 않았나요?"

그녀가 웃었다. "코순에서 여자가 목사를 한다고요?"

소년이 다시 손가락을 꿈틀거렸다.

"여기예요." 그녀가 커튼이 없는 작은 집 쪽으로 방향을 틀었다. 진입로 한쪽에는 콘크리트 벽돌이 쌓여 있고 그 위에 바퀴 없는 볼보가 놓여 있었다. 그 옆에는 녹슨 바퀴 두 개가 달린 손수레가 있었다.

"아빠 차예요. 저건 엄마 차고요." 크누트는 차고 안 그늘에 주차된 폭스바겐 비틀을 가리켰다.

우리는 문이 잠겨 있지 않은 집으로 들어갔다. 그녀는 날 거실로 안내하더니 엽총을 가져오겠다며 나와 크누트만 남겨놓고 사라졌다. 집 안에는 가구가 별로 없었지만 깨끗하고 잘 정리되어 있었다. 튼튼한 가구. 하지만 텔레비전이나 오디오는 없었다. 화분도. 벽에는 양 한 마리를 이끄는 예수와 결혼사진뿐이었다.

나는 가까이 다가갔다. 저 여자였다. 의심의 여지없이. 웨딩드레스를 입은 그녀는 귀여웠다. 아름다워 보일 지경이었다. 옆에 선 남자는 키가 크고 어깨가 널찍했다. 미소를 짓고 있어도 어딘가 딱딱해 보이는 남자의 얼굴은 아까 창문 너머로 얼핏 본 얼굴을 연상시켰다.

"이리 좀 와보세요, 울프."

나는 목소리를 따라 복도를 내려가 문이 열린 방으로 들어갔다. 작업실 같았다. 아마 남편의 작업실이리라. 목수의 작업대에는 녹슨 자동차 부품, 한동안 방치된 걸로 보이는 고장 난 장난감, 만들다 만 물건들이 있었다.

그녀는 탄약통이 든 상자를 꺼내더니 벽에 박힌 두 개의 못 위에 균형을 잡고 놓여 있는 엽총을 가리켰다. 그녀의 손이 닿지 않는 높은 위치였고, 옆에는 라이플이 걸려 있었다. 내게 거실에서 기다리라고 한 건 여기를 치우려고 그런 게 아니었을까? 나는 술병을 찾아 작업실 안을 둘러보았다. 이건 분명 수제 맥주, 알코올, 담배의 냄새였기 때문이다.

"저 라이플도 총알이 있나요?" 내가 물었다.

"물론이죠. 하지만 뇌조를 사냥하실 거 아닌가요?"

"라이플이 더 승부욕을 부추기죠." 벽에서 라이플을 내리며 내가 말했다. 창밖을 겨눴다. 옆집 창문의 커튼이 홱 쳐졌다. "괜히 산탄을 쏠 필요도 없고요. 어떻게 장전하죠?"

그녀가 날 뚫어지게 바라봤다. 농담인지 진담인지 알 수 없어서였을 것이다. 내가 직업상 총에 대해 많이 알 거라고 생각하겠지만 그저 권총만 약간 알 뿐이다. 그녀는 탄창을 밀어 넣고 장전하는 법을 보여주면서 이 라이플은 반자동이지만 사냥법상 탄창에 세 발, 약실에 한 발 이상을 장전하는 건 불법이라고 설명했다.

"당연하죠." 장전하는 법을 연습하며 내가 말했다. 내가 총에서 좋아하는 점이 있다면 기름을 듬뿍 친 금속 부품들이 정확하게 맞아떨어지는 소리다. 오로지 그것뿐이다.

"아마 이것도 필요하실 거예요." 그녀가 말했다.

나는 뒤를 돌아보았다. 그녀가 내 쪽으로 쌍안경을 내밀고 있었다. 소련산 군용 B8 쌍안경. 예전에 할아버지는 힘들게 그 쌍안경을 구해 성당과 교회 건축물의 세세한 부분을 연구했다. 또한 내게 말씀하시길, 전쟁 전과 전시 중에 가장 좋은 광학 제품은 모두 독일산이었기 때문에 소련군은 동독을 점령하자마자 독일의 산업 기밀을 빼내 훨씬 싸고 품질은 더럽게 좋은 복제품을 만들었다고 했다. 이 집에 어떻게 B8 쌍안경이 있는지는 아무도 모를 일이다. 나는 라이플을 내려놓고 쌍안경을 들여다보았다. 아까 창문에 얼굴이 비쳤던 집을 바라보았다. 지금은 아무도 없었다.

"당연히 빌리는 값은 드리겠습니다."

"그런 소리 마세요." 그녀는 내 앞에 있던 탄약 상자를 가져가고 라이플 탄약 상자를 가져왔다. "하지만 탄약 값을 쳐주시면 휴고가 고마워하긴 할 거예요."

"남편분은 어디 계신가요?"

그녀의 얼굴이 실룩거리는 걸로 보아 분명 부적절한 질문이었다.

"대구를 잡으러 갔어요. 먹을 음식은 있으세요?" 그녀가 물었다.

나는 고개를 저었다. 끼니를 때워야 한다는 생각을 해본 적이 없었다. 오슬로를 떠난 뒤로 몇 끼나 먹었을까?

"제가 음식을 좀 싸드릴게요. 나머지는 피르요의 가게에서 구입하실 수 있어요. 크누트가 알려드릴 거예요."

우리는 다시 현관 계단으로 나왔다. 그녀는 시계를 보았다. 아마도 사람들의 입방아에 오르내릴 만큼 내가 집에 오래 머물지 않았다는 걸 확인했을 것이다. 크누트는 밖에 나가고 싶어서 안달하는 강아지처럼 정원을 뛰어다니고 있었다.

"오두막까지는 30분에서 1시간 정도 걸릴 거예요. 당신 걸음이 얼마나 빠르냐에 달렸죠." 그녀가 말했다.

"흠. 제 엽총이 정확히 언제 올지 모르겠군요."

"서두르실 필요 없어요. 휴고는 사냥을 많이 하지 않으니까."

나는 고개를 끄덕이고 엽총의 줄을 조절해 어깨에 걸쳤다. 아프지 않은 어깨에. 이제 떠나야 할 시간이다. 나는 작별 인사로 무슨 말을 해야 할지 생각했다. 그녀는 자기 아들처럼 고개를 갸웃하더니 얼굴에서 머리카락 몇 가닥을 떼어냈다.

"당신 눈엔 아름다워 보이지 않겠죠?"

내가 분명 어리둥절한 표정을 지은 모양이다. 그녀가 짧게 웃음을 터뜨렸고 광대뼈가 살짝 달아올랐기 때문이다. "코순 말이에요. 이 집들. 예전에는 아름다운 마을이었어요. 전쟁이 일어나기 전에는요. 하지만 1945년에 소련군이 도착하자 독일군은 도망쳤고, 후퇴하면서 마을을 모두 다 태워버렸어요. 교회만 제외하고요."

"초토화 작전이군요."

"사람들에게는 집이 필요했어요. 그래서 빨리 지었죠. 어떻게 보일지는 전혀 생각하지 않고요."

"그렇게 나쁘지 않습니다." 내가 거짓말을 했다.

"아뇨, 보기 흉해요." 그녀가 웃었다. "집은 흉해도 거기 사는 사람들은 그렇지 않아요."

나는 그녀의 흉터를 바라보았다. "그렇겠죠. 이제 그만 가봐야겠군요. 고맙습니다." 나는 손을 내밀었고 이번에는 그녀도 내 손을 잡았다. 그녀의 손은 단단하고 따뜻했다. 햇볕에 달궈진 매끈한 돌처럼.

"하나님과 함께 평안하시길.*"

나는 그녀를 바라보았다. 진심으로 하는 말 같았다.

* 레스타디우스교도들이 사용하는 인사말.

피르요의 가게는 어떤 집의 지하에 있었다. 가게 안은 캄캄했고 크누트가 세 번이나 피르요 아줌마, 하고 부른 끝에야 주인이 나타났다. 체구가 크고 둥글둥글한 여자였는데 머리에 스카프를 쓰고 있었다. 그녀가 끽끽거리는 목소리로 말했다.

"Jumalan terve."

"네?" 내가 물었다.

그녀가 내게서 몸을 돌려 크누트를 바라보았다.

"'하나님과 함께 평안하시길'이라고 했어요." 크누트가 말했다. "아줌마는 핀란드어밖에 모르지만 가게 안의 물건들이 노르웨이어로 뭔지는 알아요."

물건들은 카운터 뒤에 있었고, 내가 필요한 물건을 말하자 그녀가 하나씩 꺼내놓았다. 순록 미트볼 통조림. 어묵 통조림. 소시지. 치즈. 크나이프 빵.

그녀는 머릿속으로 값을 모두 더하고 있었는지 내 말이 끝나자 종이에 숫자를 적어서 보여주었다. 난 가게에 들어오기 전에 미리 전대에서 돈을 빼두지 않았다는 걸 깨달았다. 수중에 11만 3천 크로네 가량의 거금이 있다는 걸 광고하고 싶지 않았으므로 나는 두 사람에게 등을 돌린 채 벽으로 걸어가 셔츠 맨 밑의 두 단추를 풀었다.

"여기서 오줌 싸면 안 돼요, 울프 아저씨." 크누트가 말했다.

나는 반쯤 몸을 돌려 크누트를 바라보았다.

"농담이에요." 크누트는 그렇게 말하며 깔깔거렸다.

내게 100크로네를 받은 피르요는 거슬러 줄 잔돈이 없다는 손짓을 했다.

"괜찮아요. 나머지는 팁입니다." 내가 말했다.

그녀가 알아들을 수 없는 언어로 다급히 뭐라고 말했다.

"다음에 왔을 때 물건을 더 가져가래요." 크누트가 그녀의 말을 전했다.

"그럼 아줌마가 거스름돈을 적어둬야 할 텐데."

"기억할 거예요. 그만 가요." 크누트가 말했다.

크누트는 나보다 앞장서서 걸으며 춤을 췄다. 내 바짓단에 헤더가 스쳤고, 모기들이 머리 주위를 맴돌았다. 고원.

"울프 아저씨?"

"응?"

"아저씨는 왜 그렇게 머리가 길어요?"

"아무도 잘라주지 않았으니까."

"아."

20초 후.

"울프 아저씨?"

"응?"

"핀란드어 할 줄 알아요?"

"아니."

"사미어는요?"

"하나도 몰라."

"그럼 노르웨이어만 알아요?"

"영어하고."

"오슬로에는 영어를 쓰는 사람이 많아요?"

나는 태양을 향해 실눈을 떴다. 지금이 한낮이라면 우린 곧장 서쪽으로 가는 셈이다. "아니, 별로. 하지만 영어는 세계 공통어 니까."

"세계 공통어, 맞아요. 할아버지도 그렇게 말했어요. 할아버지 가 노르웨이어는 상식의 언어라고 했어요. 하지만 사미어는 가슴 의 언어고, 핀란드어는 신성한 언어라고 했어요."

"할아버지가 그렇다면 그런 거겠지."

"울프 아저씨?"

"응?"

"나 재밌는 얘기 알아요."

"해봐."

소년은 걸음을 멈추고 내가 오기를 기다린 다음, 내 옆에서 헤더 사이로 걸어갔다. "계속 앞으로 나아가는데 절대 목적지에 도달할 수 없는 것은?"

"그건 수수께끼 아니니?"

"답 알려줄까요?"

"응, 그래야 할 것 같다."

소년은 손을 들어 눈가에 그늘을 만들더니 내게 씩 웃어 보였다. "거짓말."

"뭐라고?"

"아저씨도 답 알잖아요!"

"내가?"

"이 수수께끼의 답을 모르는 사람은 없어요. 왜 어른들은 자꾸 거짓말을 해요? 그랬다간 나중에-."

"지옥 불에 떨어진다고?"

"네!"

"'어른들'이라는 건 누굴 말하는 거니?"

"아빠요. 그리고 오베 삼촌. 또 엄마도."

"정말? 엄마가 무슨 거짓말을 했는데?"

"아빠를 걱정할 필요 없다고 했어요. 이젠 아저씨가 재밌는 얘기를 할 차례예요."

"난 재밌는 얘기 잘 몰라."

소년은 툴툴거리며 고개를 푹 숙였고 헤더 위로 팔을 대롱대롱 흔들었다. "뭘 제대로 맞히지도 못하고, 뇌조에 대해서도 전혀 모르고, 재밌는 얘기도 모르고, 대체 할 줄 아는 게 있긴 해요?"

"있지." 내가 말했다. 머리 높이 새 한 마리가 날개를 펼친 채 날아갔다. 정탐하기. 먹이 사냥하기. 새의 뻣뻣하고 기울어진 날개가 왠지 전투기를 연상시켰다. "난 숨을 수 있어."

"그거예요!" 소년이 고개를 번쩍 들었다. "우리 숨바꼭질해요! 누가 먼저 숨을까요 알아맞혀……."

"네가 먼저 달려가서 숨으렴."

소년은 세 걸음을 달려 나가더니 우뚝 멈춰 섰다.

"왜 그래?"

"날 쫓아버리려고 그러는 거죠?"

"널 쫓아버려? 아냐!"

"또 거짓말!"

나는 어깨를 으쓱였다. "그럼 다른 게임을 하든지. 누구든 먼저 말하는 사람이 머리에 총을 맞는 거야."

소년이 이상하다는 눈으로 날 보았다.

"가짜로 맞는 거야. 알겠니?" 내가 말했다.

소년은 입을 꾹 다문 채 고개를 끄덕였다.

"지금부터 시작이다." 내가 말했다.

우리는 걷고 또 걸었다. 멀리서 볼 때 지극히 단조로워 보이던 풍경은 끊임없이 변했다. 초록색과 적갈색 헤더로 뒤덮인 부드러운 갈색 토양은 돌투성이에 여기저기 파인 흔적이 있는 달 표면처럼 변하더니, 내가 도착한 이후로 반쯤 회전한 태양(마치 황금색이 도는 빨간 원반 같았다)의 빛을 받아 갑자기 불타오르는 듯했다. 마치 부드럽게 경사진 비탈을 타고 용암이 흘러내리는 것처럼. 그 모든 풍경 위로 광활하고 끝없는 하늘이 펼쳐져 있었다. 왜 여기서는 하늘이 훨씬 넓어 보이는지 모르겠다. 왜 여기서는 땅이 둥글게 구부러지는 모습이 보일 것만 같은지 모르겠다. 잠이 부족해서일 것이다. 이틀만 잠을 못 자도 정신이 이상해진다고 읽은 적이 있다.

크누트는 주근깨투성이 얼굴로 단호한 표정을 짓고 말없이 행진했다. 여기저기 흩어져 있던 모기 무리들이 점점 더 많아져 마침내 빠져나갈 수 없는 거대한 덩어리가 되었다. 나는 모기들이 달라붙어도 쫓지 않았다. 놈들은 마취 기능이 있는 주둥이를 내 살갗에 꽂았는데 어찌나 부드럽게 찌르는지 놈들이 피를 빨아먹도록 내버려두었다. 중요한 건 나와 문명 사이의 미터가, 킬로미터가 점점 더 늘어난다는 것이다. 그렇다고는 해도 곧 계획을 세워야 했다.

뱃사람은 자기가 찾는 사람을 반드시 찾아내죠.

지금까지는 계획이 없는 게 계획이었다. 내가 어떤 타당한 계획을 생각해내든 그가 예측할 거라고 생각했기 때문이다. 예측불가능하게 나가는 것만이 내 유일한 기회였다. 나조차도 내 다음 행보가 무엇일지 알 수 없을 정도로 괴상하게 행동하기. 그래도 그다음에는 뭔가 계획을 세워야 한다. '그다음'이 있을지 모르지만.

"시계예요." 크누트가 말했다. "정답은 시계."

나는 고개를 끄덕였다. 오래 못 갈 줄 알았다.

"그리고 이제 내 머리에 총을 쏴도 돼요, 울프 아저씨."

"알았어."

"빨리요."

"왜?"

"빨리 끝내버리게요. 총에 맞기를 기다리는 일보다 끔찍한 건 없잖아요."

"빵."

"학교 다닐 때 놀림받았어요, 울프 아저씨?"

"왜 묻지?"

"아저씨는 대화하는 방식이 이상하거든요."

"내가 자란 곳에선 다 이런 식으로 말해."

"와. 그럼 다들 놀림받았겠네요?"

나는 웃지 않을 수 없었다. "그래, 조금 놀림받긴 했어. 열 살 때 부모님이 돌아가셔서 할아버지가 사는 오슬로 서쪽 동네로 이사를 가야 했지. 아이들은 날 올리버 트위스트, 그리고 동쪽에서 온 쓰레기라고 불렀어."

"그건 아닌데."

"고맙구나."

"아저씬 남쪽에서 온 쓰레기잖아요. 큭큭. 농담이에요! 이제 아저씨는 재밌는 얘기 세 개나 빚졌어요."

"대체 그런 건 어디서 배웠니, 크누트?"

한쪽 눈은 질끈 감고 다른 눈은 실눈을 뜬 채 크누트가 날 바라보았다. "그 라이플 들어봐도 돼요?"

"안 돼."

"우리 아빠 거잖아요."

"안 된다니까."

크누트는 신음하더니 몇 초간 고개를 푹 숙이고 팔을 축 늘어뜨렸다. 그러고는 다시 몸을 폈다. 우리는 속력을 냈다. 크누트가 조용히 노래를 흥얼거렸다. 확실하진 않지만 찬송가 같았다. 나는 크누트에게 엄마의 이름을 물어볼까 생각했다. 알아두면 다시 마을에 돌아갔을 때 유용할 것이다. 예를 들어, 그 집이 어디에 있는지 기억나지 않을 때라든가. 하지만 차마 물어볼 수가 없었다.

"저기가 오두막이에요." 크누트가 그렇게 말하며 손으로 가리켰다.

나는 쌍안경을 꺼내 초점을 맞췄다. B8 쌍안경은 양쪽 렌즈의 초점을 다 맞춰야 한다. 춤추는 모기들 뒤로 오두막이라기보다 작은 헛간처럼 보이는 무언가가 있었다. 내 눈에는 창문도 보이지 않았고, 그저 검은색의 가느다란 연통 주위로 페인트도 칠하지 않은 회색의 말라빠진 널빤지를 모아서 세워놓은 것처럼 보였다.

우리는 계속 걸었고, 내가 다른 생각에 푹 빠져 있을 때 시야에서 어떤 움직임이 감지되었다. 모기보다 훨씬 큰 무언가, 전방 100미터에 있는 무언가, 단조로운 풍경 속에서 불쑥 튀어나온 무언가의 움직임이었다. 순간적으로 심장이 멎는 줄 알았다. 큼직한 뿔이 달린 생명체가 헤더 사이로 달리자 이상하게 딸그락거리는 소리가 났다.

"수컷 순록이에요." 크누트가 단언했다.

맥박이 서서히 진정되었다. "저게 음…… 암컷이 아니란 걸 어떻게 알았지?"

소년이 또 이상하다는 시선으로 날 보았다.

"오슬로에는 순록이 별로 없어." 내가 말했다.

"수컷은 뿔이 더 크니까 그렇죠. 봐요, 나무에 뿔을 문지르고 있잖아요."

순록은 오두막 뒤의 나무 군락에서 걸음을 멈추고 자작나무 몸통에 뿔을 문지르고 있었다.

"나무껍질을 벗겨 먹으려고 그러는 거야?"

소년이 깔깔 웃었다. "순록은 이끼를 먹어요."

당연히 순록은 이끼를 먹는다. 학창 시절, 북극 근처인 이 땅에서 자라는 이끼의 종류를 배운 적이 있다. 요이크^{joik}는 주술적인 힘을 가진 사미족의 전통 노래이고, 라보^{lavo}는 사미족이 사용하는 원뿔형 텐트, 그리고 오슬로에서 핀마르크 주까지의 거리는 런던이나 파리까지보다 더 멀다고. 또 라임에 맞춰 피오르의 이름을 기억하는 법도 배웠지만 지금까지 기억하는 사람은 없을 것이다. 어쨌든 나는 기억나지 않는다. 15년간 교육을 받고 심지어 그중 2년은 대학 교육까지 받았는데도 내게 남은 건 그저 어렴풋한 기억뿐이다.

"뿔을 깨끗하게 하려고 문지르는 거예요." 크누트가 말했다. "8월이면 늘 저래요. 내가 어릴 때 할아버지는 뿔이 너무 간지러워서 그런다고 했죠."

크누트는 그렇게 말하면서 노인네처럼 입맛을 다셨다. 마치 한때 자기가 얼마나 순진했는지 한탄하듯이.

오두막은 네 개의 큼직한 바위 위에 자리했다. 문은 잠겨 있지 않았지만 문을 열기 위해서는 손잡이를 세게 잡아당겨야 했다. 안에는 모직 담요를 덮어둔 침대, 장작을 때는 난로가 있었다. 난로에 있는 두 개의 열판에는 각각 찌그러진 주전자와 냄비가 놓여 있었다. 벽에 부착된 오렌지색 찬장, 빨간색 플라스틱 양동이, 의자 두 개와 테이블 하나. 테이블은 서쪽으로 기울어져 있었는데 나무가 휘었거나 아니면 바닥이 기울어져서일 것이다.

오두막에는 창문이 있었다. 내가 보지 못했던 이유는 그것이 창이라기보다 길쭉한 틈에 가까웠기 때문이다. 출입문이 있는 벽을 제외하고는 모든 벽에 틈이 뚫려 있었다. 그래도 집 안으로 햇빛이 충분히 들어왔고, 어떤 방향에서든 이 집으로 다가오는 것은 다 보였다. 총안銃眼. 오두막의 한쪽 끝에서 반대편으로 세 발짝만 걸었는데도 집 전체가 프랑스산 커피테이블처럼 기우뚱거렸다. 그래도 내가 처음 내렸던 결론에는 변함이 없었다. 이 집은 완벽했다.

나는 주위를 둘러보며 할아버지가 열 살짜리 손자였던 나의 수트케이스를 당신 집 앞으로 들고 간 후, 문을 열며 처음 했던 말을 생각했다. *Mi casa es su casa.** 난 스페인어는 하나도 모르지

---

* 나의 집이 곧 너의 집이라는 뜻으로, 손님에게 자기 집처럼 편히 지내라는 말이다.

만 그 뜻은 짐작할 수 있었다.

"가기 전에 커피 한 잔 마실래?" 나는 난로의 문을 열며 무심코 말했다. 고운 회색 재가 쏟아져 나왔다.

"난 열 살이에요. 커피는 안 마신다고요. 아저씨에겐 장작이 필요해요. 물도."

"그러게. 그럼 빵 좀 먹고 갈래?"

"도끼 있어요? 칼은요?"

나는 말없이 크누트를 바라보았고, 크누트는 어이없다는 듯이 눈동자를 굴렸다. 칼도 없는 사냥꾼이라니.

"당분간 이걸 빌려줄게요." 크누트는 등 뒤로 손을 뻗어 큼직한 칼을 꺼냈다. 칼날이 널찍하고 노란색 나무 손잡이가 달린 칼이었다.

나는 손으로 칼을 들고 무게를 가늠해보았다. 무거웠지만 너무 무겁지는 않고 균형이 잘 잡혀 있었다. 아마 권총을 들 때의 느낌도 이와 비슷할 것이다.

"아빠 거니?"

"할아버지 거요. 사미족 칼이라고 했어요."

우리는 크누트가 땔감을 구해 오고, 내가 물을 길어 오기로 합의했다. 어른의 일을 맡아 기쁜 기색이 역력한 크누트는 칼을 집어 들고 달려 나갔다. 벽의 판자들 가운데 느슨한 판자 하나가 눈에 띄었다. 그 판자와 외벽 사이에 이끼와 잔디로 만든 단열재가 있었고, 나는 그 속에 전대를 밀어 넣었다. 집에서 겨우 100미터 떨어진 시냇가에서 양동이로 물을 긷는 동안, 저쪽 나무 군락에서 칼과 나뭇가지가 부딪히는 소리가 들렸다.

크누트는 불쏘시개와 나무껍질을 난로에 넣었고, 나는 찬장에서 쥐똥을 치우고 음식을 채워 넣었다. 크누트에게 성냥을 빌려 줬더니 이내 장작이 타면서 주전자가 쉬익 소리를 냈다. 약간의 연기가 새어나오자 모기들이 도망갔다. 나는 그 틈에 셔츠를 벗고 양동이의 물로 얼굴과 상체를 씻었다.

"그게 뭐예요?" 크누트가 손으로 가리키며 물었다.

"이거?" 나는 목에 걸린 인식표를 잡았다. "폭탄이 터져도 끄떡 없는 금속에 내 이름과 생년월일을 새긴 거야. 그래야 자기들이 누굴 죽였는지 알 테니까."

"사람들이 왜 그걸 알고 싶어 하는데요?"

"그래야 유골을 어디로 보낼지 아니까."

"하, 하." 소년이 건조하게 말했다. "이건 재밌는 얘기로 쳐주지 않을 거예요."

주전자의 쉬익 소리가 경고하듯이 부글거리는 소리로 바뀌었다. 이가 빠진 커피잔에 커피를 따르는 동안, 크누트는 벌써 두 번째로 자른 두툼한 빵 조각에 간 파테를 발라 먹는 중이었다. 나는 커피의 새까맣고 기름진 표면을 후 불었다.

"커피는 무슨 맛이에요?" 크누트가 입안 가득 빵을 넣은 채 물었다.

"처음이 항상 최악이지." 나는 그렇게 말하고 한 모금 마셨다. "어서 먹어. 그리고 얼른 가봐라. 엄마가 너 어디 있는지 걱정하기 전에."

"내가 어디 있는지 엄마는 이미 아는데요 뭐." 소년은 두 팔꿈치를 식탁에 올리고 두 손으로 턱을 받쳐 양 볼을 눈가까지 밀어 올렸다. "재밌는 얘기."

커피 맛은 완벽했고, 잔은 내 손을 따뜻하게 해주었다. "노르웨이인과 덴마크인, 스웨덴인이 창문에서 누가 몸을 제일 많이 내밀 수 있는지 내기한 얘기 들어봤니?"

크누트는 두 팔을 식탁에서 내리고 기대에 찬 눈으로 날 바라봤다. "아뇨."

"세 사람은 창틀에 앉아 있었거든. 그런데 갑자기 노르웨이인이 이긴 거야."

정적이 흐르는 동안, 나는 커피를 또 한 모금 마셨다. 크누트의 멍한 표정으로 보아 지금이 웃어야 할 때라는 걸 모르는 듯했다.

"어떻게 이겼어요?" 크누트가 물었다.

"어떻게 이겼겠어? 창문에서 떨어졌지."

"그럼 노르웨이인이 이기려다 그렇게 된 거예요?"

"당연하지."

"당연하지가 아니죠. 처음부터 말해줬어야죠."

"하지만 그래서 웃긴 거라고." 나는 한숨을 쉬었다. "어때?"

크누트는 주근깨투성이인 턱 밑에 손가락을 가져다 대고는 생각에 잠겨 허공을 응시했다. 큰 소리로 두 번 하하 웃더니 또다시 허공을 응시했다.

"좀 짧네요. 하지만 그래서 재미있는 거겠죠? 탕, 그걸로 끝. 음, 웃기긴 하네요." 크누트는 그렇게 말하고는 좀 더 웃었다.

"끝이라는 얘기가 나왔으니 말인데……."

"알았어요." 크누트는 그렇게 말하며 일어섰다. "내일 또 올게요."

"내일? 왜?"

"바르는 모기약."

"바르는 모기약?"

크누트는 내 손을 잡아 내 이마로 가져갔다. 이마가 공기방울 포장지처럼 올록볼록했다.

"알았다. 바르는 모기약을 가져오렴. 그리고 맥주도."

"맥주요? 그걸-."

"마시면 지옥 불에 떨어지겠지."

"그걸 구하려면 알타까지 가야 해요."

나는 크누트 아빠의 작업실에서 나던 술 냄새를 생각했다. "그럼 카르스크*라도."

"네?"

"집에서 만든 술이나 밀주라도 가져와. 네 아빠가 마시는 거. 아빠는 어디서 술을 구했지?"

크누트는 몸의 무게를 한쪽 발에서 다른 쪽 발로 두세 번 번갈아 옮겼다. "마티스 아저씨요."

"흠. 안짱다리에 작달막하고 찢어진 패딩을 입고 다니는 남자?"

"네."

나는 주머니에서 지폐 한 장을 꺼냈다. "이걸로 살 수 있는 만큼 사고, 잔돈으로 아이스크림 사먹으렴. 물론 아이스크림 먹는 게 죄가 아니라면."

크누트는 죄가 아니라는 뜻으로 고개를 젓고 돈을 받았다. "잘 있어요, 울프 아저씨. 문단속 잘하세요."

"아, 이젠 모기가 들어올 거 같진 않은데."

* 커피에 밀주나 보드카를 섞은 만든 음료.

"모기 말고 늑대요."

또 농담하는 건가?

크누트가 떠나자, 나는 라이플을 집어 들고 총신을 창틀에 올렸다. 가늠쇠를 들여다보며 지평선을 훑었다. 길을 따라 폴짝폴짝 뛰어가는 크누트가 보였다. 작은 숲 쪽으로 계속 이동했다. 수컷 순록이 보였다. 그 순간 마치 내 시선을 느낀 듯 순록이 고개를 들었다. 내가 알기로 순록은 집단으로 서식하는 동물이다. 그러니 이 녀석은 분명 무리에서 쫓겨났을 것이다. 나처럼.

나는 밖으로 나가 오두막 앞에 앉아 남은 커피를 마셨다. 난로의 열기와 연기 때문에 골치가 지끈거렸다.

손목시계를 보았다. 이제 거의 100시간이 지났다. 내가 죽어야 했던 때 이후로. 100시간의 덤.

다시 앞을 봤더니 그 순록이 가까이 다가와 있었다.

3

100시간 전.

하지만 시작은 그보다 훨씬 전이다. 앞서 말했듯이 정확히 어디
인지 모를 뿐이다. 1년 전, 브륀힐센이 슬로츠 공원으로 날 찾아
오면서부터 시작됐다고 해두자. 당시는 그 애가 병에 걸렸다는
사실을 알게 된 직후라서 한창 스트레스를 받던 중이었다.

브륀힐센은 매부리코에 연필로 그린 듯한 콧수염을 길렀고 일
찍부터 대머리였다. 전에는 호프만 밑에서 일했는데 뱃사람이 호
프만의 재산, 다시 말해 헤로인 시장에서 그가 가진 지분, 여자,
비그되위 알레에 있는 대형 아파트를 인수하면서부터 뱃사람 밑
에서 일했다. 브륀힐센은 뱃사람이 나를 만나고 싶어 하니 생선
가게로 오라는 말만 전하고 가버렸다.

할아버지는 사그라다 파밀리아 성당을 그리며 바르셀로나에

살던 시절에 알게 된 스페인 속담들을 아주 좋아했다. 그중에서 내가 가장 많이 들었던 속담은 이것이다. "그렇지 않아도 식구가 많은데 할머니가 임신을 했다." '엎친 데 덮친 격'과 비슷한 뜻이다.

그럼에도 난 이튿날 융스토르게에 있는 뱃사람의 가게로 갔다. 가고 싶어서가 아니라 다른 대안, 즉 가지 않는 게 불가능했기 때문이다. 뱃사람은 너무도 막강했다. 너무도 위험했다. 자기 분수를 모르고 날뛰면 이렇게 된다며 그가 호프만의 머리를 뎅강 자른 일화는 누구나 알고 있다. 또한 그의 밑에서 일하던 마약상 두 명이 마약을 빼돌렸다가 갑자기 사라져버린 사건도. 아무도 그들을 다시 보지 못했다. 그 후로 몇 달간 그의 가게에서 파는 어묵이 더 맛있어졌다고 주장하는 사람도 있었다. 뱃사람은 그런 소문이 퍼지는 걸 막지 않았다. 그것이 뱃사람 같은 사업가가 자기 영역을 지키는 방식이었다. 자기를 속이려고 했던 사람들이 어떻게 되었는지에 대한 소문과 절반의 진실, 확실한 사실을 뒤섞어서.

난 뱃사람을 속인 적이 없었다. 그런데도 그의 가게에 들어가 카운터의 중년 여자에게 내가 누구인지 말하는 동안, 금단증상을 겪는 약쟁이처럼 땀이 비 오듯 흘렀다. 그 여자가 버저를 눌렀는지 어쨌는지 모르겠지만, 내 말이 끝나자마자 가게 뒤쪽의 반회

전문이 열리며 뱃사람이 나타났다. 머리부터 발끝까지 하얀색이었고(하얀 모자, 하얀 셔츠와 앞치마, 하얀 바지, 하얀 클로그 샌들) 함박웃음을 지으며 크고 축축한 손을 내밀었다.

우리는 가게 뒤의 밀실로 갔다. 바닥과 벽은 하얀 타일로 도배되어 있었다. 벽을 따라 놓인 벤치에는 금속 접시들이 놓여 있었는데 시체처럼 창백한 색깔의 생선포를 소금물에 담가 숙성시키는 중이었다.

"비린내가 진동해서 미안하네, 욘. 어묵을 만드는 중이었거든." 뱃사람이 방 가운데에 있는 금속 테이블에서 의자 하나를 빼며 말했다. "앉게."

"전 대마초만 팝니다." 그의 말대로 앉으며 의자에 앉으며 내가 말했다. "스피드*나 헤로인은 절대 취급 안 해요."

"알아. 내가 자넬 보자고 한 건 자네가 내 부하를 죽였기 때문이야. 토랄프 욘센이라는 친구지."

나는 꿀 먹은 벙어리처럼 그를 바라봤다. 이제 난 죽었다. 어묵이 될 것이다.

"아주 똑똑하더군, 욘. 자살로 위장한 건 아주 잘한 일이야. 토랄프가 약간…… 우울한 성격이라는 건 다들 알고 있었으니까."

* 암페타민의 속어.

뱃사람은 생선포의 한 귀퉁이를 떼어내 입에 넣었다. "경찰조차 토랄프의 죽음을 의심하지 않았어. 솔직히 나도 토랄프가 자살했다고 생각했지. 경찰서의 지인이 토랄프 옆에서 발견된 총이 다른 사람 이름으로 등록되었다고 귀띔해주기 전까지는 말이야. 욘 한센. 자네 이름이지. 그래서 내가 좀 알아봤어. 그랬더니 토랄프의 여자친구 말이 그가 자네에게 빚을 졌다더군. 토랄프가 죽기 이틀 전에 자네가 빚을 받으러 찾아왔다고. 안 그런가?"

나는 침을 삼켰다. "토랄프는 제게 꽤 많은 빚을 졌습니다. 우리는 서로 잘 아는 사이죠. 죽마고우에다 한때 함께 살기도 하고 그랬으니까요. 그래서 제가 외상으로 물건을 줬습니다." 나는 억지로 미소를 지었다. 그러다 내 표정이 얼마나 우스꽝스러워 보일지 깨달았다. "이 바닥에서 친구에게 다른 법칙을 적용하는 건 늘 어리석은 짓이죠. 안 그런가요?"

뱃사람은 미소를 짓더니 생선포의 힘줄을 잡아 들어 올렸다. 그러고는 허공에서 천천히 돌아가는 생선포를 곰곰이 바라보았다. "친구나 가족, 부하에게 절대 외상을 줘서는 안 돼, 욘. 무슨 일이 있어도. 알겠나? 좋아, 그러니까 자넨 빚을 계속 참아주다가 결국 규칙은 규칙이라는 걸 깨달은 거야. 자넨 나와 같아, 욘. 나도 원칙주의자거든. 규칙을 어긴 사람은 반드시 처벌하지. 심하게 어겼든 적게 어겼든 관계없이. 상대가 내가 모르는 머저리든,

내 형제든 관계없이. 그것만이 내 영역을 지키는 유일한 방법이야. 설사 자네처럼 슬로츠 공원에서 구멍가게 수준의 장사를 한다 해도 말일세. 한 달에 얼마나 버나? 5천? 6천?"

나는 어깨를 으쓱였다. "그 정도 됩니다."

"난 자네가 한 일을 존경하네."

"하지만-."

"토랄프는 내게 아주 중요한 부하였어. 내 빚을 수금하러 다녔지. 필요에 따라서는 해결사 노릇도 하고. 빚을 갚지 않는 빚쟁이들을 기꺼이 처리했네. 요즘에는 누구나 그런 일을 할 수 있는 건 아니지. 다들 너무 물러터져서 말이야. 그렇게 물러터지고도 살아남을 수 있는 시대가 된 거야. 그건 참-." 그는 생선포를 통째로 입속에 밀어 넣었다. "변태적이지."

그가 생선포를 씹는 동안, 난 내게 남은 선택이 무엇인지 생각했다. 자리에서 일어나 가게를 통과해 광장으로 뛰쳐나가는 게 최선인 듯했다.

"그러니까 보다시피 자네 때문에 골치 아픈 문제가 생긴 거야." 그가 말했다.

당연히 난 잡히겠지만, 그나마 거리에서 끌려간다면 어묵 신세가 되는 건 면할 수 있을지도 모른다.

"그래서 생각해봤지. 내가 아는 사람 중에 그 일을 할 수 있는 사람이 누굴까? 살인의 자질이 있는 사람이 누굴까? 딱 두 명 있더군. 하나는 일처리가 능률적이지만 죽이는 걸 너무 좋아해. 그런 데서 즐거움을 느끼는 건 내가 보기에-." 그는 앞니를 쑤셨다. "변태적이야." 그는 손톱 끝에 붙은 생선 찌꺼기를 바라보았다. "게다가 그 친구는 손톱을 제대로 자르지 않는단 말이지. 내겐 계집애 같은 변태가 아니라 사람들과 이야기할 수 있는 사람이 필요해. 이야기부터 하고 그게 안 먹히면 그다음에 죽여야지. 그러니까 얼마를 원하나, 욘?"

"네?"

"자네가 원하는 금액이 얼마냐고. 한 달에 8천?"

나는 눈을 깜빡였다.

"아니야? 그럼 1만으로 할까? 거기다 사람을 죽일 때마다 보너스 3만씩."

"지금 저한테-?"

"1만 2천. 젠장, 자네 만만치 않구만, 욘. 하지만 좋아. 그 점도 존경하네."

나는 코로 숨을 들이쉬었다. 그는 지금 토랄프 대신 자기의 해결사가 되어달라는 부탁을 하고 있었다.

나는 침을 삼켰다. 그리고 생각했다.

하기 싫었다.

돈도 원치 않았다.

하지만 돈이 필요했다.

치료비가 필요했다.

"1만 2천……. 그 정도면 될 거 같네요." 내가 말했다.

내가 하는 일은 간단했다.

그저 누군가를 찾아가 뱃사람의 해결사라고 말하기만 하면 돈이 나타났다. 딱히 일이 많지도 않았다. 대부분 가게 밀실에서 브륀힐센, 스튀르케르와 함께 카드놀이를 하며 시간을 보냈다. 브륀힐센은 늘 속임수를 썼고, 스튀르케르는 늘 자기가 키우는 망할 놈의 로트와일러 얘기를 꺼내 그놈들이 얼마나 유능한지 쉴새 없이 떠들어댔다. 나는 지루했고 걱정이 됐지만 돈은 계속 들어왔다. 계산을 해보니 서너 달만 일하면 1년치 병원비는 모을 수 있을 것 같았다. 어쩌면 그걸로 충분할지 모른다. 그리고 사람은 적응하기 마련이다. 생선 비린내에조차도.

하루는 뱃사람이 들어오더니 신중하면서도 확실하게 처리해야 할 약간 중대한 업무가 있다고 했다.

"놈은 수년간 내게서 스피드를 사 갔지." 뱃사람이 말했다. "내 친구도 친척도 부하도 아니니 외상으로 줬어. 지금까지 한 번도 문제가 된 적이 없었는데 이제 빚이 많이 밀렸네."

문제의 주인공은 코스모스였다. 부둣가 옆 지저분한 카페인 골드피시에서 스피드를 파는 늙은이. 카페 바로 옆으로 차량이 많이 지나다니기 때문에 창문은 잿빛이었고, 손님은 많아야 서너 명이었다.

코스모스가 장사하는 방법은 이랬다. 먼저 손님이 들어와 그의 옆 테이블에 앉는다. 옆 테이블은 늘 비어 있는데 코스모스가 그 의자에 자기 코트를 걸쳐 놓고 테이블에는 〈예메〉 한 부를 올려놓기 때문이다. 코스모스는 자기 테이블에 앉아 가로세로 낱말 맞히기를 한다. 〈아프텐포스텐〉이나 〈베르덴스 강〉의 소형 낱말 맞히기, 혹은 〈다그블라데〉의 대형 낱말 맞히기를. 물론 〈예메〉의 낱말 맞히기도. 듣자 하니 〈예메〉에서 주최한 전국 가로세로 낱말 맞히기 대회에서 두 번이나 우승했다고 한다. 돈이 든 봉투를 신문 속에 집어넣고 화장실에 다녀오면, 돌아왔을 때 돈 대신 스피드가 든 봉투가 기다리고 있다.

나는 이른 아침에 카페로 갔고, 늘 그렇듯 손님은 서너 명뿐이었다. 나는 노인에게서 두 테이블 떨어져 앉아 커피를 주문하고 낱말 맞히기를 펼쳤다. 그러고는 연필로 머리를 긁적이며 노인이 있는 쪽으로 몸을 내밀었다.

"실례합니다."

내가 두 번이나 부른 후에야 코스모스가 낱말 맞히기에서 고개를 들었다. 오렌지색 렌즈로 된 안경을 끼고 있었다.

"미안하지만 '갚지 않은 돈'이라는 뜻의 다섯 글자가 뭘까요? g로 시작합니다."

"빚^{gield}." 그는 그렇게 말하고 다시 고개를 숙였다.

"아, 그렇군요. 고맙습니다." 나는 낱말 맞히기의 네모 칸을 채웠다.

잠시 기다렸다가 커피를 한 모금 마시고 헛기침을 했다. "자꾸 귀찮게 해드려서 죄송합니다만, 배를 부리거나 배에서 일을 하는 사람이 여덟 글자로 뭔지 아십니까? f와 i로 시작합니다."

"뱃사람^{fiskeren}." 그가 고개를 들지 않은 채 말했다. 하지만 그 단어를 말해놓고 움찔하는 게 보였다.

"마지막 단어예요. 어려운 일이나 채무를 폭력으로 해결하고 돈을 받아주는 사람을 뜻하는 여섯 글자입니다. h로 시작하고 가운데에 m이 두 개 들어가죠."

그는 신문을 밀치고 날 보았다. 면도하지 않은 턱 아래로 울대뼈가 올라갔다 내려왔다.

나는 미안하다는 듯한 미소를 지었다. "유감스럽게도 그 낱말 맞히기의 마감이 오늘 오후까지입니다. 난 가서 처리할 일이 있어요. 하지만 정확히 두 시간 뒤에 돌아오죠. 여기 신문을 두고 갈 테니 낱말 맞히기를 푸세요. 풀 수 있다면요."

나는 항구로 내려가 잠깐 담배를 피우며 생각을 좀 했다. 무슨 일이 있었는지, 왜 그가 빚을 못 갚았는지는 모른다. 알고 싶지도 않고, 그의 절박한 얼굴이 망막에 남는 것도 싫다. 얼굴은 하나로 충분하다. 희미해진 국립 병원 로고가 찍힌 베개 위의 창백하고 작은 얼굴 하나로.

다시 돌아왔을 때 코스모스는 낱말 맞히기에 푹 빠져 있었고, 나는 신문을 펼쳐보았다. 봉투가 있었다. 나중에 뱃사람은 전액을 다 받았다고, 내가 일을 잘 처리했다고 말했다. 하지만 그게 무슨 소용인가? 난 의사들과 얘기하고 온 후였다. 예후가 좋지 않았다. 치료를 받지 않으면 1년을 넘기기 힘들 거라고 했다. 그래서 뱃사람에게 가서 상황을 설명하고 돈을 빌려달라고 했다.

"미안하네, 욘. 그렇게는 안 되겠어. 자넨 내 부하잖나, 안 그래?"

나는 고개를 끄덕였다. 이제 어쩐단 말인가.

"하지만 자네 문제를 해결할 방법이 있네. 처리해야 할 사람이 하나 있거든."

이런 젠장.

조만간 일어날 일이었지만 그래도 한참 뒤에 일어나기를 바랐다. 내가 필요한 돈을 다 모으고 이 일을 그만두겠다고 말한 뒤에.

"자네가 좋아하는 표현이 이거라며? 처음이 항상 최악이다. 그러니까 잘된 일이야. 이번이 두 번째잖나."

나는 억지 미소를 지었다. 그는 전혀 모르고 있다. 내가 토랄프를 죽이지 않았다는 사실을. 내 이름으로 등록된 총은 스포츠 용품점에서 구입한 소구경 권총이었다. 토랄프는 업무상 총이 필요했는데 동독 이탈자 출신이라서 구입할 수가 없었다. 그래서 (대마초를 파는 일로든 뭐로든) 한 번도 체포된 적이 없는 내가 소액의 수수료를 받고 총을 대신 사줬다. 그 뒤로는 그 총을 본 적이 없었다. 그리고 치료비를 마련하기 위해 돌려받으려고 했던 돈은 그냥 포기해버렸다. 우울증에 시달리며 약에 찌들어 살던 토랄프의 사인은 보이는 그대로였다. 권총 자살.

내게 원칙 따윈 없다. 돈도 없다. 하지만 손에 피를 묻힌 적도 없다.

아직은.

3만 크로네의 보너스.

기회였다. 좋은 기회.

나는 움찔하며 잠에서 깼다. 모기들이 앵앵거리며 모직 담요에 달라붙어 있었다. 하지만 잠에서 깬 건 모기 때문이 아니었다. 저 멀리 고원에서 정적을 깨고 길게 짖는 소리 때문이었다.

늑대? 늑대는 겨울에 달을 보며 짖는 줄 알았는데. 다 타버린

무채색 하늘에 끈질기게 걸려 있는 염병할 태양을 향해서가 아니라. 아마 개일 것이다. 사미족이 흩어진 순록을 몰 때 사용하는 개.

어깨가 아프다는 걸 깜빡 잊고 좁은 침대에서 돌아누웠다가 얼른 원래 자세로 돌아갔다. 울부짖는 소리는 멀리서 나는 것 같았지만 누가 알겠는가? 여름에는 겨울보다 소리의 전달 속도가 느려지고, 나아가는 거리도 짧아지는 법이다. 어쩌면 바로 이 앞에 와 있는지도 모른다.

나는 눈을 감았지만 다시 잠들지 못할 게 뻔했다.

그래서 침대에서 일어나 쌍안경을 집어 들고 창가로 가서 지평선을 훑었다.

아무것도 없었다.

그저 재깍재깍 하는 소리뿐.

4

크누트가 가져온 바르는 모기약은 반짝거리고 진득거리고 악취가 나는 게 꼭 네이팜 같았다. 모기약 말고 입구가 코르크 마개로 막힌 병 두 개도 가져왔는데 역시 악취가 나는 밝은 빛깔의 액체가 들어 있었다. 이거야말로 네이팜이었다. 이글이글 타오르던 태양은 아침이 되어도 전혀 누그러들지 않았고, 연통에서 휘파람 소리를 내던 바람도 마찬가지였다. 점점이 흩어진 구름의 그림자가 광활하고 단조롭고 굽이치는 풍경 속을 순록 무리처럼 미끄러지듯 가로지르며 쭉 펼쳐진 연초록색 초목들을 일시적으로 더 짙은 초록으로 바꾸었고, 멀리 보이는 연못에 반사되던 햇살과 발가벗겨진 바위들 속 작은 결정체의 은은한 반짝거림을 삼켜버렸다. 마치 밝은 노래 속에 갑작스럽게 등장한 저음의 베이스 노트처럼. 어쨌든 아직은 단조였다.

"엄마가 집회소 예배에 오시는 걸 환영한대요." 식탁 맞은편에 앉아 있던 소년이 말했다.

"정말?" 병 하나를 쓰다듬으며 내가 말했다. 맛을 보지 않고 다시 코르크 마개를 끼웠다. 전희. 길게 끌면 끌수록 맛이 더 좋아진다. 혹은 더 나빠지거나.

"엄마는 아저씨가 구원받을 수 있다고 생각해요."

"넌 아니고?"

"난 아저씨가 구원받기를 원치 않는다고 생각해요."

나는 일어나서 창가로 갔다. 수컷 순록이 또 와 있었다. 오늘 아침에 저 녀석을 봤을 때는 안도감마저 들었다. 늑대. 노르웨이에서는 늑대가 멸종되지 않았나?

"우리 할아버지는 교회를 설계하셨어." 내가 말했다. "건축가였거든. 하지만 신을 믿진 않았지. 우리가 죽으면 그걸로 끝이라고 하셨어. 난 그 말을 더 믿는 편이야."

"예수님도 믿지 않으셨어요?"

"하느님도 믿지 않는데 그 아들을 믿겠니, 크누트?"

"알겠어요."

"알겠어? 그래서?"

"그래서 지옥 불에 떨어지셨을 거예요."

나는 큭큭 웃었다. "그렇다면 꽤 오랫동안 타고 있겠구나. 왜냐

65

하면 내가 열아홉 살 때 돌아가셨으니까. 좀 불공평하다는 생각 안 드니? 할아버지는 좋은 사람이었어. 도움이 필요한 사람들을 도와주셨지. 내가 아는 수많은 기독교인들보다 훨씬 훌륭한 분이었어. 내가 할아버지 반만큼만 훌륭했어도…….”

나는 눈을 깜빡였다. 눈이 따가웠고 눈앞에 하얀 점들이 떠다녔다. 이곳의 강렬한 햇살 때문에 망막에 구멍이라도 뚫린 걸까? 이런 한여름에 설맹에 걸린 걸까?

“우리 할아버지 말로는 착한 일을 하는 건 도움이 안 된대요, 울프 아저씨. 지금은 아저씨 할아버지가 지옥 불에서 타고 있지만 곧 아저씨 차례가 될 거예요.”

“흠. 그럼 지금 네 말은 교회에 나가서 예수님과 그 레스타디우스라는 사람을 받아들이기만 하면, 평생 아무도 돕지 않아도 천당에 갈 거란 뜻이니?”

소년은 빨간 머리를 긁적거렸다. “네에에에. 링엔 파에 들어온다면요.”

“다른 종파도 있니?”

“알타에 장자長子 파, 트롬쇠 남쪽에 룬드베르기안 파, 그리고 미국에 구 레스타디우스 파-.”

“그럼 그 사람들 모두 지옥 불에 떨어지는 거야?”

“할아버지가 그럴 거라고 했어요.”

"지옥이 꽤나 넓은가 보구나. 네 할아버지와 내 할아버지가 바뀌었으면 어떻게 됐을까? 그럼 넌 무신론자가 되고, 난 레스타디우스교도가 됐겠지. 지옥 불에 떨어지는 사람은 네가 됐을 거야."

"아마도요. 하지만 다행히 지옥 불에 떨어질 사람은 아저씨예요."

나는 한숨을 쉬었다. 이곳의 풍경에는 어딘가 아주 안정적인 느낌이 있었다. 마치 어떤 일도 일어날 수 없고, 일어나지 않을 것처럼. 마치 이런 불변성이 당연하다는 듯이.

"울프 아저씨?"

"응?"

"아빠가 보고 싶어요?"

"아니."

크누트가 걸음을 멈췄다. "나쁜 아빠였어요?"

"좋은 아빠였던 거 같아. 하지만 어릴 때는 잘 잊어버리니까."

"그래도 돼요?" 크누트가 나직한 목소리로 물었다. "아버지를 그리워하지 않아도?"

나는 소년을 보았다. "그럴걸." 그러고는 하품을 했다. 어깨가 쑤셨다. 술을 마셔야 했다.

"정말 가족이 없어요, 울프 아저씨? 아무도요?"

나는 잠시 생각했다. 정말로 생각해야만 했다. 맙소사.

나는 고개를 끄덕였다.

"내가 누굴 생각하고 있는지 알아요?"

"네 할아버지와 아버지?"

"아뇨. 난 리스티나를 생각하고 있어요."

그게 누군지 내가 어떻게 알겠느냐는 질문은 하지 않았다. 내혀는 바짝 마른 스펀지 같았지만 술을 마시려면 이 애가 말을 끝내고 갈 때까지 기다려야 했다. 아이는 심지어 잔돈까지 그대로 돌려주었다. "리스티나가 누군데?"

"5학년 여자애예요. 머리는 긴 금발이고요. 지금 카우토카이노의 여름 캠프에 있어요. 원래는 우리도 거기 갈 예정이었죠."

"그게 무슨 캠프인데?"

"그냥 캠프요."

"거기서 뭘 하지?"

"우리 같은 애들은 그냥 놀죠. 그러니까 설교나 예배가 없을 때는요. 하지만 곧 로게르가 리스티나에게 여자친구가 돼달라고 말할 거예요. 둘이 키스할지도 몰라요."

"그럼 키스는 죄가 아니니?"

크누트는 고개를 갸웃했다. 한쪽 눈을 가늘게 떴다. "모르겠어요. 그 애가 캠프에 가기 전에 내가 사랑한다고 고백했어요."

"그냥 대놓고 사랑한다고 했어?"

"네." 그러더니 그 애가 몸을 앞으로 내밀며 숨소리가 섞인 목소리로, 눈은 먼 곳을 보며 말했다. "'사랑해, 리스티나.'" 그러고는 다시 날 봤다. "뭐 잘못됐어요?"

나는 빙그레 웃었다. "아니. 그 애가 뭐라든?"

"알았어."

"'알았어'라고?"

"네. 그게 무슨 뜻일까요, 울프 아저씨?"

"글쎄, 누가 알겠니. 자기한텐 너무 버겁다는 뜻으로 한 말일 수 있어. '사랑해'는 꽤나 무거운 말이니까. 하지만 생각해보고 싶다는 뜻일 수도 있지."

"저한테 기회가 있을까요?"

"물론이지."

"흉터가 있는데도요?"

"무슨 흉터?"

그 애가 이마에 붙은 반창고를 들어 올려 보였다. 반창고 아래의 창백한 살갗에는 아직도 바늘 자국이 있었다.

"어쩌다 다친 거야?"

"계단에서 떨어졌어요."

"그 여자애한테 순록하고 싸웠다고 해. 네 영역을 지키기 위해서 싸웠고, 당연히 이겼다고."

"아저씨 바보예요? 리스티나가 그 말을 믿겠어요?"

"당연히 안 믿겠지. 그건 그냥 농담이니까. 여자애들은 재밌는 남자를 좋아한다고."

크누트는 윗입술을 깨물었다. "정말이에요, 울프 아저씨?"

"들어봐. 설사 올여름에 네가 그 리스티나라는 아이랑 잘되지 않는다 해도, 여름은 또 오고 또 다른 리스티나가 나타날 거야. 여자는 실컷 사귀게 될 거라고."

"왜요?"

"왜냐고?" 나는 소년을 위아래로 훑어보았다. 나이에 비해 키가 좀 작은가? 그래도 그 키의 다른 아이들에 비해 똑똑하긴 했다. 빨간 머리와 주근깨가 여자들에게 그다지 인기를 끌지는 못할지라도 유행은 돌고 도는 법이니까. "내 생각에 넌 핀마르크의 믹 재거니까."

"네?"

"그럼 제임스 본드."

크누트는 멍한 표정으로 날 보았다.

"폴 매카트니?" 아이는 여전히 아무 반응도 없었다. "비틀즈, 몰라? *She loves you, yeah, yeah, yeah*."

"노래 못하시네요, 울프 아저씨."

"맞아." 난 난로 문을 열고 축축한 천을 넣어 재를 묻힌 다음,

닳아서 반짝거리는 라이플의 가늠쇠에 문질렀다.

"넌 왜 여름 캠프에 안 갔니?"

"아빠가 대구를 잡으러 가서서 우린 아빠를 기다려야 해요."

무언가가 있었다. 아이의 입꼬리가 실룩거렸고, 어딘가 석연치 않은 구석이 있었다. 하지만 묻지 않기로 했다. 가늠쇠를 들여다 봤다. 약간의 운이 따른다면 이젠 그들이 찾아왔을 때 내가 총으 로 겨냥해도 가늠쇠에 햇볕이 반사되어 내 위치가 노출되는 일은 없을 것이다.

"밖으로 나가자." 내가 말했다.

바람이 모기들을 쫓아냈고 우리는 햇볕 아래 앉았다. 우리가 나오자 순록은 더 먼 곳으로 이동했다. 크누트는 칼을 가져와 나 뭇가지를 가늘게 다듬었다.

"울프 아저씨?"

"질문이 있을 때마다 내 이름을 부를 필요는 없어."

"알았어요. 하지만 울프 아저씨?"

"응?"

"내가 가면 술 마실 거예요?"

"아니." 난 거짓말을 했다.

"다행이다."

"내가 걱정되니?"

"그냥 좀 바보 같아서요. 아저씨가 술을 마시고-."

"지옥 불에 떨어지는 게?"

아이가 웃었다. 그러고는 이 사이로 휘파람을 불려고 애쓰면서 나뭇가지를 들어 올렸다.

"울프 아저씨?"

나는 지친 한숨을 쉬었다. "응?"

"아저씨, 은행 털었어요?"

"무슨 뚱딴지같은 소리야?"

"돈을 엄청 많이 가지고 있잖아요."

나는 담뱃갑을 꺼냈다. 살짝 더듬거리며 담배를 빼냈다. "여행 경비야. 난 수표책이 없거든."

"재킷 주머니에 총도 있잖아요."

나는 라이터의 불을 담배로 가져가면서 그 애를 바라보았다. 하지만 바람에 불꽃이 꺼졌다. 그러니까 이 애는 교회에서 날 깨우기 전에 내 재킷을 뒤진 것이다.

"수표책은 없고 현찰만 많을 땐 조심해야 하거든."

"울프 아저씨?"

"응?"

"아저씨는 거짓말도 못하네요."

나는 웃었다. "나뭇가지로 뭘 하려고?"

"배에 노를 끼울 때 고정시키는 나무못을 만드는 거예요." 소년은 그렇게 말하며 나뭇가지를 계속 깎았다.

소년이 떠나자, 한결 더 평화로워졌다. 당연했다. 하지만 그 애가 좀 더 머물렀어도 싫지 않았을 것이다. 인정하긴 싫지만 그 애에게는 남을 즐겁게 해주는 재주가 있기 때문이다.

나는 앉아서 꾸벅꾸벅 졸았다. 실눈을 뜨고 올려다보니 순록이 다시 다가오고 있었다. 녀석도 내게 익숙해진 게 분명하다. 지독히 외로워 보였다. 이맘때의 순록은 당연히 통통할 줄 알았는데 이 녀석은 말라깽이였다. 말라깽이에 회색빛이었고, 쓸데없이 큰 뿔은 과거에는 암컷을 꽤나 유혹했겠지만 지금은 그저 거추장스러워 보일 뿐이다.

순록이 어찌나 가까이 왔는지 녀석의 씹는 소리까지 들릴 지경이었다. 녀석은 고개를 들고 날 바라봤다. 나라기보다는 내 쪽을. 순록은 시력이 나빠서 후각에 의존한다. 그러니 내 냄새를 맡을 수 있을 것이다.

난 눈을 감았다.

그러니까 그게 언제지? 2년 전? 1년 전? 내가 해치워야 할 대상은 구스타보라는 남자였고, 난 새벽에 그자의 집을 쳐들어갔다. 그는 호만스뷔엔의 다세대 주택들 사이에 옹색하게 끼어 있는, 작은 목조 폐가에서 혼자 살았다. 거리에는 막 내린 눈이 쌓여 있었지만 낮 동안에 날씨가 따뜻해질 거라고 했으니 내 발자국은 녹아 없어질 거라고 생각했던 기억이 난다.

나는 초인종을 눌렀다. 문이 열리자, 총으로 그의 이마를 겨눴다. 그가 뒤로 물러섰고, 난 그를 따라 집 안으로 들어가면서 등 뒤로 문을 닫았다. 집 안에서는 연기와 돼지기름 냄새가 났다. 뱃사람 말로는 자기 밑에서 마약을 팔던 구스타보가 그동안 돈과 마약을 빼돌려왔다는 걸 최근에야 알게 됐다고 한다. 내가 맡은 임무는 놈을 쏘는 것이었다. 지극히 간단했다. 그때 내가 그렇게 했더라면 상황은 많이 달라졌을 것이다. 난 두 가지 실수를 했다. 첫째 그의 얼굴을 보았고, 둘째 그가 말하도록 내버려두었다.

"날 쏠 겁니까?"

"그래." 쏴야 할 총은 쏘지 않은 채 내가 그렇게 말했다. 그는 강아지처럼 순박해 보이는 갈색 눈에 성긴 콧수염을 길렀는데 끝이 입 양쪽으로 축 처져 있었다.

"뱃사람이 얼마나 준다고 했죠?"

"충분히." 나는 방아쇠를 감은 손가락에 힘을 주었다. 그의 한쪽 눈이 흔들리더니 그가 하품을 했다. 개들은 긴장하면 하품을 한다고 들은 적이 있다. 하지만 방아쇠는 작동하지 않았다. 아니다, 내 손가락이 말을 듣지 않았다. 젠장. 그의 뒤쪽으로 복도 선반에 놓인 벙어리장갑과 푸른색 털모자가 보였다.

"모자 써." 내가 말했다.

"네?"

"털모자. 모자를 쓰고 턱까지 끌어당겨. 당장. 안 그러면……."

그는 내 말대로 했다. 이목구비가 없고 말랑말랑한 푸른색 인형 머리가 되었다. 에소 로고가 적힌 티셔츠 속에서 올챙이배를 툭 내밀고, 양팔을 축 늘어뜨린 채 서 있는 그의 모습은 여전히 처량해 보였다. 하지만 난 할 수 있을 거라고 생각했다. 상대의 얼굴을 보지 않는 한. 나는 모자를 겨냥했다.

"돈을 나누죠." 털모자 속에서 그의 입이 움직였다.

나는 총을 쐈다. 분명 쐈다고 생각했다. 하지만 쏘지 않은 모양이었다. 그의 목소리가 계속 들렸기 때문이다.

"날 살려주면 내가 가진 돈과 암페타민의 절반을 드릴게요. 현찰만 9만 크로네예요. 뱃사람은 절대 모를 겁니다. 내가 영원히 사라질 거니까요. 외국으로 가서 새로운 신분으로 살게요. 맹세합니다."

뇌는 이상하면서도 훌륭한 기관이다. 뇌의 한쪽은 이게 어리석고 치명적인 제안이라는 걸 알고 있었지만, 다른 쪽은 그 제안을 골똘히 생각하고 있었다. 9만 크로네. 그리고 보너스 3만 크로네.

게다가 이 남자를 죽이지 않아도 된다.

"네가 다시 얼씬거리면 난 끝장이야." 내가 말했다.

"우리 둘 다 끝장이죠. 덤으로 전대도 드릴게요."

젠장.

"뱃사람이 시신을 가져오랬어."

"시신을 없앨 수밖에 없었다고 하세요."

"무슨 이유로?"

모자 속에서 정적이 흘렀다. 2초 동안. "시신에 당신이 범인이
라는 증거가 남았으니까요. 내 머리를 쐈는데 총알이 나오지 않
은 겁니다. 당신의 장난감 같은 총에 딱 맞는 핑계죠. 총알이 내
머리에 박혀버렸고, 그러면 당신이 범인으로 지목될 수 있어요.
왜냐하면 다른 사람을 죽일 때 장난감 총을 쓴 적이 있으니까요.
따라서 당신은 내 시신을 차에 싣고 부네 피오르로 가서 버릴 수
밖에 없었죠."

"난 차가 없어."

"그럼 내 차를 가져가세요. 가져가서 부네 피오르에 두고 오세
요. 면허는 있나요?"

나는 고개를 끄덕였다. 그러다 그가 날 볼 수 없다는 걸 깨달았
다. 또한 그게 얼마나 나쁜 제안인지도. 나는 다시 총을 들어 올
렸다. 하지만 너무 늦었다. 그가 이미 모자를 벗은 채 날 보며 환

히 웃고 있었다. 초롱초롱한 눈으로. 금니가 반짝거렸다.

돌이켜 보면 이런 의문이 든다. 왜 구스타보에게서 지하실 석탄 통에 묻어두었던 돈과 마약을 받은 직후에 그를 쏴버리지 않았을까? 그냥 지하실 불을 꺼버리고 그의 뒤통수를 쏴버릴 수도 있었을 것이다. 그러면 뱃사람은 그의 시신을 갖고, 나는 돈의 절반이 아닌 전부를 갖고, 구스타보가 언제 다시 나타날지 전전긍긍하며 살지 않아도 됐을 것이다. 훌륭한 뇌에는 간단한 계산이다. 그리고 나도 그 계산을 했다. 문제는 그 남자의 머리에 총알을 박지 않는 게 내게는 더 가치 있다는 것이다. 그리고 그가 도망가서 숨어 지내려면 돈이 필요하다는 것도 알고 있었다. 기본적으로 난 그냥 나약하고 한심한 바보라서 이런 엿 같은 팔자대로 살아 마땅하다.

하지만 안나는 그렇게 살아서는 안 된다.

더 나은 삶을 살 자격이 있다.

살 기회를 얻을 자격이 있다.

딸그락거리는 소리.

눈을 떴다. 순록이 달아나고 있었다.

누군가 오고 있었다.

5

나는 쌍안경으로 그를 보았다.

그는 뒤뚱뒤뚱 걸었는데 키가 작은 데다 안짱다리여서 사타구니에 헤더가 닿을 지경이었다.

나는 라이플을 내렸다.

그는 오두막에 도착하자 어릿광대 모자를 벗더니 땀을 훔쳤다. 씩 웃었다.

"시원한 비드나 한잔 마시면 딱 좋겠군요."

"미안하지만 내겐-."

"사미족의 아쿠아비트죠. 최고의 증류주예요. 당신에게 두 병 있을 텐데요."

나는 어깨를 으쓱였고 우리는 안으로 들어갔다. 병 하나를 개봉해 투명한 실온의 액체를 두 개의 컵에 따랐다.

"건배." 마티스가 컵을 들어 올리며 말했다.

나는 아무 말 없이 독주를 꿀꺽 삼켰다.

그도 얼른 날 따라 마시더니 입가를 닦았다. "아, 좋다." 그러고는 컵을 내밀었다.

나는 다시 따라주었다. "크누트를 따라왔습니까?"

"아빠에게 줄 비드나를 사 가는 건 아닐 테니까 혹시라도 꼬마가 직접 마시는지 확인해야 했습니다. 어른으로서 조금은 책임을 져야 하니까요." 그가 씩 웃자, 윗입술에 매달려 있던 갈색 액체가 앞으로 똑 떨어졌다. "그러니까 여기서 지내는군요."

나는 고개를 끄덕였다.

"사냥은 어떤가요?"

나는 어깨를 으쓱였다. "올해는 쥐가 너무 적어서 그런지 뇌조가 별로 없네요."

"라이플이 있잖아요. 핀마르크 주는 야생 순록 천지랍니다."

술을 한 모금 더 마셨다. 정말로 끔찍한 맛이었다. 첫 모금에 미각이 마비되었는데도 불구하고.

"생각을 좀 해봤어요, 울프. 당신 같은 사람이 코순의 작은 오두막에서 뭘 하려는 걸까. 당신은 사냥하러 온 게 아니에요. 그렇다고 당신 말대로 평화롭고 고요한 곳을 찾아온 것도 아니고요. 그러니까 진짜 이유가 뭔가요?"

"앞으로 날씨가 어떨까요?" 나는 다시 컵에 술을 따랐다. "바람은 더 심해지고, 해는 좀 들어갈까요?"

"실례되는 말입니다만, 당신은 도피 중이에요. 경찰을 피해 다니는 건가요? 아니면 빚쟁이들에게 쫓기나요?"

나는 하품을 했다. "크누트가 아빠를 위해 술을 사지 않았다는 걸 어떻게 알았습니까?"

그의 널찍한 이마에 주름이 잡혔다. "휴고요?"

"그의 작업실에서 술 냄새가 나더군요. 술을 멀리하는 사람은 아니었어요."

"그의 작업실에 들어갔다고요? 레아가 당신을 집에 들였단 말입니까?"

레아. 그녀의 이름은 레아다.

"신도도 아닌 당신을? 그건-." 그가 갑자기 말을 멈췄고, 얼굴에 슬며시 미소가 나타났다. 그러더니 내 다친 어깨를 찰싹 때리고 웃음을 터뜨리며 몸을 앞으로 내밀었다. "그거로군! 여자! 당신 난봉꾼이죠? 유부녀를 건드려서 지금 그 남편에게 쫓기는 신세고요, 맞죠?"

나는 어깨를 문질렀다. "어떻게 알았습니까?"

마티스는 가늘게 찢어진 눈을 가리켰다. "우리 사미족은 땅의 자손들이죠. 당신네 노르웨이인들이 이성의 길을 따르는 반면,

우린 이해하지 못하지만 그저 보고 느끼는 어리석은 주술사들입니다."

"레아는 이 라이플을 빌려주려고 날 집에 들인 겁니다. 남편이 고기잡이에서 돌아올 때까지 빌려주겠다고 했어요." 내가 말했다.

마티스는 날 바라보았다. 그의 턱이 무언가를 씹듯이 반원을 그리며 위아래로 움직였다. 그러더니 다시 입술을 축일 정도로만 술을 마셨다. "그렇다면 오랫동안 총을 빌릴 수 있을 겁니다."

"네?"

"휴고가 마실 술이 아니라는 걸 어떻게 알았느냐고 했죠? 휴고는 고기잡이에서 영영 돌아오지 않을 테니까요." 다시 한 모금. "오늘 아침에 그의 구명조끼가 발견됐다는 소문이 돌더군요." 그는 날 올려다보았다. "레아가 말 안 했나요? 그래요, 아마 안 했을 겁니다. 교회에서는 휴고를 위해 지난 2주간 기도했죠. 그들은, 레스타디우스교도들은 그가 구조될 거라고 믿었어요. 아무리 궂은 날씨라 해도요. 믿지 않는다면 신성모독이죠."

나는 고개를 끄덕였다. 아빠를 걱정할 필요가 없다고 엄마가 거짓말을 한다는 크누트의 말이 이거였구나.

"하지만 이젠 포기했더군요. 하느님이 그들에게 사인을 보냈다고 할 겁니다." 마티스가 말했다.

"그래서 오늘 아침에 수색대가 그의 구명조끼를 찾아냈나요?"

"수색대요?" 마티스는 웃었다. "아뇨, 그들이 수색을 포기한 지 일주일도 넘었습니다. 한 어부가 흐바쇠야 서쪽 바다에서 그의 구명조끼를 발견했죠." 그는 어리둥절한 내 표정을 보고 이렇게 덧붙였다. "뱃사람들은 구명조끼 안쪽에 이름을 써둡니다. 사람보다 조끼가 물에 더 잘 뜨니까요. 그래야 친족들이 확실히 알 수 있거든요."

"비극이군요."

마티스는 멍한 표정으로 허공을 응시했다. "세상에는 휴고 엘리아센의 미망인이 되는 것보다 더한 비극이 훨씬 많죠."

"무슨 말입니까?"

"누가 알겠습니까?" 그는 자신의 빈 컵을 비난하듯이 바라보았다. 왜 저렇게 술을 마시고 싶어 하는지 알 수가 없었다. 자기 집에 가면 술통이 쌓여 있을 텐데. 어쩌면 원료가 비싼지도 모르겠다. 나는 그의 컵을 채워주었다. 그는 술로 입술을 축였다.

"실례합니다." 그는 그렇게 말하더니 방귀를 뀌었다. "엘리아센 형제들은 어릴 때부터 성질이 불같았죠. 일찌감치 싸움을 배웠고, 술도 일찌감치 배웠어요. 자기들이 원하는 걸 얻는 법도 일찌감치 배웠고요. 물론 그 모든 걸 아버지로부터 배웠습니다. 엘리아센 씨는 배 두 척과 여덟 명의 선원을 거느린 자산가였어요.

그리고 긴 검은 머리에 아름다운 눈동자를 지닌 레아는 당시 코순에서 가장 예쁜 소녀였죠. 비록 언청이라 해도요. 그녀의 아버지인 야콥 목사는 매의 눈으로 딸을 감시했습니다. 레스타디우스 교도에게 혼전 관계란 당사자들은 물론 자손들까지 곧장 지옥에 떨어지는 일이니까요. 그렇다고 해서 레아가 자기를 어떻게 돌봐야 할지 몰랐다는 뜻은 아닙니다. 그녀는 강했고, 자기가 뭘 원하는지 알고 있었습니다. 분명 휴고 엘리아센은 아니었죠……." 그가 한숨을 크게 내쉬었다. 손 안에서 컵을 돌렸다.

나는 그의 다음 말을 기다리다가 그가 내 재촉을 원한다는 걸 깨달았다. "그래서요? 어떻게 됐습니까?"

"진짜로 무슨 일이 있었는지는 둘만 알겠죠. 하지만 그렇다곤 해도 좀 이상하긴 합니다. 레아는 열여덟 살이었는데 휴고에게 눈길 한 번 주지 않았고, 스물네 살이었던 그는 그 사실에 불같이 화를 냈죠. 자기는 고기잡이배를 두 척이나 물려받을 상속자였으니 그녀의 숭배를 받아 마땅하다고 생각했거든요. 그러다 엘리아센 저택에서 술을 진탕 마시는 파티가 벌어졌고, 레스타디우스 집회소에서 예배가 있었죠. 레아는 혼자서 집에 걸어갔습니다. 해가 빨리 지는 시기여서 아무도 본 사람이 없습니다만, 누군가가 레아와 휴고의 목소리를 들었다고 했죠. 그다음에 비명이 들렸고 정적이 흘렀다더군요. 한 달 뒤 휴고는 양복을 빼입고 제단에 서서 야콥 사라 목사를 지켜봤죠. 목사는 얼음장 같은 표정으로 딸과 함께 통로를 걸어오고 있었습니다. 레아는 눈물을 글썽거렸고, 목과 볼에 멍이 들어 있었어요. 하지만 레아의 몸에서 멍을 본 건 그때가 마지막이었습니다." 그는 컵을 비우고 일어섰다. "하지만 내가 뭘 알겠습니까. 난 그저 불쌍한 사미족이고 두 사람은 처음부터 계속 행복했는지도 모르죠. 사람들이 계속 결혼하는 걸 보면 누군가는 분명 해피엔딩으로 끝날 겁니다. 그러니 난 집에 가야 합니다. 사흘 뒤에 있을 코순의 결혼식에 술을 배달해야 하거든요. 당신도 올 건가요?"

"나요? 유감스럽게도 초대를 받은 적이 없네요."

"청첩장은 필요 없습니다. 여기선 누구나 환영이죠. 사미족 결혼식을 본 적 있습니까?"

나는 고개를 저었다.

"그렇다면 꼭 와야 합니다. 파티가 최소한 사흘은 계속되죠. 맛있는 음식, 발정 난 여자들, 마티스의 술."

"고맙지만 할 일이 좀 많아서요."

"할 일?" 그는 큭큭 웃더니 모자를 썼다. "오게 될 겁니다, 울프. 고원에서 홀로 보내는 사흘은 생각보다 훨씬 외로워요. 이곳의 적막은 사람을 이상하게 만들죠. 특히나 오슬로에서 오래 살았던 사람이라면."

허투루 하는 말이 아니라는 생각이 들었다. 그에게 내가 오슬로에서 왔다고 말한 기억이 없다는 사실은 차치하고.

밖으로 나오자, 오두막에서 고작 10미터 떨어져 있던 순록이 고개를 들고 날 봤다. 나와의 거리가 너무 가깝다는 걸 깨닫기라도 한 듯이 두세 걸음 물러났다가 뒤로 돌아 느릿느릿 걸어갔다.

"여기 순록은 다 길들여졌다고 하지 않았나요?" 내가 물었다.

"완전히 길들여지는 순록은 없죠. 하지만 저 순록도 주인이 있습니다. 귀의 자국을 보면 누가 주인인지 알 수 있죠."

"순록이 달릴 때 나는 딸그락 소리는 뭡니까?"

"무릎의 힘줄 때문이죠. 당신과 바람을 피운 여자의 남편이 나타나면 경고음이 돼줄 겁니다." 그가 큰 소리로 웃었다.

인정하긴 싫지만 나도 똑같은 생각을 했다. 순록은 훌륭한 감시자였다.

"결혼식에서 봅시다, 울프. 10시에 시작해요. 그리고 장담하건대 아름다운 결혼식이 될 겁니다."

"말은 고맙지만 아마 안 갈 겁니다."

"알았어요, 그럼. 잘 있어요. 좋은 하루 보내고 안녕히. 혹시라도 어딜 간다면 안전한 여행이 되길 빕니다." 그가 침을 뱉었다. 그 덩어리가 어찌나 무거운지 떨어진 자리에 있던 헤더가 축 처졌다. 마을로 뒤뚱뒤뚱 걸어가며 그는 계속 혼자 큭큭 웃었다. "그리고 혹시라도 병이 나면-." 그가 어깨 너머를 돌아보며 외쳤다. "빨리 낫기를 바랍니다."

6

재깍재깍.

나는 지평선을 응시했다. 주로 코순 쪽을. 하지만 놈들은 멀리 돌아 숲을 지나 오두막 뒤쪽에서 날 공격할지도 모른다.

몇 잔 마시지도 않았는데 첫날에 병 하나가 바닥났다. 이튿날까지 꾹 참고 기다렸다가 두 번째 병을 개봉했다.

눈은 한층 더 쑤셨다. 참다못해 침대에 누워 눈을 감았다. 만약 누군가가 다가온다면 순록의 무릎 힘줄 소리가 경고해줄 거라고 생각하면서.

하지만 힘줄 소리 대신 교회 종소리가 들렸다.

처음에는 무슨 소린지 몰랐다. 바람을 타고 소리의 가냘픈 여운만 전달되었기 때문이다. 그러다 마을에서부터 지속적으로 미풍이 불어오자 좀 더 분명하게 들렸다. 종소리. 시계를 봤다.

11시. 그렇다면 오늘이 일요일이란 말인가? 나는 그렇다는 결론을 내렸고, 오늘을 기점으로 요일을 계산하기로 했다. 왜냐하면 그들은 평일에, 근무하는 날에 올 것이기 때문이다.

자꾸 잠으로 빠져들었다. 어쩔 수가 없었다. 망망대해에서 혼자 배를 타고 가는 것과 비슷했다. 그저 배가 어딘가에 부딪히거나 뒤집히지 않기를 바라며 잠들게 된다. 그래서인지 물고기가 가득 찬 배를 타고 노 젓는 꿈을 꿨다. 안나를 살려줄 물고기. 나는 급히 노를 저었지만 뭍에서 바다로 바람이 불고 있었다. 계속 노를 저었고 급기야 손의 살갗이 벗겨지며 피가 흘렀다. 노를 제대로 잡을 수가 없어서, 입고 있던 셔츠를 찢어 그걸로 손과 노를 한꺼번에 감았다. 바람과 해류와 싸우며 노를 저었지만 조금도 뭍에 가까워지지 않았다. 그러니 통통한 물고기들이 뱃전까지 쌓여 있다 한들 무슨 소용이란 말인가.

사흘째 밤. 난 잠에서 깨 방금 들은 짐승의 울음소리가 꿈인지 현실인지 생각했다. 개인지 늑대인지 몰라도 소리가 전보다 가까워졌다. 밖에 나가 오줌을 싸면서 한 무리의 나무들 뒤로 이동한 태양을 바라봤다. 나뭇잎이 듬성듬성한 우듬지 위로 태양이 어제보다 더 많이 숨어 있었다.

술을 마시고 간신히 두어 시간 더 잤다.

다시 일어난 후에는 커피를 끓이고, 버터를 바른 빵 한 쪽을 들고 밖으로 나가 앉았다. 바르는 모기약 때문인지 핏속의 알코올 때문인지 마침내 모기들이 내 피에 질린 것 같았다. 나는 빵 부스러기로 순록을 가까이 오도록 유인하려고 했다. 쌍안경으로 순록을 바라봤다. 녀석이 머리를 들고 날 바라봤다. 내가 녀석을 볼 수 있듯이 녀석도 내 냄새를 맡을 수 있을 것이다. 난 손을 흔들었다. 녀석의 귀가 씰룩거렸지만 그 외에는 표정의 변화가 없었다. 이곳의 풍경처럼. 턱은 시멘트 믹서처럼 계속 움직였다. 반추동물. 마티스처럼.

쌍안경으로 지평선을 살폈다. 축축한 재를 라이플의 가늠쇠에 발랐다. 손목시계를 봤다. 어쩌면 그들은 더 어두워질 때까지 기다렸다가 내 눈에 띄지 않게 살금살금 접근하려는지도 모른다. 잠을 자야 했다. 바리움을 먹어야 했다.

그는 새벽 6시 반에 날 찾아왔다.

초인종 소리를 듣고 잠에서 깬 건 아니었다. 바리움과 귀마개. 그리고 파자마. 1년 내내 그러고 자니까. 얇은 판유리 하나만 달랑 끼워 넣은 낡아 빠진 창문은 외부의 모든 것을 집 안으로 들인다. 가을 폭풍우, 겨울 추위, 지저귀는 새소리, 그리고 망할 놈의 쓰레기차 소리도. 쓰레기차는 일주일에 세 번씩 후진으로 정문을 통과해 정원으로, 다시 말해 2층에 있는 우리 집 침실 창문 바로 밑까지 들어온다.

그 망할 전대 속에는 제대로 된 이중 유리를 설치하거나, 한 층 더 위로 이사하고도 남을 돈이 있었지만 세상의 모든 돈을 가져온다 해도 내가 잃은 것을 되찾을 순 없었다. 그리고 장례식 이후로 나는 아무것도 할 수 없었다. 집의 잠금장치를 바꾸는 것 말고는. 끝내주게 좋은 독일제 잠금장치였다. 지금까지 집에 도둑이 든 적도 없는데 왜 잠금장치를 바꿨는지는 신만이 아시리라.

문밖에는 아빠의 양복을 빌려 입은 소년처럼 보이는 남자가 서 있었다. 셔츠 위로 비쩍 마른 목이 쑥 솟아 있고, 그 위에는 숱이 적은 앞머리를 내린 큼직한 머리가 있었다.

"무슨 일이지?"

"뱃사람이 보내서 왔습니다."

"알았어." 파자마를 입고 있었는데도 몸이 차가워졌다. "근데 넌 누구야?"

"신입입니다. 요니 모에라고 하죠."

"알았어, 요니. 9시까지 기다려줘. 9시에 가게 밀실에서 보자고. 옷 챙겨 입고 찾아갈 테니까."

"구스타보 킹의 일로 왔습니다."

젠장.

"들어가도 될까요?"

나는 어떻게 해야 할지 생각하면서 왼쪽 가슴 부분이 불룩 튀어나온 그의 트위드 양복을 바라봤다. 대형 권총. 어쩌면 그래서 저렇게 헐렁한 재킷을 입었는지도 모른다.

"청산해야 할 일이 있습니다. 뱃사람의 강력한 주장으로요." 그가 말했다.

그를 집 안에 들이지 않는다면 의심을 살 것이다. 부질없는 짓이기도 하고.

"물론이지." 문을 열며 내가 말했다. "커피?"

"난 차만 마십니다."

"유감스럽게도 우리 집에는 차가 없어."

그가 검지로 앞머리를 넘겼다. 손톱이 길었다. "차 마시겠다고한 적 없습니다, 한센 씨. 그냥 차를 마신다고 한 거죠. 여기가 거실입니까? 먼저 들어가시죠."

나는 거실로 들어가 의자 위에 있던 〈매드〉 잡지 여러 권과 찰스 밍거스, 모니카 제터룬드의 앨범 서너 개를 옆으로 밀치고 앉았다. 그는 기타 옆 소파에 앉았는데 스프링이 고장 난 탓에 몸이 소파 안쪽으로 푹 가라앉았다. 날 제대로 보기 위해서는 테이블 위의 빈 보드카 병을 치워야 했다. 날 제대로 쏘기 위해서도.

"어제 구스타보 킹의 시체가 발견됐습니다." 그가 말했다. "하지만 발견된 장소는 당신이 시신을 버렸다고 말한 부네 피오르가 아니었어요. 당신의 진술과 일치하는 부분은 머리에 총을 맞았다는 것뿐입니다."

"젠장, 그럼 누가 시신을 옮겼단 말이야? 어디로……?"

"브라질의 살바도르."

나는 고개를 주억거렸다.

"대체 누가……?"

"내가요." 그는 그렇게 말하며 오른손을 재킷 속에 집어넣었다. "이걸로." 권총이 아니라 리볼버였다. 크고, 검고 흉측하게 생긴. 바리움의 약효가 싹 달아났다. "이틀 전에. 그때까진 멀쩡히 살아 있었죠."

나는 계속 고개를 주억거렸다. "어떻게 찾아냈지?"

"살바도르의 바에 앉아 밤마다 자기가 노르웨이 마약 왕을 엿 먹였다고 자랑스럽게 떠들어대면 조만간 그 사실이 노르웨이 마약 왕의 귀에 들어가는 법이죠."

"어리석은 자로군."

"그렇긴 해도 어차피 우린 그자를 찾아냈을 겁니다."

"내가 그를 죽였다고 했는데도?"

"뱃사람은 빚쟁이의 시신을 보기 전까진 절대로 포기하지 않죠. 절대로." 요니의 얇은 입술이 미소라도 짓는 것처럼 비틀어졌다. "그리고 뱃사람은 자기가 찾는 사람을 반드시 찾아냅니다. 당신과 난 방법을 모를 수도 있지만 그는 알아요. 반드시. 그래서 뱃사람이라고 하는 거죠."

"구스타보가 죽기 전에 뭐라고-?"

"킹 씨는 전부 자백했습니다. 그래서 내가 머리를 쏜 거죠."

"뭐라고?"

요니 모에는 어깨를 으쓱이는 듯한 동작을 취했지만 양복 재킷이 너무 커서 잘 보이지 않았다. "난 그에게 빨리 죽는 것과 천천히 고통스럽게 죽는 것 중에 선택하라고 했어요. 만약 그가 가진 패를 모두 내놓지 않으면 고통스럽게 죽일 거라고 했죠. 당신도 해결사니까 소화기를 잘 조준해서 쏘면 어떻게 되는지 알 겁니다. 위산이 비장과 간에 흘러서……."

나는 고개를 끄덕였다. 비록 그가 하는 말을 전혀 알아들을 수 없었지만 내겐 상상력이 있었다.

"뱃사람이 당신에게도 같은 선택권을 주라고 하더군요."

"나도 자-자-자백하라고?" 이가 딱딱 부딪쳤다.

"당신이 구스타보에게 받은 뱃사람의 돈과 마약을 돌려준다면요. 절반을 가져간 걸로 알고 있습니다."

나는 고개를 끄덕였다. 바리움의 약효가 사라지는 것의 단점은 겁에 질린다는 것이다. 그리고 겁에 질리는 건 진짜 더럽게 고통스럽다. 장점은 내가 어느 정도 생각을 할 수 있게 된 것이다. 그러자 지금 이 상황은 내가 새벽에 구스타보를 급습했던 장면과 판박이라는 생각이 들었다. 그러니 내가 구스타보를 흉내 내면 어떨까?

"그 돈을 반으로 나누면 어때?" 내가 말했다.

"당신과 구스타보가 그랬던 것처럼요? 그래서 당신은 구스타보 꼴이 나고, 난 당신 꼴이 나라고요? 고맙지만 사양하죠." 그는 앞머리를 옆으로 넘겼다. 그의 이마가 검지 손톱에 긁혔고, 그걸 보자 도마뱀의 발톱이 생각났다. "즉사 아니면 천천히. 어느 쪽입니까, 한센 씨?"

나는 침을 삼켰다. 생각해, 생각. 하지만 해결책 대신 내 인생, 지금까지 내가 했던 선택, 잘못된 선택들이 스쳐갔다. 나는 그렇게 우두커니 앉아 창밖의 디젤 엔진 소리, 사람들의 목소리, 아무 걱정 없는 웃음소리를 들었다. 쓰레기차 청소부들. 왜 진작 청소부로 일하지 않았을까? 정직한 노동, 청소, 사회를 위한 봉사, 그리고 행복한 귀가. 혼자이긴 해도 밤에는 뿌듯한 마음으로 침대에 누울 수 있을 것이다. 잠깐만. 침대. 어쩌면…….

"침실에 돈과 약이 있어." 내가 말했다.

"갑시다."

우리는 자리에서 일어났다.

"자," 그가 리볼버를 흔들며 말했다. "어르신 먼저."

복도를 몇 걸음 걸어가 침실에 이르자, 나는 앞으로 일어날 일을 머릿속으로 그려봤다. 그를 등진 채 침대에 가서 권총을 집어 들 것이다. 그런 다음, 뒤로 돌아 그의 얼굴을 보지 않고 발사. 간단하다. 저놈을 죽이지 않으면 내가 죽는다. 얼굴만 보지 않으면 된다.

침실에 도착했다. 나는 침대가 있는 쪽으로 갔다. 베개를 집어 들었다. 권총을 집어 들었다. 빙글 돌았다. 그의 입이 딱 벌어졌다. 눈이 휘둥그레졌다. 자기가 죽으리라는 걸 안 것이다. 나는 총을 쐈다.

다시 말해, 총을 쏠 작정이었다. 내 몸의 모든 세포들이 총을 쏘고 싶어 했다. 총을 쐈다. 오른손 검지만 제외하고. 또 같은 일이 벌어졌다.

그가 리볼버를 들어 올려 날 겨냥했다. "어리석군요, 한센 씨."

어리석지 않아. 병이 급속도로 악화된 지 1, 2주가 지난 후에야 치료비를 마련해서 더는 손을 쓸 수 없게 된 것, 그게 어리석지. 바리움과 보드카를 섞어 마신 게 어리석지. 자기 목숨이 달려 있는 상황에서 총을 쏘지 못하는 건 유전적 장애야. 나는 인간 진화의 오점이고, 인간의 미래를 위해서 나 같은 인간은 즉시 절멸돼야 해.

"머리, 아니면 배?"

"머리." 나는 그렇게 말하고 옷장으로 갔다. 전대와 암페타민 봉지가 든 갈색 가죽 가방을 꺼냈다. 뒤로 돌아 그를 마주 봤다. 리볼버의 가늠쇠 위에 있는 그의 한쪽 눈을 봤다. 다른 쪽 눈은 찡그린 채 감겨 있었고, 도마뱀의 발톱은 방아쇠를 감고 있었다. 순간적으로 왜 그가 총을 쏘지 않는지 의아해하다가 이내 깨달았다. 쓰레기차 청소부들. 그들이 창문 바로 밑에 서 있는 상황에서 총성을 울리고 싶지 않았던 것이다.

창문 바로 밑.

2층.

얇은 판유리.

어쩌면 나도 조금은 진화라는 걸 하게 됐는지도 모른다. 왜냐하면 뒤로 돌아 창가로 세 발짝 달려가는 동안 머릿속에는 오로지 한 가지 생각밖에 없었기 때문이다. 생존.

그다음에 일어났던 일들은 세부적으로 100퍼센트 맞다고 장담할 순 없지만, 난 가방 혹은 권총을 앞에 든 채 창문을 들이받은 것 같다. 판유리는 비눗방울처럼 터져버렸고, 다음 순간 난 추락하고 있었다. 왼쪽 어깨가 쓰레기차 지붕에 부딪치더니 햇빛을 받아 따뜻해진 금속 위로 몸이 데굴데굴 구르다가 차 측면으로 떨어져 마침내 맨발이 땅에 닿았고, 난 아스팔트 도로 위에 서 있었다.

떠들어대던 목소리가 잠잠해졌다. 갈색 작업복을 입은 두 청소부는 제자리에 얼어붙은 채 우두커니 서서 날 바라보기만 했다. 나는 흘러내린 파자마 바지를 추켜올리고 가방과 권총을 집어 들었다. 내 방 창문을 올려다봤다. 부서진 창틀 뒤에서 요니가 내려다보고 있었다.

나는 그에게 목례를 했다.

그는 한쪽 입꼬리를 올리며 미소 짓더니 손톱이 긴 검지를 이마에 댔다. 돌이켜 보면 일종의 경례로 이렇게 말하는 듯했다. 이번엔 당신이 이겼어. 하지만 우린 또 만날 거야.

나는 뒤로 돌아 아침의 태양이 낮게 걸린 거리를 달리기 시작했다.

마티스의 말이 옳았다.

이 풍경, 이 평온함이 날 이상하게 만들고 있었다.

오랫동안 오슬로에서 혼자 살았는데도 여기서 겨우 사흘을 보내고 나니 이 고립감이 일종의 압력, 고요한 흐느낌, 물이나 술로도 채워지지 않는 갈증처럼 느껴졌다. 구름으로 뒤덮인 잿빛 하늘 아래 텅 빈 고원을 죽 훑어보았다. 순록은 보이지 않았다. 손목시계를 봤다.

결혼식. 나는 지금까지 한 번도 결혼식에 간 적이 없다. 서른다섯 살의 남자에게 그건 어떤 의미일까? 친구가 없다? 혹은 시시한 놈들, 누군가가 결혼하고 싶어 하는 건 고사하고 아무도 원치 않는 그런 놈들만 친구로 뒀다?

난 양동이 속 물에 얼굴을 비춰보고 재킷을 툭툭 턴 다음, 권총을 등 뒤 허리춤에 찔러 넣고 코순으로 출발했다.

7

저 아래로 마을이 보일 때까지 걸어 나오자 다시 교회 종이 울리기 시작했다. 나는 속도를 냈다. 날씨가 추워졌다. 아마 구름 때문일 것이다. 아니면 여기서는 여름이 이렇게 갑자기 끝나버릴 수도 있고.

개미 새끼 한 마리 보이지 않았지만 교회 앞 자갈길에 차가 여러 대 주차되어 있었고, 교회 안에서 오르간 소리가 들렸다. 저소리는 신부가 제단을 향해 걸어가고 있다는 뜻일까? 아니면 결혼식 전에 흥을 돋우기 위한 연주일까? 앞서 말했듯이 난 결혼식에 가본 적이 없다. 주차된 차들을 보며 혹시 신부가 입장을 기다리면서 타고 있는 차가 있는지 살펴봤다. 번호판이 모두 핀마르크 주 차량임을 나타내는 Y로 시작했다. 검은색 대형 스테이션왜건만 제외하고. 그 차의 번호판에는 숫자 앞에 아무런 글자도 없었다. 오슬로 차량이다.

　나는 교회 계단을 올라가 조심스럽게 문을 열었다. 몇 개 안 되는 신도석이 가득 찼지만 살그머니 들어가 맨 뒷줄에서 빈자리를 발견했다. 오르간 연주가 멈췄고 난 앞을 봤다. 어디에도 신랑 신부가 없는 걸 보니 아직 결혼식이 시작되지 않은 것 같았다. 앞쪽에 사미족 전통 재킷을 입은 사람들이 보였지만 사미족 결혼식치고는 많지 않았다. 신도석 맨 앞줄에 내가 알아볼 수 있는 두 개의 뒤통수가 있었다. 하나는 크누트의 헝클어진 빨간 머리였고, 또 하나는 검은 폭포처럼 흘러내리는 레아의 윤기 흐르는 머리였다. 그녀의 머리는 일부가 베일로 가려져 있었다. 내가 앉은 곳에서는 잘 보이지 않았지만, 아마 신랑이 들러리와 함께 제단 근처에 앉아 신부를 기다리고 있을 것이다. 여기저기서 약간의 웅성거림과 기침 소리, 훌쩍거리는 소리가 들렸다. 이렇게 차분하고 엄숙하면서 동시에 신랑 신부를 대신해 쉽게 감동받는 분위기가 상당히 마음에 들었다.

　크누트가 뒤로 돌아 사람들을 둘러봤다. 나는 크누트와 눈을 마주치려 했지만 아이는 날 보지 못했다. 아니면 적어도 내 미소에 답하지 않았다.

　오르간이 다시 연주를 시작했고, 사람들은 놀랄 만큼 힘차게 노래를 불렀다. *"하나님께 더 가까이……"*

찬송가에 대해서는 잘 모르지만 이건 결혼식에서 부르기에 적합하지 않다는 생각이 들었다. 게다가 이 찬송가를 이렇게 천천히 부르는 건 들어본 적이 없었다. 사람들은 각 모음을 최대한 길게 늘여서 불렀다. "*당신께 더 가까이, 설사 날 들어 올리는 것이 십자가라 하여도.*"

5절쯤 불렀을 때 난 눈을 감았다. 너무 지루해서일 수도 있고, 사흘 동안 긴장을 늦추지 않고 있다가 사람들 틈에 있으니 안심이 돼서일 수도 있다. 아무튼 난 잠이 들었다.

그러다 약한 남부 억양을 듣고 잠에서 깼다.

난 입가에 흐르던 침을 닦았다. 누군가 내 다친 어깨를 건드렸는지 어쨌는지 어깨가 쑤셨다. 눈을 비볐더니 손끝에 잠의 노란 부스러기가 묻어 있었다. 나는 실눈을 떴다. 맨 앞에 서서 남부 억양으로 말하는 남자는 백발에 마르고 안경을 썼으며, 지난번에 내가 덮고 잤던 제의를 입고 있었다.

"……하지만 그는 또한 약점을 지닌 자였습니다." 그가 말했다. 약점. "우리 모두가 가진 그런 약점이죠. 죄를 지었을 때 그 죄와 대면하지 않으려고 달아날 수 있는 자였으며, 시간이 흘러 문제가 저절로 사라지길 바라며 그냥 어딘가에 숨어버리는 자였습니다. 하지만 우리는 주님의 처벌로부터 숨을 수 없습니다. 그분은 언제나 우릴 찾아내십니다. 하지만 그는 또한 예수의 잃어버린 양이기도 했습니다. 무리에서 이탈한 양이자, 죽음이 찾아왔을 때 하나님께 용서를 구한다면 예수 그리스도께서 자비롭게 구원하고자 하는 양이었습니다."

이건 주례사가 아니다. 또한 제단에는 신랑 신부도 없었다. 나는 등을 똑바로 세우고 목을 쭉 늘여 뺐다. 제단 바로 앞에 무언가가 보였다. 검은색 관.

"그렇다고는 해도 마지막 여정에 나섰을 때 그는 과거를 잊고자 했을 겁니다. 빚이 없어지기를, 빚을 갚지 않고도 죄가 지워지기를 바랐을 것입니다. 하지만 그는 우리 곁에 돌아왔습니다. 우리 모두가 훗날 그리 되듯이요."

나는 출구를 바라보았다. 두 남자가 손을 앞으로 모은 채 출구 양쪽에 서 있었다. 둘 다 나를 보고 있었다. 검은 양복. 해결사의 복장이다. 교회 앞에 있는 오슬로 차량. 속았다. 날 내 요새에서 유인해 마을로, 장례식에 오게 하려고 그들이 마티스를 보낸 것이다.

"그래서 오늘 우리가 이 빈 관을 앞에 두고 여기 모였습니다. 이 관의 주인은……."

내 장례식이구나. 저 빈 관은 날 기다리고 있었다.

이마에 땀이 맺히기 시작했다. 저들의 계획이 뭘까? 날 어떻게 죽이려는 거지? 식이 끝날 때까지 기다릴까? 아니면 그냥 여기서, 사람들 앞에서 날 해치울까?

손을 슬그머니 등 뒤로 가져가 권총이 제자리에 있는지 확인했다. 총을 쏘면서 도망갈까? 아니면 일어나서 문 옆의 두 남자를 가리키며 저들은 오슬로의 마약상이 보낸 킬러라고 소리쳐 소란을 일으킬까? 하지만 마을 사람들이 남쪽에서 온 이방인의 장례식에 참석하려고 자발적으로 여기 왔다면 그게 무슨 소용일까? 분명 뱃사람이 마을 사람들에게 돈을 줬을 것이다. 심지어 레아까지 이번 모의에 가담하게 했을 것이다. 만약 그녀가 한 말이 사실이고, 그래서 마을 사람들이 속세의 재물에 별 관심이 없다면 뱃사람의 수하들이 나에 관한 소문을 퍼뜨렸을 것이다. 내가 악마의 화신이라고. 그들이 어떻게 했는지는 알 길이 없지만, 여기서 도망쳐야 한다는 건 확실했다.

시야의 한쪽 귀퉁이로 해결사 한 놈이 다른 놈에게 무언가 중얼거리는 게 보였다. 지금이 기회다. 나는 권총 손잡이를 잡고 권총을 허리춤에서 꺼냈다. 자리에서 일어섰다. 지금 쏴야 한다. 그들이 내 쪽으로 몸을 돌려 얼굴을 보이기 전에.

"……휴고 엘리아센입니다. 그는 궂은 날씨에도 불구하고 홀로 바다에 나갔습니다. 대구를 잡기 위해서요, 라고 그는 말했습니다. 혹은 속죄하지 않은 행실로부터 도망치기 위해서였겠죠."

나는 다시 신도석에 털썩 앉았고, 총을 등 뒤 허리춤에 찔렀다.

"우리는 그가 배에 타고 있었을 때 기독교인으로서 무릎을 꿇고 기도했기를, 용서를 간청하고 천당에 갈 수 있게 해달라고 간구했기를 바라야 합니다. 여기 계신 많은 분들이 저보다 휴고를 더 잘 아실 겁니다. 하지만 저와 얘기했던 분들은 모두 그가 그렇게 했을 거라고 믿더군요. 왜냐하면 그는 하나님을 두려워하는 자였기 때문입니다. 그리고 전 우리의 양치기인 예수께서 그를 인도해 다시 무리로 돌려보냈다고 믿습니다."

그제야 심장이 가슴을 뚫고 뛰쳐나오려는 듯이 세게 뛰고 있다는 걸 깨달았다.

사람들은 다시 노래하기 시작했다.

"순결하고 강력한 무리여."

누군가가 내게 란스타 성가집을 펼쳐 건네더니 다정하게 고개를 끄덕이며 노란 페이지를 가리켰다. 나는 2절부터 함께 불렀다. 크나큰 안도감과 고마움을 느끼며, 조금이나마 목숨을 연장해준 신의 섭리에 감사했다.

나는 교회 앞에 서서 관을 싣고 떠나는 검은 스테이션왜건을 지켜봤다.

"그래도," 한 노인이 내 옆에 와서 섰다. "무덤이 아예 없는 것보다는 수장이라도 치르는 게 낫지."

"흠."

"사냥용 오두막에 머문다는 사람이 자네겠군." 노인은 내가 있는 쪽을 힐끗 봤다. "그래, 뇌조는 잡았소?"

"별로요."

"그랬겠지. 총을 쐈다면 소리가 들렸을 테니까. 이런 날씨에는 소리가 멀리까지 전달된다오."

나는 고개를 끄덕였다. "왜 영구차가 오슬로 번호판을 달고 있죠?"

"아, 아론센 때문이지. 워낙 허세를 부리는 친구거든. 오슬로까지 가서 저 차를 사왔는데 그러면 더 멋있어 보인다고 생각하나 봅디다."

레아는 키가 큰 금발 남자와 함께 교회 계단에 서 있었다. 그녀에게 조의를 표하려고 늘어선 사람들의 줄이 빠르게 줄어들었다. 스테이션왜건이 시야에서 사라지기 직전에 그녀가 외쳤다. "여러분, 저희 집에 들러서 커피 한잔 하고 가세요. 모두 환영합니다. 와주셔서 감사드리고 혹시라도 바로 가셔야 한다면 조심해서 돌아가시기 바랍니다."

그녀가 저 남자와 나란히 서 있는 모습이 이상하게 눈에 익었다. 마치 전에 본 적이 있는 것처럼. 돌풍이 불자, 키 큰 남자가 살짝 휘청거렸다.

"미망인 옆에 서 있는 저 남자는 누굽니까?" 내가 물었다.

"오베 말이오? 망인의 동생이라오."

역시 그랬구나. 결혼사진. 그 사진은 분명 바로 저기, 교회 계단에서 찍었을 것이다.

"쌍둥이인가요?"

"모든 면에서 쌍둥이이지. 그럼 우리도 커피와 케이크를 먹으러 갑시다." 노인이 말했다.

"혹시 마티스를 보셨나요?"

"어떤 마티스?"

그러니까 하나가 아닌 모양이다.

"술 파는 마티스 말인가?"

이건 하나 이상이기 힘들지.

"아마 오늘 체아프치게르게에서 열리는 미갈의 결혼식에 갔을 거요."

"어디요?"

"저 트란스테이넨* 말이오." 노인은 바다를, 예전에 잔교를 봤던 쪽의 바다를 가리켰다. "이교도들이 저기서 우상을 숭배한다

---

* 고대 석조 기념비. 사미어로는 체아프치게르게라고 부르는데 '생선 기름 돌'이라는 뜻이다. 고기가 많이 잡히기를 기원하며 여기에 생선 기름을 바른 데서 연유한다. 전설에 의하면 엄청나게 힘이 센 신화 속 인물인 베아비에부올랍이 하늘 높이 던졌다가 떨어진 돌이라고 한다.

오." 그가 몸을 부르르 떨었다. "그럼 그만 갑시다."

이어지는 침묵 속에서 아득한 북소리와 음악이 들렸다. 왁자지껄. 술. 여자들.

뒤를 돌아보니 레아가 집을 향해 걸어가고 있었다. 크누트의 손을 꼭 잡은 채. 망인의 동생과 다른 사람들은 그녀와 거리를 둔 채 말없이 줄지어 따라가고 있었다. 나는 혀로 입안을 훑었다. 아직도 입안이 바싹 말라 있었다. 낮잠을 잔 탓이다. 너무 놀란 탓이기도 하고. 술을 너무 마신 탓일 수도 있다.

"커피를 좀 마셔야겠네요." 내가 말했다.

사람들로 복작거리는 집은 지난번과 완전히 달라 보였다.

나는 목례를 하며 모르는 사람들 사이를 지나갔고, 그들의 따가운 시선과 입 밖에 내지 않은 질문이 날 따라왔다. 날 제외하고는 다들 아는 사이인 듯했다. 나는 부엌에서 케이크를 자르고 있는 레아를 발견했다.

"조의를 표합니다." 내가 말했다.

그녀는 내가 내민 손을 바라보더니 칼을 왼손으로 바꿔 잡았다. 햇볕에 달궈진 돌 같은 손. 흔들림 없는 눈빛. "고마워요. 오두막에서 지내는 건 어떠세요?"

"좋습니다. 지금 떠나려던 참이었어요. 교회에서 미처 못한 인사나 하고 가려고요."

"그렇게 서둘러 가실 필요 없어요, 울프. 케이크 좀 드세요."

나는 케이크를 바라봤다. 난 케이크를 싫어한다. 어릴 때부터 그랬다. 엄마는 늘 날 이상한 아이라고 했다.

"네, 그럼 그렇게 하죠. 정말 고맙습니다." 내가 말했다.

사람들이 부엌에 몰려들기 시작하자, 나는 케이크가 담긴 접시를 들고 거실로 갔다. 하지만 날 뜯어보는 사람들의 강렬한 시선에 압도당한 나머지 창가로 가서 하늘을 올려다봤다. 마치 비가 쏟아질까 걱정이라는 듯이.

"하나님과 함께 평안하시길."

나는 뒤를 돌아봤다. 관자놀이가 살짝 희끗해진 것을 제외하면 내 앞에 선 남자는 그녀와 똑같이 검은 머리였다. 거침없이 똑바로 바라보는 시선 역시 똑같았다. 난 뭐라고 대답해야 할지 몰랐다. 그냥 "하나님과 함께 평안하시길"이라고 따라 하는 건 기만적일 테고, 그렇다고 "안녕하세요"라고 하는 건 너무 스스럼없다 못해 건방지게 들릴 것이다. 그래서 결국에는 뻣뻣하게 "좋은 날입니다"*라고 말했다. 비록 오늘 같은 날에 딱히 어울리는 인사는 아니었지만.

* God dag. 원래는 영어의 good day처럼 '안녕하세요'라는 인사말이지만 여기서는 문맥상 직역으로 했다. 비슷한 인사말인 'hei' 보다는 좀 더 정중한 고어(古語)이다.

"난 야콥 사라 목사요."

"율프······ 에, 울프 한센이라고 합니다."

"우리 손자가 당신에게 재미있는 얘기를 들었다더군요."

"크누트가요?"

"하지만 당신 직업이 뭔지, 왜 코순에 왔는지는 모르더군요. 당신이 우리 사위의 라이플을 가져갔고, 무신론자라고만 했소."

나는 무덤덤하게 고개를 끄덕였다. 긍정도 부정도 아닌 그냥 그런 일이 있었다고 인정하는 끄덕임이었다. 그런 다음, 생각할 시간을 벌기 위해 케이크를 크게 떠서 입안에 쑤셔 넣었다. 계속 고개를 끄덕이며 우적우적 씹었다.

"물론 내가 상관할 바는 아니겠소만." 그가 말을 이었다. "아울러 당신이 여기 얼마나 머물지도 말이오. 하지만 당신이 아몬드 케이크를 좋아한다는 건 확실히 알겠소."

그는 케이크를 삼키려고 안간힘을 쓰는 나를 뚫어지게 바라보았다. 그러더니 내 아픈 어깨에 손을 올렸다. "명심하시오, 젊은이. 하나님의 자비는 무한하다는 것을." 그가 말을 멈췄고, 난 손의 온기가 옷을 뚫고 살갗까지 퍼지는 걸 느꼈다. "거의 무한하다는 것을."

그는 미소를 짓더니 다른 조문객에게 걸어갔고, 그들이 서로 "하나님과 함께 평안하시길"이라고 중얼거리는 소리가 들렸다.

"울프 아저씨?"

돌아보지 않아도 누군지 알 수 있었다.

"우리 비밀 숨바꼭질 할래요?" 크누트가 진지한 얼굴로 날 올려다보고 있었다.

"크누트, 난-."

"제발!"

"흠." 나는 남은 케이크를 내려다봤다. "비밀 숨바꼭질이 뭔데?"

"내가 숨었다는 걸 어른들이 전혀 모르게 숨는 거예요. 뛰거나 소리 지르거나 웃으면 안 돼요. 엉뚱한 데 숨어도 안 되고요. 예배 시간마다 우리가 하는 놀이예요. 아주 재밌어요. 내가 먼저 술래 할게요."

주위를 둘러봤다. 크누트 말고 다른 아이는 없었다. 아버지의 장례식에 혼자인 아이. 비밀 숨바꼭질. 못할 거 없지.

"내가 서른셋까지 셀게요. 시작."

아이는 그렇게 속삭이더니 몸을 돌려 벽을 마주 봤다. 마치 부모님의 결혼사진을 바라보듯이. 그동안 난 접시를 내려놓고 살그머니 거실에서 나가 복도를 내려갔다. 부엌을 힐끗 봤지만 레아는 없었다. 집 밖으로 나갔다. 바람이 점점 거세지고 있었다. 나는 망가진 볼보를 끼고 돌았다. 차 앞 유리창에 떨어져 있던 빗방울

서너 개가 돌풍에 흔들렸다. 계속 모퉁이를 돌아 집 뒤쪽으로 갔다. 작업실의 열린 창문 아래 등을 기댔다. 담배에 불을 붙였다.

바람이 잠잠해지고 나서야 작업실에서 흘러나오는 목소리가 들렸다.

"놔줘요, 오베! 당신 취했어요. 지금 제정신으로 하는 말이 아니라고요."

"앙탈 부리지 마, 레아. 그렇게 슬퍼할 거 없어. 휴고도 원치 않을 거야."

"휴고가 뭘 원하는지 당신은 몰라요!"

"글쎄, 내가 원하는 게 뭔지는 알지. 늘 원했던 거기도 하고. 너도 그렇잖아."

"빨리 놔줘요, 오베. 아니면 소리 지를 거예요."

"그날 밤 휴고에게 그랬던 것처럼?" 걸걸하고 술에 취한 웃음소리. "잘난 척 떠들어댔지만 결국엔 남자들에게 순종했잖아. 휴고에게 순종하고, 네 아버지에게 순종하고. 그러니 이젠 내게 순종하라고."

"절대 그럴 일 없어요!"

"그게 우리 집안 방식이야, 레아. 휴고는 내 형이고 형이 죽었으니 이제 너와 크누트는 내 책임이야."

"헛소리 작작해요, 오베."

"네 아버지에게 물어봐."

이어지는 침묵 속에서 난 자리를 피해야 하는 건 아닐까 생각했다.

하지만 계속 서 있었다.

"넌 애 딸린 과부야, 레아. 정신 좀 차리라고. 휴고와 난 모든 걸 공유했어. 휴고도 내가 그러길 원했을 거야. 정말이라니까. 나도 그러길 원하고. 자, 그러니까 이리 와, 내가 잘…… 악! 이런 씨발년!"

문이 쾅 닫혔다.

욕을 중얼거리는 소리가 들렸다. 무언가가 바닥에 떨어졌다. 그 순간 크누트가 집 모퉁이를 돌아 나왔다. 아이는 소리를 지르려고 입을 크게 벌렸고, 나는 고함과 함께 내 존재가 발각날 거라고 마음을 졸였다.

하지만 무성영화에서처럼 소리는 나지 않았다.

비밀 숨바꼭질.

나는 담배꽁초를 던지고 서둘러 아이에게 달려가며 항복의 뜻으로 두 손을 들었다. 그러고는 아이를 차고로 데려갔다.

"이번엔 내가 서른셋까지 셀게." 난 그렇게 말하고 몸을 돌려 아이 엄마의 빨간 폭스바겐을 마주 봤다. 아이의 발소리가 멀어지더니 현관문 열리는 소리가 들렸다.

숫자를 다 센 후에는 다시 집으로 들어갔다.

그녀는 다시 부엌에서 혼자 감자 껍질을 벗기고 있었다.

"저기." 내가 부드럽게 말했다.

그녀가 고개를 들었다. 두 뺨은 상기되어 있었고, 눈동자는 반짝거렸다.

"미안해요." 그녀가 코를 훌쩍거렸다.

"오늘 저녁 식사 준비는 도움을 좀 받지그래요?"

"아, 다들 음식을 가져다줬어요. 근데 그냥 바쁜 게 나을 거 같아서요."

"네, 그럴 수도 있겠네요." 나는 그렇게 말하며 식탁 의자에 앉았다. 그녀의 몸이 살짝 굳어졌다. "아무 말 안 해도 됩니다. 난 그냥 가기 전에 잠깐 앉았다 가려는 것뿐입니다. 거기서는…… 별로 말할 일이 없으니까요." 내가 말했다.

"크누트만 제외하고요."

"아, 거의 대부분 크누트가 말하죠. 똑똑한 아이예요. 그 나이 때 아이치고는 생각이 많더군요."

"그 애는 생각할 게 많죠." 그녀는 손등으로 코를 닦았다.

"네."

내가 무슨 말인가를 하려 한다는 걸, 입 밖으로 나오려 한다는 걸 알았지만 정확히 무슨 내용인지는 알 수 없었다. 막상 말이 나왔을 때는 스스로 정리되어 나온 듯했고, 내가 하는 말이 아닌 듯했지만 그래도 여전히 가장 명료한 논리의 산물이었다.

"크누트와 단둘이 살고 싶은데 그럴 자신이 없다면 내가 도와주고 싶어요." 내가 말했다.

나는 두 손을 내려다보았다. 감자 깎는 소리가 멎었다.

"난 앞으로 얼마나 더 살지 몰라요. 가족도 없고요. 당연히 상속인도 없죠." 내가 말했다.

"무슨 말이에요, 울프?"

그래, 대체 무슨 말을 하려는 거지? 창문 밑에 서 있던 그 짧은 몇 분간에 이런 생각이 들었단 말인가?

"만약 내가 사라지면 벽에 달린 찬장 왼쪽의 느슨한 판자 뒤를 보세요. 이끼 뒤에요."

그녀는 감자 깎는 칼을 싱크대에 내려놓더니 걱정스런 표정으로 날 바라봤다. "어디 아파요, 울프?"

나는 고개를 저었다.

그녀는 먼 곳을 보는 듯한 그 푸른 눈동자로 날 응시했다. 오베가 보고, 빠져 죽은 눈. 당연히 그랬을 것이다.

"그럼 왜 그런 생각을 하는지 모르겠군요." 그녀가 말했다. "그리고 크누트와 난 잘 지낼 거예요. 그러니까 걱정하지 마세요. 돈 쓸 데를 찾고 있다면 이 마을에는 가난한 사람들 천지예요."

나는 양 볼이 화끈거렸다. 그녀는 내게 등을 돌리더니 다시 감자를 깎기 시작했다. 내가 자리에서 일어나며 의자 밀리는 소리가 나자, 그녀는 다시 동작을 멈췄다.

"그래도 와줘서 고마워요. 크누트가 당신을 보고 기뻐하더군요."

"천만에요." 난 그렇게 말하고 문으로 걸어갔다.

"그리고……."

"네?"

"마을에서 이틀 뒤에 예배가 있어요. 6시에. 아까도 말했듯이 당신도 환영이에요."

나는 크누트의 침실로 보이는 방에서 아이를 찾아냈다. 침대 밑에 크누트의 앙상한 다리가 삐죽 나와 있었다. 적어도 두 사이즈는 족히 작아 보이는 축구화를 신고 있었다. 내가 아이의 다리를 아래로 쭉 잡아당기자, 아이가 키득키득 웃었다. 나는 크누트를 들어 올려 침대에 내던졌다.

"이제 가야겠다." 내가 말했다.

"벌써요? 하지만……."

"축구공 있니?"

크누트는 고개를 끄덕였지만 아랫입술을 뿌루퉁하게 내밀었다.

"좋아, 그럼 차고 문에 대고 공 차는 연습을 하렴. 원을 그려서 거길 향해 있는 힘껏 발로 차. 되돌아오는 공은 몸으로 막고. 이걸 천 번 하면, 방학이 끝나고 아이들이 집에 돌아왔을 때 네가 축구팀의 다른 애들보다 훨씬 잘할 거야."

"난 축구팀에 들어가지 않았어요."

"그렇게 연습하면 들어가게 될 거야."

"허락해주지 않을 거예요."

"허락해주지 않아?"

"엄마는 들어가도 된다고 했지만, 할아버지는 스포츠에 정신을 팔면 하나님에게서 멀어진다고 했어요. 세상의 다른 사람들은 주일마다 소리 지르며 공을 따라다닐 수 있어도 우리의 주일은 성경에 바쳐야 한다고요."

"그렇구나. 그럼 아빠는 뭐라고 하셨니?"

아이는 어깨를 으쓱였다. "아무 말도 없었어요."

"아무 말도?"

"관심이 없었어요. 아빠의 관심사는 오로지……." 크누트는 말을 멈췄다. 아이의 두 눈에 눈물이 고였다. 나는 아이의 어깨를 끌어안았다. 들을 필요도 없었다. 이미 알기 때문이다. 난 숱하게 많은 휴고를 만났고, 그중 일부는 내 고객이기도 했다. 그리고 나 역시 그런 식의 도피를 좋아했고, 그렇게 발산할 수단이 필요했다. 하지만 그렇게 앉아 아이가 내게 기댄 채 소리 없이 흐느끼고, 그 따뜻한 몸이 떨리는 걸 느끼고 있자니 어떤 아버지도 여기에서 도망칠 순 없으리라는, 도망치고 싶어 하지도 않으리라는 생각이 들었다. 이것은 배의 키에 우리를 동여매는 축복이자 저주였다. 하지만 내가 무슨 말을 할 자격이 있겠는가. 자발적으로든 아니든 안나가 태어나기도 전에 배를 버린 사람인데. 난 크누트의 어깨에 둘렀던 팔을 풀었다.

"예배에 올 거예요?" 아이가 물었다.

"모르겠다. 하지만 네게 또 맡길 일이 있어."

"좋아요!"

"이것도 비밀 숨바꼭질 같은 거야. 절대 비밀로 해야 해."

"멋지다!"

"하루에 버스가 몇 번 오니?"

"네 번 와요. 두 번은 남쪽에서, 두 번은 동쪽에서. 두 번은 낮에, 두 번은 밤에."

"좋아. 낮에 남쪽에서 버스가 올 때마다 가서 지켜보렴. 버스에서 네가 모르는 사람이 내리면 곧장 내게로 와. 뛰지도 말고, 소리 지르지도 말고, 아무 말도 하지 마. 오슬로 번호판을 단 차를 봤을 때도 그렇게 해야 한다. 알겠니? 내게 보고할 때마다 5크로네씩 주지."

"비밀 스파이 임무 같은 건가요?"

"뭐 그런 셈이야, 응."

"아저씨 엽총을 가져오는 사람들이에요?"

"또 보자, 크누트." 난 아이의 머리를 헝클어뜨리고 자리에서 일어났다.

나가는 길에 화장실에서 나오는 키가 큰 금발 남자와 마주쳤다. 그가 아직 바지 벨트를 더듬거리는 동안, 뒤에서 변기 물이 내려가는 소리가 들렸다. 그가 고개를 들어 날 봤다. 오베 엘리아센.

"하나님과 함께 평안하시길." 내가 말했다.

술에 찌든 그의 무거운 시선이 내 등에 꽂히는 게 느껴졌다.

나는 길을 조금 내려가다 말고 걸음을 멈췄다. 바람을 타고 북소리가 들려왔다. 하지만 내 허기는 이미 채워졌고, 다른 사람을 만나고 싶은 욕구도 충족되었다. 이제 당분간은 다시 혼자 있을 수 있다.

"이제 집에 가서 실컷 울어야겠어." 토랄프는 가끔씩 늦은 밤에 그렇게 말하곤 했다. 그 말에 다른 술꾼들은 늘 큭큭 웃었다. 토랄프가 정말로 그렇게 울었다는 건 별개의 문제였다.

"'앵그리 맨' 음반 좀 틀어봐. 바닥까지 내려가보자고." 우리 집에 오면 토랄프는 종종 그렇게 말하곤 했다. 그가 정말로 찰스 밍

거스*를 좋아했는지, 그렇게 따지면 내가 소장한 재즈 음반 중에서 좋아하는 게 하나라도 있었는지, 혹은 그냥 자기처럼 비참한 사람과 함께 있고 싶었던 건지는 잘 모르겠다. 어쨌거나 토랄프와 나는 가끔씩 그 밤의 어둠으로 들어가곤 했다.

"이제 우린 완전히 비참해졌다!" 그는 그렇게 말하며 웃었다.

토랄프와 난 그걸 검은 구멍이라고 불렀다. 핑켈슈타인이라고 하는 남자에 대해 읽은 적이 있다. 그는 가까이 다가가면 무엇이든, 심지어 빛까지도 빨아들이는 우주의 구멍을 발견했다고 한다. 구멍은 너무 검어서 육안으로는 절대 볼 수 없었는데 우리 상태가 딱 그랬다. 아무것도 볼 수 없고, 그냥 그럭저럭 살아가다가 어느 날 중력장에 갇혔다는 것을 몸으로 느끼게 된다. 그러면 길을 잃고 방황하다가 절망과 끝없는 자포자기의 검은 구멍에 빨려 들어간다. 그 안에서는 모든 것이 바깥세상의 거울상(像)이고, 우리는 희망을 가져야 할 이유가 하나라도 있는지, 절망하지 말아야 할 그럴듯한 이유가 있는지 계속 자문한다. 그냥 시간이 흐르게 내버려둔 채 우리처럼 낙담한 영혼인 재즈계의 앵그리 맨, 찰스 밍거스의 음반을 듣고, 염병할 앨리스가 토끼 굴에서 나올 때처럼 반대편으로 나가게 되기를 바랄 수밖에 없다. 하지만 핑켈

---

* 불같은 성격 때문에 그의 별명은 재즈계의 앵그리 맨이었다.

슈타인이나 다른 사람들의 주장에 따르면 정말로 그렇게 된다고, 구멍 반대편에 이상한 거울상의 나라가 있다고 한다. 난 잘 모르겠지만 어느 종교 못지않게 훌륭하고 믿을 만한 주장이라는 생각이 든다.

나는 길이 뻗어 있는 쪽을 바라봤다. 솟아올랐다가 구름 속으로 사라지는 듯한 풍경도 바라봤다. 사라진다. 멈춘다. 저기 어딘가에서 긴 밤이 시작되었다.

8

보비는 슬로츠 공원의 여자 손님 중 하나였다. 긴 갈색 머리에 부드러운 눈동자를 가졌고 대마초를 피웠다. 참으로 피상적인 설명임에 틀림없지만, 그게 제일 먼저 떠오른다. 말수는 적고 대마초를 많이 피워서 눈동자가 부드러웠다. 우린 꽤 비슷했다. 본명은 보르그니였는데 원래는 오슬로 서쪽 동네의 유복한 집에서 태어났다. 사실 그녀가 우기는 것만큼 부자는 아니었다. 그저 자기가 사회적 보수주의, 경제적 안정, 우익 정치와 절연한 반항적인 히피라고 생각하고 싶어 했다. 그녀가 그런 것들과 절연한 이유는…… 음, 뭐라고 해야 할까? 인생살이에 관한 순진해 빠진 생각들을 실험하고, 의식을 확장하고, 구태의연한 관습을 타파하기 위해서였다. 이를테면 남자와 여자에게 아이가 생겼을 때 두 사람 모두에게 어떤 책임이 따른다는 관습. 앞서 말했듯이 우린 꽤 비슷했다.

우리는 슬로츠 공원에 앉아 한 남자가 튜닝도 하지 않은 기타로 'The times they are a-changin''을 형편없이 편곡한 연주를 듣고 있었다. 그런데 갑자기 보비가 폭탄선언을 했다.

"나 임신했어. 아기 아빠는 분명 너야."

"잘됐네. 우리가 부모가 되다니." 나는 방금 양동이로 얼음물을 뒤집어쓴 사람처럼 보이지 않으려고 애쓰며 말했다.

"넌 양육비를 내야 해."

"당연하지. 난 기꺼이 내 몫을 할 테니까 함께 키우자."

"함께 키우는 건 맞지만 너와 함께는 아냐."

"뭐? 그럼…… 누구와 함께라는 거야?"

"나와 잉발." 보비는 그렇게 말하며 기타를 연주하는 남자를 고갯짓으로 가리켰다. "우린 지금 함께 살아. 잉발은 기꺼이 아빠가 되겠다고 했어. 물론 네가 양육비를 낸다는 전제하에."

그래서 그렇게 되었다. 하지만 보비와 잉발은 오래가지 못했다. 안나가 태어났을 때는 이름이 역시 I로 시작하는 다른 놈과 사귀는 중이었다. 아마 이바르였을 것이다. 나는 비정기적으로 꽤 자주 안나를 만날 수 있었지만 안나를 데려가겠다는 말은 한 번도 하지 않았다. 내가 그걸 원한다고도 생각하지 않았다. 당시에는. 안나가 싫어서가 아니었다. 그 애를 처음 본 순간, 난 사랑에 빠졌으니까. 안나가 유모차에서 날 올려다보며 까르르 웃을 때면 아이의 눈은 푸르스름한 광채를 내뿜었다. 그 애를 잘 모르는데도 불구하고 아이는 하룻밤 사이에 내 인생에서 가장 소중한 존재가 되었다.

어쩌면 그래서일 것이다. 안나는 너무 작고 부서질 듯했지만, 또 내게는 너무 소중해서 혼자서 그 애를 돌보고 싶지 않았다. 그럴 엄두가 나지 않았다. 왜냐하면 나란 인간은 반드시 일을 그르치기 때문이다. 돌이킬 수 없을 정도로. 분명 안나에게 어떤 식으로든 영구적인 피해를 입힐 터였다. 무책임하거나 부주의한 인간이라서가 아니라 판단력이 형편없기 때문이다. 그래서 늘 전혀 모르는 사람의 충고를 따를 준비가, 인생의 중요한 결정을 남에게 맡길 준비가 되어 있었다. 심지어 그들이(이 경우에는 보비) 나보다 하등 나을 게 없는 인간임을 알고 있는데도. '비겁하다'가 내가 찾는 단어일 것이다. 그래서 난 한발 물러난 채 대마초를 팔고, 일주일에 한 번씩 보비를 찾아가 수입의 절반을 주었다. 보비의 연애가 휴지기일 때는 함께 커피를 마시며 방실방실 웃는 안나의 신비한 푸른색 눈을 내려다봤고 심지어 안나를 안아보기도 했다.

난 보비에게 만약 네가 슬로츠 공원과 대마초를 멀리한다면, 나도 경찰과 뱃사람, 골치 아픈 상황으로부터 멀어지겠다고 약속했다. 내가 감옥에라도 가는 날에는 보비와 안나의 생계가 막막했기 때문이다. 앞서 말했듯이 보비의 부모님은 사실 그렇게 부자가 아니었고, 지극히 보수적인 중산층이라서 대마초나 피우는 문란한 히피 딸과는 인연을 끊고 싶어 했다. 또한 히피 딸과 아기 아빠는 필요하다면 정부 보조금을 받아서라도 스스로 생계를 유지해야 한다는 점을 분명히 했다.

그러다 마침내 보비가 더는 망할 놈의 애를 못 키우겠다고 말했다. 안나는 울음을 그치지 않았고, 코피가 났으며, 나흘째 열이 내리지 않았다. 침대를 내려다봤더니 아이의 눈에서 보이던 푸른 광채는 눈 밑의 푸른 다크서클로 대체되었다. 안색은 창백했고, 무릎과 팔꿈치에 푸른 멍이 있었다. 난 아기를 의사에게 데려갔는데 사흘 후에 진단 결과가 나왔다. 급성 백혈병. 죽음으로 가는 편도 티켓. 의사는 넉 달 남았다고 했다. 다들 살다 보면 그런 일이 있기 마련이다, 원래 무작위로, 가혹하게, 무의미하게 날벼락을 맞는다고들 했다.

나는 화가 났고, 물어봤고, 전화했고, 확인했고, 전문가를 찾아갔고, 결국 독일에 백혈병 치료법이 있다는 사실을 알아냈다. 누구나 완치된다는 보장도 없고, 엄청나게 많은 돈이 들었지만 내게 딱 하나를 주었다. 희망. 노르웨이 정부는 현명하게도 헛된 희망이 아닌 다른 곳에 돈을 쓰고 싶어 했고, 보비의 부모님은 그게 아이의 팔자라고 했고, 노르웨이 의료 공단은 나치의 나라에서 행해지는 비현실적인 치료에 돈을 지불할 마음이 없었다. 나는 계산을 해봤다. 대마초 판매를 다섯 배로 늘려도 세시간에 돈을 마련할 수 없었다. 그렇다 해도 난 노력했다. 열여덟 시간씩 일하면서 미친 듯이 대마초를 팔았고, 밤이 되어 슬로츠 공원의 손님들이 끊기면 성당 쪽으로 내려갔다. 다시 병원에 갔을 때 의사와 간호사는 왜 사흘 동안 아기 곁에 아무도 없었느냐고 물었다.

"보비가 안 왔나요?"

그들은 고개를 저으며 그녀에게 연락했지만 전화가 연결되지 않는다고 했다.

보비의 집에 갔더니 그녀는 아프다며 침대에 누워 있었다. 그리고 내가 돈을 충분히 주지 않아서 전화가 끊겼다고 했다. 화장실에 가서 쓰레기통에 담배꽁초를 버리려던 찰나, 동그란 탈지면을 보았다. 그보다 한참 밑에 주사기가 있었다. 어쩌면 난 이렇게 되리라는 걸 반쯤 예상하고 있었을지도 모른다. 보비보다 더 나약한 영혼들이 그 선을 넘는 걸 숱하게 봐왔다.

그래서 어떻게 했냐고?

아무것도 하지 않았다.

보비를 그대로 둔 채 거기서 나왔다. 안나는 우리 같은 부모보다 간호사들과 함께 있는 게 더 낫다고 애써 생각하면서. 나는 계속 대마초를 팔았고, 억지로 기적의 치료법이라고 믿은 그 염병할 치료를 위해 돈을 모았다. 다른 대안은 견딜 수 없었기 때문이다. 눈에서 푸른 광채가 나는 아기가 죽을 거라는 두려움은 내가 죽을 거라는 두려움보다 더 강렬했기 때문이다. 우리는 위안을 찾을 수 있는 데서 위안을 받기 때문이다. 독일 의학 저널에서, 헤로인이 가득 든 주사기에서, 자기들이 소개하는 새로운 구세주에게 복종하는 한 영생을 주겠다고 약속하는 반짝이는 새 책 속에서. 그래서 난 대마초를 팔고, 돈을 세고, 날짜를 셌다.

그게 뱃사람이 내게 일자리를 제안했을 때의 상황이다.

이틀이 지났다. 구름이 낮게 걸려 있었지만 빗방울은 떨어지지 않았다. 지구가 회전했지만 난 태양을 보지 않았다. 가능한지 모르겠지만 시간은 한층 더 단조롭게 흘러갔다. 눈을 붙이려고 했지만 바리움 없이는 불가능했다.

난 미쳐가고 있었다. 점점 더. 크누트의 말이 옳았다. 총에 맞기를 기다리는 일보다 끔찍한 건 없잖아요.

이틀째 저녁이 되자, 더는 참을 수 없었다.

마티스 말로는 결혼식이 사흘 동안 계속된다고 했다.

난 시냇물로 목욕을 했다. 이젠 모기에 익숙해져서 놈들이 눈이나 입, 잘라놓은 빵에 내려앉을 때 외에는 성가시지도 않았다. 어깨도 아프지 않았다. 이상하게 장례식에 다녀온 다음 날 아침에 일어났더니 그냥 통증이 사라졌다. 그 전날 있었던 일을 복기하며 내가 특별히 한 일이 있는지 기억해내려 했지만 아무것도 없었다.

목욕한 뒤에는 셔츠를 빨아 꼭 짠 다음, 다시 입었다. 마을에 도착할 무렵에는 말랐기를 바라면서. 권총을 가지고 갈지 말지 고민한 끝에 두고 가기로, 전대와 함께 이끼 뒤에 감춰두기로 했다. 나는 라이플과 탄환 상자를 바라봤다. 마티스가 했던 말을 생각했다. 코순에 도둑이 없는 이유는 훔쳐 갈 물건이 하나도 없기 때문이라는 말. 판자 뒤에는 라이플을 넣을 만한 공간이 없었다. 그래서 침대 밑에서 찾아낸 루핑 펠트*로 총을 둘둘 감아 시냇가 옆 네 개의 큰 돌 아래 숨겨두었다.

그런 다음 집을 나섰다.

바람이 거세게 불었는데도 대기 중의 묵직한 무언가가 관자놀이를 짓눌렀다. 마치 천둥이라도 다가오는 것처럼. 아마 결혼식은 이미 끝났을 것이다. 술도 바닥나고, 발정 난 여자들은 이미 다른 남자들이 차지했을 것이다. 하지만 목적지가 가까워지자 이

---

* 지붕을 잇거나 방수할 때 쓰는 방수포.

틀 전에 들었던 북소리가 들렸다. 교회를 지나 잔교 쪽으로 걸어
갔다. 북소리를 따라갔다.

　길을 벗어나 동쪽으로 가 언덕을 올라갔다. 회색 돌이 쫙 깔린
곶이 강청색 바다를 향해 뻗어 있었다. 곶의 가장 안쪽, 내 바로
아래, 사람들의 잦은 통행으로 잘 다져진 평평한 땅이 있었고 거
기서 사람들이 춤을 추고 있었다. 땅에서 5, 6미터 가량 불쑥 솟
아 있는, 오벨리스크 같은 바위 옆에서 큰 모닥불이 타고 있었다.
바위 주위로 조약돌을 이어 만든 원 두 개가 있었다. 두 개의 원
은 좌우대칭도 아니고 어떤 패턴도 찾아볼 수 없었지만 그래도
공사가 영영 끝나지 않은 건물의 토대처럼 보였다. 혹은 부식하
고 망가지고 불에 타버린 공사 현장 같기도 했다. 나는 사람들이
있는 쪽으로 걸어갔다.

　"안녕하시오!" 키가 큰 금발 남자가 소리쳤다. 사미족 전통 재
킷을 입고 있었는데 빈터 가장자리의 헤더에 오줌을 싸고 있었
다. "근데 뉘신지?"

　"울프라고 합니다."

　"아, 남쪽 사람! 늦긴 했지만 이제라도 잘 왔소. 환영해요!" 그
는 페니스를 흔들어대며 사방에 오줌 방울을 뿌리더니 바지 안에
물건을 집어넣고 손을 내밀었다. "난 코르넬리우스라고 합니다.
마티스의 육촌이죠! 아무렴."

나는 그와 악수를 하는 게 내키지 않았다.

"저게 그 트란스테이넨이군요. 폐허가 된 신전인가요?" 내가 물었다.

"신전?" 코르넬리우스가 고개를 저었다. "아뇨. 베아비에부올 랍이 던진 바위죠."

"그래요? 그게 누군데요?"

"아주 힘이 센 사미인이죠. 아마 반인 반신일 거요. 아니다, 4분의 1! 4분의 1이 신이죠."

"흠. 그런 신이 왜 바위를 던졌을까요?"

"누가 무거운 바위를 던진다면 이유가 뭐겠소? 자기가 던질 수 있다는 걸 증명하기 위해서지, 당연히!" 그가 껄껄 웃었다. "좀 더 일찍 오지그랬소, 울프. 파티는 이제 거의 파장이오."

"제가 착각을 했습니다. 결혼식이 교회에서 열리는 줄 알았거든요."

"뭐라고? 그 미신을 믿는 사람들과?" 그는 힙 플라스크를 꺼냈다. "그 빈혈에 걸린 루터교도들보다 마티스가 결혼을 더 잘 시킬 거요."

"그래요? 그럼 어떤 신의 이름으로 결혼하는 겁니까?" 나는 모닥불과 긴 테이블이 있는 쪽을 바라봤다. 초록색 드레스를 입고 춤을 추던 여자가 동작을 멈추고 궁금하다는 듯이 날 바라봤다.

멀리서 봐도 호리호리한 몸매라는 걸 알 수 있었다.

"신? 신은 없소. 그냥 노르웨이 정부의 이름으로 결혼하는 거요."

"마티스에게 그런 권한이 있나요?"

"암요. 마티스는 이 지역에서 그런 권한이 있는 세 명 중 하나요." 코르넬리우스는 주먹을 들어 올려 손가락을 하나씩 폈다. "성직자, 판사, 배의 선장."

"와. 그럼 마티스가 선장이란 말입니까?"

"마티스가?" 코르넬리우스는 코웃음을 치더니 힙 플라스크의 술을 꿀꺽꿀꺽 마셨다. "당신 눈엔 마티스가 바다로 나갈 사미인처럼 보입디까? 그 친구 걷는 거 봤소? 아니죠. 엘리아센은 선장이지만 그 사람은 오직 배에 탄 사람들만 결혼시킬 수 있소. 그리고 그의 배에는 여자가 탄 적이 없고요. 아무렴."

"마티스가 걷는 걸 봤냐는 게 무슨 말입니까?"

"유목 생활을 하는 사미인만 안짱다리라오. 바다에 나가는 사미인은 아니오."

"그래요?"

"생선." 그가 내게 힙 플라스크를 건넸다. "유목 생활을 하는 사미인은 고원에서 지내기 때문에 생선을 못 먹죠. 요오드를 충분히 섭취하지 못해 뼈가 물렁해지는 거라오." 그는 무릎을 양옆으로 내밀며 시범을 보였다.

"그럼 당신은……."

"난 가짜 사미인이죠. 우리 아버지는 베르겐 출신이오. 하지만 다른 사람에겐 비밀이오. 특히 우리 어머니한테는."

그는 껄껄 웃었고, 나도 웃지 않을 수 없었다. 술맛은 마티스에게 산 술보다 훨씬 더 끔찍했다.

"그럼 마티스는 뭔가요? 성직자?"

"거의 그런 셈이오. 오슬로에 가서 신학을 공부했는데 도중에 믿음을 잃었지. 그래서 법학으로 바꿨고, 트롬쇠에서 3년간 차석 판사로 일했소. 아무렴."

"기분 나쁘게 듣진 마세요, 코르넬리우스. 하지만 내가 잘못 알고 있는 게 아니라면 지금까지 당신이 한 말의 80퍼센트는 거짓말이거나 허튼소리예요."

그는 놀란 표정을 지었다. "정말이라니까. 마티스는 처음엔 신에 대한 믿음을, 그다음엔 법률 제도에 대한 믿음을 잃었소. 이제 그가 믿는 건 알코올 함량뿐이라오. 본인 말대로라면." 코르넬리우스는 껄껄 웃더니 내 등을 찰싹 때렸다. 어찌나 세게 때렸는지 아까 마신 술을 토해낼 뻔했다. 사실 그랬다면 더 좋았을 것이다.

"이 끔찍한 술은 대체 뭔가요?" 그에게 힙 플라스크를 건네며 내가 물었다.

"레이카스. 발효시킨 순록의 젖이요." 코르넬리우스는 그렇게 말하더니 슬프다는 듯이 고개를 저었다. "하지만 요즘 젊은것들은 탄산음료와 콜라만 먹으려고 하죠. 스노스쿠터와 핫도그를 좋아하고. 독한 술, 썰매, 순록 고기, 이런 건 곧 사라질 거요. 말세야, 말세. 아무렴." 그는 마음의 위안을 얻기 위해 레이카스를 꿀꺽꿀꺽 마신 뒤, 뚜껑을 돌려서 닫았다. "아, 저기 아니타가 오는군."

초록 드레스를 입은 여자가 우리를 향해 걸어왔다. 정처없이 걷는 듯하면서도 저절로 우리를 향해 오고 있었다.

"자, 자, 울프." 코르넬리우스가 나직이 말했다. "저 여자가 당신의 미래를 읽도록 내버려두되 그 이상은 하지 마시오."

"미래를 읽어요?"

"예지력이 있지. 아니타는 진짜 주술사거든. 하지만 저 여자가 원하는 대로 하진 마시오."

"원하는 게 뭔데요?"

"보면 모르겠소?"

"흠. 왜요? 유부녀인가요? 아니면 약혼이라도 했어요?"

"아니. 하지만 아니타에게 한번 걸리면 빠져나올 수 없소."

"왜요?"

"아니타는 주술을 쓰니까."

나는 고개를 주억거렸다.

그는 내 어깨에 손을 올렸다.

"그래도 즐겁게 노시오. 코르넬리우스는 소문을 퍼뜨리는 사람이 아니니까."

그는 여자 쪽으로 몸을 돌렸다. "안녕, 아니타!"

"잘 가요, 코르넬리우스."

그는 웃으며 자리를 떴다. 여자는 내 앞에서 걸음을 멈추고 입을 다문 채 미소를 지었다. 춤을 추다 와서인지 아직 숨을 헐떡거렸고 땀범벅이었다. 이마에 빨갛게 성난 여드름 두 개가 있고, 동공은 바늘구멍 정도로 줄어들었고, 눈에서 광기가 번득거렸다. 마약, 아마도 스피드를 복용했을 것이다.

"안녕하세요." 내가 말했다.

그녀는 대답 대신 그저 머리에서 발끝까지 날 훑어볼 뿐이었다.

나는 다른 쪽 발에 체중을 실었다.

"날 원해?" 그녀가 물었다.

난 고개를 저었다.

"왜?"

난 어깨를 으쓱였다.

"건강해 보이는데 뭐가 문제야?"

"사람의 미래를 읽을 줄 안다면서요?"

그녀가 웃었다. "코르넬리우스가 그래? 맞아, 아니타는 미래를 볼 수 있어. 몇 분 전에 네가 발정 나 있는 것도 봤고. 근데 왜 마음이 바뀐 거야? 무서워?"

"당신 때문이 아니라 나 때문이에요. 약간 매독 증상이 있어서요."

여자가 웃자, 아까 입을 다문 채 미소 지은 이유를 알 수 있었다. "나한테 콘돔이 있어."

"사실 약간 정도가 아니에요. 거시기가 떨어져버렸죠."

그녀가 한 발짝 다가오더니 손으로 내 사타구니를 잡았다. "그런 거 같지 않은데. 그러지 말고 가자. 난 교회 뒤에 살아."

나는 고개를 저으며 그녀의 손목을 꽉 잡았다.

"염병할 남부 놈들." 그녀가 성난 어조로 나직이 말하며 손목을 휙 잡아뺐다. "좀 하면 어때서? 어차피 우린 곧 죽을 거라고, 몰라?"

"알아요. 그런 소문을 듣긴 했죠." 난 그렇게 말하고 도망갈 길을 찾아 주위를 두리번거렸다.

"내 말을 안 믿는군. 날 봐. 날 보라니까."

난 그녀를 바라봤다.

그녀가 미소 지었다. "아, 그래, 아니타가 제대로 봤어. 당신 눈엔 죽음이 있어. 눈 돌리지 마! 당신이 반사된 상☀을 쏘는 게 보여. 그래, 당신은 반사된 상을 쏴."

내 머릿속에서 조그맣게 알람이 울렸다. "염병할 남부 놈들이라는 건 누굴 말하는 겁니까?"

"당신이지, 당연히."

"나 말고 또 누가 있죠?"

"이름은 몰라." 그녀가 내 손을 잡았다. "하지만 당신 미래를 읽어줬으니까 이젠-."

나는 손을 뺐다. "어떻게 생겼습니까?"

"어머, 당신 진짜 겁먹었네."

"어떻게 생겼냐니까요?"

"그게 왜 중요해?"

"제발, 아니타."

"알았어, 알았어, 진정해. 마르고, 나치들처럼 앞머리를 비스듬하게 이마에 내리고, 잘생겼어. 검지 손톱이 길고."

젠장. 뱃사람은 자기가 찾는 사람을 반드시 찾아내죠. 당신과 난 방법을 모를 수도 있지만 그는 알아요. 반드시.

나는 침을 삼켰다. "언제 봤습니까?"

"당신이 도착하기 직전에. 마을로 가서 사람들과 얘기해보겠다고 했어."

"그가 뭐라고 하던가요?"

"남쪽에서 온 욘이라는 남자를 찾고 있었어. 당신이 욘이야?"

난 고개를 저었다. "내 이름은 울프예요. 또 뭐라고 하던가요?"

"그게 다야. 혹시라도 알게 되면 연락하라면서 전화번호를 알려줬어. 하지만 오슬로 번호더라고. 근데 왜 자꾸 물어?"

"내 엽총을 가져다줄 사람을 기다리고 있어서요. 근데 그 남잔 아닌 거 같네요."

그러니까 요니 모에가 여기 온 것이다. 그런데 난 오두막에 권총을 두고 왔다. 이곳이 안전하지 않다는 걸 알면서 조금이나마 날 안전하게 해줄 유일한 물건을 두고 왔다. 왜냐하면 혹시라도 여자를 만나 옷을 벗어야 한다면 권총이 거추장스러울 거라고 생각했기 때문이다. 이제 난 여자를 만났지만 옷을 벗고 싶은 마음은 추호도 없었다. 바보보다 더 멍청한 단계가 있을까? 우습게도 무섭기보다 짜증이 났다. 난 좀 더 두려움에 떨었어야 했다. 그는 날 죽이러 왔다. 내가 여기 숨어 있는 건 살기 위해서다, 그렇지? 그러니까 행동 똑바로 해서 좀 살아보잔 말이다!

"교회 뒤에 산다고 했죠?"

여자의 표정이 밝아졌다. "그래, 멀지 않아."

나는 자갈길이 있는 쪽을 올려다봤다. 그가 언제 돌아올지 모른다. "교회 묘지를 가로지르는 지름길로 갈 수 있을까요? 사람들 눈에 띄지 않도록."

"왜 사람들 눈에 띄지 않으려는 거야?"

"그거야 에……, 당신 평판을 생각해서요."

"내 평판? 홍. 아니타가 남자를 좋아하는 건 누구나 아는 사실이야."

"좋아요, 그럼 내 평판이라고 해두죠."

그녀는 어깨를 으쓱였다. "그래, 그렇게 귀하신 몸이라면."

집에는 커튼이 달려 있었다.

그리고 현관에는 남자 신발 한 켤레가 있었다.

"이 신발은……?"

"아빠 거야. 그리고 속삭일 필요 없어. 아빠는 잠들었으니까."

"보통 그럴 때 속삭이지 않나요?"

"아직도 무서워?"

난 신발을 보았다. 내 신발보다 작았다. "아뇨."

"좋아. 따라와."

우리는 그녀의 침실로 갔다. 손바닥만 한 침실에는 딱 한 사람만 누울 수 있는 침대가 있었다. 그것도 마른 사람. 그녀가 드레스를 머리 위로 벗어버리더니 내 바지 버튼을 풀고, 바지와 팬티를 한 번에 휙 끌어내렸다. 그러고는 브래지어의 고리를 풀고 팬티를 벗었다. 그녀의 피부는 하얗고 창백했으며 여기저기 붉은 자국과 긁은 자국이 있었다. 하지만 주삿바늘 자국은 없었다. 그녀의 몸은 멋졌다. 동공이 작은 건 그 때문이 아니었다.

그녀는 침대에 앉아 날 올려다봤다. "재킷도 벗지그래?"

내가 재킷을 벗고, 셔츠도 벗어 방에 있는 유일한 의자에 걸쳐 놓는 동안, 옆방에서 코 고는 소리가 들렸다. 껵껵거리며 요란하게 숨을 들이쉬었다가 고장 난 소음기처럼 투투거리며 내쉬었다. 그녀가 침대 머리맡 서랍장을 열었다.

"콘돔이 다 떨어졌네. 당신이 조심해서 해. 난 아이를 원치 않으니까."

"조심해서는 못해요." 내가 얼른 대답했다. "지금까지 그렇게 한 적도 없고. 그냥 에……, 서로 만지기만 하는 게 어떨까요?"

"만지기만?" 그녀가 역겹다는 듯이 내뱉었다. "아빠한테 콘돔이 있어."

그녀는 알몸으로 방을 나갔고, 옆방 문이 열리는 소리가 들렸다. 코 고는 소리가 잠시 약해지더니 다시 전처럼 계속됐다. 몇 초 뒤, 그녀가 낡은 갈색 지갑을 들고 와 뒤졌다.

"여기 있다." 그녀는 작은 사각형 은박지를 내게 던졌다.

은박지는 가장자리가 너덜너덜했다. 유통기한을 찾아보려 했지만 찾을 수가 없었다.

"콘돔 끼고는 못해요. 서질 않아요." 내가 말했다.

"아니, 설 거야." 그녀가 겁에 질린 내 페니스를 붙잡았다.

"미안해요. 근데 당신은 여기 코순에서 무슨 일을 하죠?"

"입 닫아."

"흠. 어쩌면 에…… 요오드가 부족해서 그런지도 몰라요."

"입 닫으라고."

나는 기적을 일으킬 수 있다고 믿는 작은 손을 내려다봤다. 지금 요니는 어디에 있을까? 이렇게 작은 마을에서는 최근에 도착한 남쪽 사람이 사냥용 오두막에 머물고 있다는 사실을 쉽게 알아낼 수 있을 것이다. 그는 오두막에 들렀다가 다시 결혼식 피로연에 올 것이다. 코르넬리우스는 아무에게도 말하지 않겠다고 약속했다. 그러니 여기 있는 한, 난 안전하다.

"됐다, 이거 봐!" 아니타가 행복하게 찍찍거렸다.

나는 깜짝 놀라서 기적을 내려다보았다. 일종의 스트레스 반응이 틀림없다. 가끔씩 교수형에 처해진 사람들도 발기를 한다고 들었다. 그녀는 내 페니스를 놓지도, 움직임을 멈추지도 않은 채 왼손으로 콘돔을 집어 들어 이로 포장을 찢고, 콘돔을 빨아들였다. 콘돔이 그녀의 입 속으로 들어가면서 입술이 콘돔의 입구를 동그랗게 감쌌다. 그녀가 고개를 숙였다가 다시 들었을 때 나는 전투에 나갈 장비를 장착하게 되었다. 그녀는 뒤로 벌렁 눕더니 다리를 벌렸다.

"난 그냥-."

"아직도 할 말이 남았어, 울프?"

"난 끝난 후에 내처지는 걸 좋아하지 않아요. 자존감에 금이 가거든요. 그러니까-."

"그냥 입 닥치고 섰을 때 빨리 해."

"약속해요?"

그녀가 한숨을 쉬었다. "그냥 좀 하라고."

나는 침대 위로 올라갔다. 그녀가 나를 안으로 이끌었다. 나는 눈을 감고 밀어 넣기 시작했다. 너무 빠르지 않게, 너무 느리지 않게. 그녀가 신음하며 욕했지만 어떤 면에서는 그게 격려가 되었다. 딱히 박자를 맞출 물건이 없는 상황에서 나는 이내 옆방에서 들리는 코골이 소리의 리듬을 따라갔다. 점점 절정에 도달하는 게 느껴졌다. 콘돔의 상태나 아니타와 날 닮은 아이가 어떻게 생겼을지는 걱정하지 않으려고 했다.

갑자기 그녀의 몸이 뻣뻣해지더니 아무 소리도 내지 않았다.

나는 동작을 멈췄다. 그녀가 뭔가를 들었다고, 불규칙적으로 변한 아버지의 코 고는 소리나 누군가가 집에 다가오는 소리를 들었다고 생각했다. 숨을 죽이고 귀를 기울였다. 내가 듣기에 거칠게 코를 고는 소리는 아까와 똑같았다.

그러자 내 밑에 있던 몸이 갑자기 축 늘어졌다. 나는 걱정스럽게 그녀를 내려다보았다. 눈은 감겨 있었고, 죽은 사람처럼 보였다. 조심스럽게 엄지와 약지를 그녀의 목 양쪽으로 가져가 맥을 짚으려 했다. 하지만 찾을 수가 없었다. 젠장, 맥이 어디 있지? 혹시 이 여자……?

그러자 그녀의 입에서 나직한 소리가 새어나왔다. 처음에는 으르렁거리는 소리 같았는데 점점 커지더니 어딘가 아주 익숙한 소리로 변했다. 꺽꺽거리며 들이쉬는 숨, 고장 난 소음기처럼 내뱉는 숨.

과연 그 아버지에 그 딸이로다.

나는 날씬한 여자의 몸과 벽 사이로 들어갔다. 등 뒤로는 차가운 벽지가, 골반에는 침대 프레임이 닿았다. 하지만 안전했다. 당분간은.

눈을 감았다. 두 가지 생각이 떠올랐다. 바리움을 먹어야 한다는 생각이 들지 않았다는 것. 그리고 *당신은 반사된 상을 쏘게 될 거야.*

이윽고 나는 꿈나라로 빠져들었다.

9

아침 식탁에서 본 아니타의 아버지는 어제 내가 코 고는 소리로 유추했던 생김새와 꽤나 비슷했다. 털이 북슬북슬하고 좀 뚱뚱하며 목소리가 걸걸한 사람. 왠지 망사로 된 러닝셔츠까지 입고 있을 것 같았다.

"일어났소?" 그가 말했다. 걸걸한 목소리로. 그러더니 앞에 있던 반쯤 먹다 만 빵에 담배를 비벼 껐다. "커피가 필요해 보이는군."

"고맙습니다." 나는 안심하며 그렇게 대답하고는 접이식 식탁으로 가서 그의 반대편에 앉았다.

그는 날 바라보았다. 그러더니 다시 고개를 숙이고 신문을 보면서 연필 끝에 침을 묻힌 다음, 전기레인지와 주전자 쪽으로 고갯짓을 했다. "직접 가져다 먹게. 우리 딸내미랑 자러 온 주제에 커피까지 대접받으려고 하지 말고."

나는 고개를 끄덕였고 찬장에서 커피잔을 찾아냈다. 커피잔에 칠흑처럼 검은 커피를 따르는 동안, 창밖을 내다보았다. 여전히 흐린 날씨였다.

아니타의 아버지는 신문을 보고 있었다. 정적 속에서 아니타의 코 고는 소리가 들렸다.

손목시계를 보니 9시 15분이었다. 요니는 아직 마을에 있을까? 아니면 다른 곳으로 갔을까?

커피를 한 모금 마셨다. 씹어서 삼켜야만 할 것 같았다.

"말해보게," 그가 고개를 들어 날 보았다. "거세가 또 다른 단어로 뭐지?"

나는 그를 바라봤다. "불임화lemlestelse."

그는 신문을 내려다보며 글자를 셌다. "m이 하나 들어가고?"

"네."

"그래, 그거일 수도 있겠군." 그는 연필 끝에 침을 묻히더니 낱말 맞히기 칸에 글자를 써넣었다.

내가 현관에서 신발을 신고 막 가려는데 아니타가 침실에서 부리나케 뛰쳐나왔다. 창백하고 발가벗었고 머리는 사방으로 뻗쳐 있고 눈에는 광기가 돌았다. 그녀는 두 팔로 날 꼭 껴안았다.

"깨우기 싫어서 그냥 가려고 했어요." 나는 그렇게 말하며 현관문을 열려고 했지만 불가능했다.

"돌아올 거야?"

나는 몸을 뒤로 빼고 그녀를 바라봤다. 그녀도 나도 알고 있었다. 남자들은 돌아오지 않는다는 사실을. 그런데도 그녀는 알고 싶어 했다. 아닐 수도 있고.

"노력할게요." 내가 말했다.

"노력?"

"네."

"날 봐. 날 봐! 약속해?"

"물론이죠."

"당신 입으로 말했어, 울프. 당신은 약속했어. 아니타에게 약속하면 반드시 지켜야 해. 이제 당신 영혼은 내게 저당 잡혔어."

나는 침을 삼켰다. 고개를 끄덕였다. 정확히 말하면, 그냥 노력하겠다고 약속했을 뿐이다. 예를 들어서 오고 싶은 마음을 내려고 노력하겠다고, 시간을 내려고 노력하겠다고. 나는 한 손을 빼서 현관문 손잡이를 잡았다.

나는 일부러 오두막까지 멀리 돌아서 갔다. 언덕을 돌아 북동쪽으로 간 다음, 숲을 통과해 오두막 뒤쪽으로 다가갔다.

순록이 오두막 귀퉁이에 한쪽 뿔을 문지르며 영역 표시를 하고 있었다. 집 안에 사람이 있다면 감히 그런 짓을 할 리가 없었다. 그래도 시냇물에 들어가 허리를 숙인 채 라이플을 숨겨둔 곳까지 갔다. 돌을 치우고 루핑 펠트로 감아둔 라이플을 꺼내 장전이 되어 있는지 살피고 서둘러 오두막으로 걸어갔다.

순록은 같은 자리에 서서 재미있다는 듯이 날 바라보고 있었다. 내게서 어떤 냄새가 날지는 아무도 모를 일이다. 나는 집 안으로 들어갔다.

누군가가 다녀갔다.

요니가 다녀갔다.

내부를 둘러봤다. 달라진 게 많지는 않다. 쥐 때문에 늘 찬장문을 꼭 닫아두는데 문이 약간 열려 있었다. 빈 가죽 가방이 침대 밑에 삐죽 나와 있었고, 출입문 안쪽 손잡이에 재가 묻어 있었다. 선반 옆의 널빤지를 잡아당겨 손을 집어넣었다. 권총과 전대가 잡히자 안도의 한숨을 쉬었다. 그런 다음 의자에 앉아 요니가 무슨 생각을 했을지 알아내려 했다.

요니는 가방을 보고 내가 여기서 지냈다는 걸 알았을 것이다. 하지만 돈도, 마약도, 다른 소지품도 보이지 않으니 내가 이미 떠났다고, 가죽 가방보다 실용적인 배낭 같은 걸 구해 떠났다고 생각했을 것이다. 그런 다음 난로의 재가 아직 따뜻한지 보려고, 내가 얼마나 앞서서 출발했는지 알아내려고 재를 만졌을 것이다.

내가 추리할 수 있는 그의 생각은 거기까지다. 그다음엔? 내가 어디로 갔을지 혹은 내가 왜 코순을 떠났는지 전혀 모른다면 그는 다른 곳으로 이동했을까? 아니면 근처 어딘가에 숨어 내가 오기를 기다리고 있을까? 하지만 만약 잠복하고 있다면 자기가 다녀간 흔적을 지우지 않았을까? 내가 아무런 의심도 하지 않도록 말이다. 아니면, 잠깐만, 난 지금 이렇게 흔적이 남았다는 이유만으로 그가 다른 곳으로 떠났을 거라고 생각하고 있다. 어쩌면 그는 이걸 노린 게 아니었을까?

젠장.

나는 쌍안경을 집어 들고 지평선을 훑었다. 이제는 지평선의 세세한 것들까지 훤히 꿰고 있었다. 전에는 없었던 무언가를, 누군가를 찾았다. 바라보았다. 집중했다.

다시 한 번.

몇 시간이 지나자 피곤이 몰려왔다. 하지만 커피를 끓이고 연기를 피워서 인근 5킬로미터 이내의 사람들에게 내가 돌아왔다는 신호를 보내고 싶지 않았다.

비라도 온다면 모를까. 저 먹구름이 빗방울이라도 떨어뜨린다면 모를까. 무슨 일이라도 일어난다면 모를까. 이 염병할 기다림 때문에 미칠 지경이다.

나는 쌍안경을 내려놓았다. 잠시 눈을 감았다.

집 밖으로 나가 순록에게 다가갔다.

녀석은 경계의 눈초리로 날 보았지만 도망가지는 않았다.

나는 순록의 뿔을 쓰다듬었다.

그런 다음 순록의 등에 올라탔다.

"이랴." 내가 말했다.

순록은 서너 걸음 나아갔다. 처음에는 머뭇거리면서.

"좋아!"

그러더니 좀 더 힘차게 나아갔다. 더 빠르게 나아갔다. 마을을 향해서. 무릎이 딸그락거렸고, 속도가 점점 빨라졌다. 원자폭탄에 가까이 다가가는 가이에르 계수기처럼.

다 타버린 교회가 나왔다. 분명 독일군이 한 짓이다. 레지스탕스를 찾아내기 위해서. 하지만 잔해는 여전히 우뚝 서 있었다. 따뜻하고 새카맣게 탄 채로. 돌과 재. 그리고 새카맣게 타버린 돌 주위에서 사람들이 춤을 추고 있었다. 그중에는 벌거벗은 사람들도 있었다. 목사는 천천히 공들여 노래를 부르는데도 그들은 미친 듯이 빠르게 춤을 췄다. 목사의 하얀 제의는 검댕이 묻어서 거뭇거뭇했고, 목사 앞에는 신랑과 신부가 서 있었다. 여자는 검은 옷을, 남자는 하얀 옷을 입었다. 남자의 모자부터 클로그 샌들까지 모두 하얀색이었다. 노랫소리가 잠잠해졌고, 나는 가까이 다가갔다.

"노르웨이 정부의 이름으로 그대들이 부부가 되었음을 선포한다." 목사는 그렇게 말하더니 옆에 걸려 있던 십자가에 갈색 침을 뱉고, 판사의 망치를 들어 올려 새까맣게 그을린 제단의 난간을 쾅 내려쳤다. 한 번. 두 번. 세 번.

나는 깜짝 놀라 잠에서 깼다. 벽에 머리를 기댄 채 의자에 앉아 있다는 걸 깨달았다. 젠장, 이런 꿈들이 날 지치게 했다.

하지만 아직도 쾅쾅거리는 소리가 들렸다.

가슴이 철렁 내려앉아 문을 바라보았다.

라이플은 벽에 기대어져 있었다.

나는 의자에 앉은 채 라이플을 집어 들었다. 개머리판을 어깨에 올리고 라이플의 한쪽을 볼에 댔다. 손가락으로 방아쇠를 감았다. 지금까지 계속 숨을 죽이고 있었다는 걸 깨닫고 숨을 내쉬었다.

다시 두 번의 쾅쾅 소리.

문이 열렸다.

하늘은 맑게 개어 있었고 어느새 저녁이었다. 오두막의 출입문은 서쪽으로 나 있었기에 문간에 선 형체는 태양을 등지고 있었다. 따라서 내가 볼 수 있는 건 낮은 언덕을 배경으로 오렌지색 후광을 달고 있는 검은 실루엣뿐이었다.

"날 쏠 건가요?"

"미안해요." 나는 그렇게 말하며 라이플을 내렸다. "뇌조인 줄 알고."

그녀는 정말로 웃기다는 듯 나직이 깔깔거렸지만, 얼굴이 어둠에 잠겨 있었기에 난 그저 그녀의 반짝이는 눈동자를 상상할 수밖에 없었다.

10

요니는 떠났다.

"그 사람은 오늘 남쪽으로 가는 버스를 탔어요." 레아가 말했다. 크누트는 장작을 패고 물을 길어 오라는 엄마의 말에 따라 밖으로 나간 뒤였다. 그녀는 커피를 마시고 싶다고 했다. 또한 왜 남쪽에서 온 남자가 내 소재를 알고 싶어 하는지에 대한 해명도 듣고 싶다고 했다.

나는 어깨를 으쓱였다. "남쪽에서 온 사람이 어디 나 하나뿐인가요? 원하는 게 뭐던가요?"

"당신과 꼭 할 얘기가 있다고 했어요. 사업 얘기."

"아, 그렇군요. 이름이 요니라고 하지 않던가요? 학처럼 생겼죠?"

그녀는 대답하지 않았다. 그저 테이블 반대편에 앉아 나와 눈을 마주치려고 했다.

"당신이 사냥용 오두막에 있다는 사실을 알아내고 누군가에게 데려다 달라고 했대요. 하지만 당신은 여기 없었고, 그러다 또 다른 사람에게서 당신이 장례식이 끝난 후에 우리 집에 왔다는 말을 들었다더군요. 그래서 내가 뭘 알고 있을 거라고 생각했나 봐요."

"그래서 뭐라고 했습니까."

나는 그녀와 시선을 맞춰주었다. 그녀가 내 눈을 보게 해주었다. 난 숨길 게 많지만 또한 숨길 게 아무것도 없다.

그녀는 한숨을 쉬었다. "당신이 남쪽으로 돌아갔다고 했어요."

"왜 그런 말을 했죠?"

"난 바보가 아니니까요. 당신이 어떤 어려움에 처했는지는 몰라요. 알고 싶지도 않고요. 하지만 나 때문에 상황이 악화되는 건 원치 않아요."

"상황이 악화된다고요?"

그녀는 고개를 저었다. 자기 표현이 잘못되었다는 뜻일 수도 있고, 내가 오해했다는 뜻일 수도 있고, 그 얘기는 하고 싶지 않다는 뜻일 수도 있다. 그녀는 길쭉한 창밖을 내다보았다. 크누트가 밖에서 기운차게 장작을 패는 소리가 들렸다.

"그 사람 말에 따르면 당신 이름은 울프가 아니라 욘이더군요."

"울프가 내 본명이라고 생각한 적 있습니까?"

"없어요."

"그런데도 그 남자를 엉뚱한 방향으로 보냈군요. 거짓말을 했어요. 당신네 책에서 거짓말하지 말라고 안 하던가요?"

그녀는 장작 패는 소리가 들리는 쪽으로 고갯짓을 했다. "크누트가 말했어요. 우리가 당신을 보살펴야 한다고. 우리 책에는 이웃을 보살피라고도 나와 있죠."

우리는 한동안 말없이 앉아 있었다. 나는 테이블에 양손을 올린 채. 그녀는 무릎에 양손을 올린 채.

"장례식이 끝난 후에 크누트를 돌봐줘서 고마워요."

"천만에요. 크누트는 어떤가요?"

"잘 지내요, 정말로."

"당신은요?"

그녀는 어깨를 으쓱였다. "여자들은 어떻게든 적응할 방법을 찾아내죠."

장작 패는 소리가 멎었다. 곧 크누트가 돌아올 것이다. 그녀는 다시 날 봤다. 그녀의 눈동자는 지금까지 본 적이 없는 색깔을 띠었고, 눈빛은 따가울 정도로 강렬했다. "마음이 바뀌었어요. 당신이 왜 도망 다니는지 알고 싶어요."

"처음 결정이 더 합리적일 텐데요."

"말해요."

"내가 왜 그래야 하죠?"

"난 당신이 좋은 사람이라고 믿으니까요. 좋은 사람이 저지른 죄는 언제든 용서받을 수 있어요."

"당신이 틀렸다면요? 내가 좋은 사람이 아니라면요? 그럼 결국 나는 당신네들이 말하는 지옥 불에 떨어지나요?" 내가 의도했던 것보다 더 독하게 들렸다.

"난 틀리지 않아요, 울프. 왜냐하면 당신을 볼 수 있으니까요. 난 당신을 볼 수 있어요."

나는 숨을 깊이 들이쉬었다. 내 입에서 과연 말이 나올지 알 수 없었다. 나는 그녀의 눈 속에 있었다. 우리가 열 살 때 바위에 서서 진심으로 뛰어내리고 싶은데 도무지 다리는 움직이지 않고 바위 아래로 보이던 바다처럼 푸르디푸른 눈동자.

"난 마약 빚을 수금하고 때로는 사람까지 죽이는 일을 했어요." 내 목소리가 들렸다. "그러다 보스의 돈을 훔쳤고, 이젠 그가 날 쫓고 있죠. 그리고 난 크누트, 당신의 열 살짜리 아들도 이 일에 끌어들였어요. 내 스파이가 되는 대가로 돈을 줬죠. 그뿐만이 아니에요. 무언가 수상한 걸 보고할 때도 돈을 줬어요. 이를테면 필요에 따라 어린아이도 가차 없이 쏴버릴 수 있는 그런 사람들을 봤을 때도요." 나는 담뱃갑을 흔들어 담배 한 개비를 꺼냈다. "그런데도 용서받을 수 있나요?"

그녀가 막 입을 열었을 때 크누트가 문을 열었다.

"다 했어요." 크누트는 난로 앞에 장작을 내려놓았다. "나 배고파요."

레아는 날 보았다.

"어묵 통조림이 있는데." 내가 말했다.

"으웩. 그거 말고 싱싱한 대구를 먹으면 안 돼요?" 크누트가 말했다.

"미안하지만 우리 집엔 대구가 없어."

"여기 말고요. 바다에. 낚시를 가면 되잖아요. 가도 돼요, 엄마?"

"지금은 한밤중이야." 그녀가 나직이 말했다. 여전히 날 보고 있었다.

"그러니까요. 지금이 낚시하기에 제일 좋잖아요." 크누트가 깡충깡충 뛰면서 말했다. "제발, 엄마!"

"우리 집엔 배가 없어, 크누트."

크누트는 조금 뒤에야 그 말뜻을 이해했다. 나는 크누트를 보았다. 아이의 얼굴이 어두워졌다. 그러더니 다시 밝아졌다. "할아버지 배가 있잖아요. 보트 창고에 있는데 내가 써도 된다고 하셨어요."

"그랬어?"

"네! 대구! 대구! 아저씨도 대구 좋아하죠, 네?"

"대구 좋아하지." 내가 그녀와 시선을 마주치며 말했다. "하지만 엄마도 지금 먹고 싶어 할지는 모르겠구나."

"엄마도 먹고 싶을 거예요. 그렇죠, 엄마?"

그녀는 대답하지 않았다.

"엄마?"

"울프 아저씨가 결정하게 하자꾸나." 그녀가 말했다.

아이는 테이블과 내 의자 사이로 비집고 들어왔고, 나는 어쩔수 없이 아이를 봐야 했다.

"울프 아저씨?"

"응?"

"입은 뒀다 뭐 해요."

보트 창고는 잔교에서 몇백 미터 떨어진 곳에 있었다. 썩은 해조류와 짭짤한 바다 냄새를 맡으니 희미한 여름 기억이 되살아났다. 너무 작은 구명조끼에 머리를 밀어 넣던 일, 보트에 오두막까지 소유할 정도로 부자여서 어지간히 잘난 척하던 사촌과 선외모터의 시동이 걸리지 않아 얼굴이 벌게진 채 욕을 하던 삼촌.

보트 창고 안은 어두웠고, 기분 좋은 타르 냄새가 났다. 낚시에 필요한 도구는 이미 배 안에 다 있었고, 용골이 목제 거치대에 받쳐져 있었다.

"노를 젓는 보트치고는 좀 큰 거 아닌가?" 내가 보기에 대충 5, 6미터는 되는 것 같았다.

"아뇨, 이건 그냥 중간 사이즈예요. 어서 와요, 다 함께 밀어야 해요." 레아가 말했다.

"아빠 건 훨씬 컸어요. 노 열 개에 돛도 있었죠." 크누트가 말했다.

우리는 배를 바다에 띄웠고, 나는 발이 젖기 전에 간신히 배에 올라탔다.

두 개의 노걸이 중 하나에 노를 끼워 넣고 저었더니, 배가 점점 뭍에서 멀어졌다. 힘차면서도 차분한 노질. 아빠도 없는 불쌍한 아이라는 이유로 친척 집에 초대를 받았던 어느 여름, 사촌보다 노를 잘 저으려고 무던히 노력한 덕분에 익힌 솜씨였다. 하지만 레아와 크누트는 별로 감탄하지 않는 듯했다.

어느 정도 바다로 나가자, 노를 배 안에 들여놓았다.

크누트는 보트 뒤쪽으로 기어가 뱃전 너머로 몸을 내밀고 낚싯줄을 던진 다음, 물속으로 가라앉는 낚싯줄을 지켜봤다. 아이가 상상의 나래를 펼치자, 눈동자가 초점을 잃었다.

"착한 아이예요." 점퍼를 벗으며 내가 말했다. 아까 보트 창고의 벽에 걸려 있던 점퍼였다.

그녀는 고개를 끄덕였다.

바람 한 점 없었고, 바다는 (혹은 레아와 크누트가 부르는 대로 하자면 대양은) 거울처럼 반짝거렸다. 그 위로 발을 디디면 북쪽 지평선 위쪽에 붙박여 있는 태양의 붉은 가마솥을 향해 걸어갈 수 있을 정도로 단단해 보였다.

"크누트 말로는 당신을 기다리는 사람이 아무도 없다더군요." 그녀가 말했다.

나는 고개를 끄덕였다. "다행이죠."

"이상하겠어요."

"뭐가요?"

"아무도 없잖아요. 당신을 생각하는 사람도, 당신을 돌봐줄 사람도. 또 당신이 돌봐야 할 사람도."

"시도는 했습니다." 낚싯줄 중 하나의 고리를 느슨하게 하며 내가 말했다. "하지만 감당이 안 되더군요."

"가족이 있는 게 감당이 안 된다고요?"

"가족을 돌보는 게요. 지금쯤은 당신도 깨달았겠지만 난 누가 기댈 수 있는 사람이 아닙니다."

"전에도 그렇게 말했어요, 울프. 하지만 사실인지는 모르겠어요. 무슨 일이 있었죠?"

나는 낚싯줄에서 스푼 루어를 빼버렸다. "왜 아직도 날 울프라고 부릅니까?"

"당신 입으로 그게 이름이라고 했으니까요. 그러니 그렇게 불러야죠. 당신이 다른 이름으로 불러달라고 할 때까지는요. 사람은 누구나 가끔씩 자기 이름을 바꿀 수 있어야 해요."

"당신은 얼마 동안 레아로 불렸죠?"

그녀가 한쪽 눈을 가늘게 떴다. "지금 여자에게 나이를 묻는 건가요?"

"난 그런 뜻으로……."

"29년이요."

"흠. 레아는 예쁜 이름인데요. 바꿀 이유가-."

"'암소'라는 뜻이에요." 그녀가 내 말을 잘랐다. "난 사라라는 이름을 원했어요. 공주라는 뜻이거든요. 하지만 아버지가 우린 성이 사라라서 안 된다고 했어요. 그래서 29년간 암소로 불렸죠. 어떻게 생각해요?"

"글쎄요." 나는 잠시 생각했다. "음메?"

그녀는 어이가 없다는 표정으로 날 바라봤다. 그러더니 웃기 시작했다. 정말 웃긴다는 듯이 천천히 깔깔깔. 선미에서 크누트가 뒤를 돌아봤다. "뭐예요? 아저씨가 웃기는 얘기 했어요?"

"웅." 내게서 눈을 떼지 않은 채 그녀가 말했다. "그런 거 같아."

"말해줘요!"

"나중에." 그녀는 내 쪽으로 몸을 내밀었다. "그래서 무슨 일이 있었죠?"

"일이라고 할 만한 것도 없어요." 나는 낚싯줄을 던졌다. "그냥 너무 늦어버렸죠."

그녀가 눈살을 찌푸렸다. "뭐가요?"

"우리 딸을 구하는 거요." 물이 어찌나 맑은지 은은하게 반짝이는 스푼 루어가 점점 더 깊이 가라앉는 모습이 보일 정도였다. 초록빛이 도는 검은 어둠 속으로 사라질 때까지. "마침내 내가 돈을 마련했을 때 아이는 이미 혼수상태였어요. 독일에서 수술받을 수 있는 비용을 모은 지 3주 후에 죽었죠. 돈을 모았다고 달라질 건 없었어요. 이미 늦었으니까. 적어도 의사들은 그렇게 말했어요. 하지만 중요한 건 내가 해야 할 일을 하지 못했다는 겁니다. 난 아이를 실망시켰어요. 그리고 사실 그건 내 인생의 끝없는 후렴구죠. 하지만 내가…… 그 상황에서 내가 잘……."

나는 코를 훌쩍거렸다. 점퍼를 벗지 말걸 그랬다. 아무리 그래도 여기는 북극 근처니까. 무언가가 내 팔에 닿았다. 머리카락이 곤두섰다. 여자의 손길. 마지막으로 여자가 날 만진 게 언제인지 기억도 나지 않았다. 그러다 불과 24시간 전이라는 게 생각났다. 이 마을, 마을 사람들, 이 모든 것, 알게 뭐냐.

"그래서 돈을 훔친 거군요. 그렇죠?"

나는 어깨를 으쓱였다.

"당신은 딸을 위해 돈을 훔쳤어요. 잡히면 죽으리라는 걸 알면서도."

나는 지독하게 잔잔한 해수면이 보기 싫어서 보트 옆으로 침을 뱉었다. "그런 식으로 표현하니까 듣기 좋네요. 하지만 난 그저 너무 늦어서 손을 쓸 수 없을 때까지 기다린 아빠일 뿐입니다."

"하지만 의사들 말에 따르면 이미 늦었다면서요, 안 그래요?"

"의사들이 그렇게 말하긴 했지만 그들도 모르죠. 아무도 모릅니다. 당신도, 나도, 목사도, 무신론자도. 그래서 우리가 믿는 겁니다. 저 심연 속에서 우리를 기다리는 게 어둠과 추위뿐이라는 걸, 죽음뿐이라는 걸 깨닫는 것보다 나으니까요."

"정말로 그렇게 믿어요?"

"그럼 당신은 정말로 천사들이 지키는 천국의 문이 있고, 성 베드로라는 남자가 있다고 믿나요? 아니다, 당신들이 믿는 건 그게 아니군요. 성인을 믿는 건 당신네보다 만 배는 큰 종파죠. 그리고 그들은 자기들이 믿는 대로 믿지 않으면, 아주 세세한 것까지 똑같이 믿지 않으면 지옥에 떨어질 거라고 하죠. 네, 가톨릭은 당신네 루터 파가 지옥으로 직행할 거라고 믿어요. 그리고 당신네들은 가톨릭 신자들이 그럴 거라고 믿고요. 이탈리아나 스페인이 아니라 북극 근처의 열렬한 신도들 사이에서 태어난 걸 천만다행으로 생각하세요. 안 그랬으면 구원으로 가는 길이 아주 멀고 험했을 테니까요."

나는 낚싯줄이 아래로 당겨지는 걸 보고 얼른 들어 올렸다. 낚싯줄이 홱 움직이는 걸로 보아 어딘가에 걸린 게 분명했다. 여기는 수심이 얕기 때문이다. 줄을 더 세게 잡아당겼더니 그제야 걸렸던 바늘이 빠져나왔다.

"화가 났군요, 울프."

"화가 나요? 화가 난 정도가 아니라 부아가 치민다고요. 당신들이 말하는 신이 정말로 존재한다면 왜 인간에게 그런 장난을 치는 겁니까? 왜 누구는 태어나면서부터 고통받게 하고, 왜 누구는 풍족한 삶을 살죠? 대다수는 신에 대해 듣지도 못하는데 왜 누구는 자기를 구원해줄 믿음을 찾아내는 겁니까? 왜 신은…… 어떻게 그렇게……?"

더럽게 춥네.

"당신 딸을 데려갔냐고요?" 그녀가 나직이 물었다.

나는 눈을 깜빡거렸다. "저 밑엔 아무것도 없어요. 그저 어둠과 죽음과-."

"물고기!" 크누트가 외쳤다.

우리는 크누트를 돌아봤다. 아이는 벌써 낚싯줄을 끌어올리고 있었다. 레아는 마지막으로 내 팔을 토닥인 뒤, 손을 떼고 뱃전 너머로 몸을 내밀었다.

우리는 물속을 응시했다. 크누트가 잡은 것이 무엇이든 간에 모습을 드러내기를 기다렸다. 나는 왠지 모르게 노란색 방수 모자가 생각났다. 갑자기 불길한 예감이 들었다. 아니, 단순한 예감이 아니었다. 그가 돌아오리라는 확신이 들었다. 눈을 감았다. 그렇다, 꽤 또렷하게 보였다. 요니는 돌아올 것이다. 내가 아직 여기 있다는 걸 그는 알고 있다.

"와!" 크누트가 환호성을 질렀다.

눈을 떠보니 큼직한 대구 한 마리가 배 바닥에서 펄떡거렸다. 눈앞에 펼쳐진 광경을 믿지 못하겠다는 듯이 눈이 툭 튀어나와 있었다. 당연했다. 지금 이 상황은 저 녀석이 생각지도 못했던 결과일 테니까.

11

우리는 노를 저어 섬으로 갔고, 용골이 모래톱 위로 부드럽게 올라갔다. 헤더로 뒤덮인 고원이 갑자기 험악하게 바다로 굴러떨어지는 본토에서 이 둥근 섬까지는 불과 3, 400미터밖에 되지 않았다. 크누트는 신발을 벗고 뭍으로 올라간 다음, 바위에 보트를 묶었다. 나는 레아에게 해안까지 옮겨주겠다고 했지만 그녀는 웃으며 오히려 자기가 날 옮겨주겠다고 했다.

레아가 생선을 손질하고 씻는 동안, 크누트와 나는 불을 피웠다. "한번은 고기를 너무 많이 잡아서 손수레로 날라야 했던 적도 있어요." 크누트가 말했다. 아이는 벌써 혀로 입술을 핥고 있었다.

나는 어릴 때 생선을 좋아한 기억이 없다. 어쩌면 주로 기름에 튀기거나 피시 핑거 혹은 정액처럼 생긴 하얀 소스에 담긴 어묵의 형태로 먹었기 때문인지도 모른다.

"여긴 먹을 게 많아요." 레아는 그렇게 말하며 은박지로 생선 전체를 싸서 불 위에 두었다. "10분만 기다려요."

곧 생선을 먹을 수 있다는 기대감에 흥분한 크누트가 내 등에 올라탔다. "레슬링 시합해요!" 내가 일어서려 하는데도 계속 매달리며 크누트가 외쳤다. "남부인은 죽어야 해!"

"등에 모기 한 마리가 앉았군." 나는 그렇게 외치며 몸을 앞뒤로 흔들었고, 크누트는 로데오 기수처럼 매달리다가 마침내 행복한 비명을 지르며 모래톱에 떨어졌다.

"레슬링을 할 거면 제대로 해야지." 내가 말했다.

"좋아요! 근데 제대로 하는 게 뭐예요?"

"스모를 해야지." 나는 그렇게 말하고 나뭇가지를 집어 고운 모래톱에 원을 그렸다. "먼저 상대를 원 밖으로 나가게 하는 사람이 이기는 거야."

나는 시합 전에 매번 치러야 하는 의식을 보여주기로 했다. 우리는 원 밖에 마주 서서 쪼그리고 앉은 다음, 박수를 한 번 쳤다.

"이건 신에게 우리 시합에 함께해달라는 기도야. 우리끼리만 싸우지 않도록."

레아는 눈살을 찌푸렸지만 아무 말 하지 않았다.

나는 아래를 보면서 천천히 두 손을 들어 올렸다가 다시 무릎에 내려놓았고, 크누트는 내 동작을 따라 했다.

"이건 악령을 떨쳐내는 동작이야." 난 그렇게 말하고 두 발을 쿵쿵 굴렀다.

크누트도 날 따라 했다.

"제자리에…… 준비……." 내가 속삭였다.

크누트는 얼굴을 찡그려 무서운 표정을 만들었다.

"시작!"

크누트는 원 속으로 뛰어들더니 어깨로 날 밀쳤다.

"아저씨가 졌어요!" 아이가 의기양양하게 외쳤다.

원 밖에 찍힌 내 발자국은 의심의 여지가 없었다. 레아는 박장대소했다.

"아직 끝나지 않았어, 핀마르크 주에서 온 리키시* 크누트 상さん." 나는 으르렁거리듯이 말하며 다시 쪼그리고 앉았다. "다섯 번을 이겨야 후타바야마가 되는 거야."

"후타……?" 크누트는 얼른 맞은편에 쪼그리고 앉았다.

"후타바야마. 전설적인 스모 선수지. 덩치 큰 뚱뚱이야. 제자리에…… 준비……."

나는 크누트의 몸을 옭아매 원 밖으로 밀어냈다.

점수가 4대4 동점이 됐을 때 크누트는 땀투성이에 너무 지쳐서

---

* 스모 선수를 가리키는 말.

예비 의식 따위는 잊어버린 채 내게 달려들었다. 나는 옆으로 비켜났고, 크누트는 제때 멈추지 못해 원 밖으로 발을 헛디뎠다.

레아가 깔깔 웃었다. 크누트는 모래에 얼굴을 박은 채 꼼짝하지 않고 누워 있었다.

나는 크누트 옆에 가서 앉았다.

"스모에서는 이기는 것보다 더 중요한 것들이 있어. 이를테면 승리든 패배든 품위 있게 받아들이는 태도지." 내가 말했다.

"난 졌어요." 크누트가 모래에 대고 속삭였다. "이길 때는 그게 더 쉽겠죠."

"맞아."

"음, 축하해요. 아저씬 후타…… 후타…….."

"……바야마. 그러면 후타바야마는 네게 경례를 해. 넌 용감한 하구로야마야."

아이가 고개를 들었다. 젖은 얼굴에 모래가 묻어 있었다. "그게 누구예요?"

"후타바야마의 제자지. 하구로야마도 나중에 챔피언이 돼."

"그래요? 후타바야마도 이겨요?"

"그럼. 장난감처럼 가지고 놀지. 먼저 배워야 할 게 있었을 뿐이야. 지는 법 같은 거."

크누트는 일어나 앉아 실눈으로 날 봤다. "지면 더 나아져요,

울프 아저씨?"

나는 고개를 주억거렸다. 레아도 우리 얘기에 관심을 보였다. "더 잘-." 나는 팔에 앉은 모기를 찰싹 때려잡았다. "질 수 있지."

"더 잘 질 수 있다고요? 더 잘 져서 뭐해요?"

"우린 살면서 주로 할 수 없는 일들을 하려고 하거든. 그러니까 이길 때보다 질 때가 많아. 심지어 후타바야마도 연승 행진이 시작되기 전까지는 계속 졌지. 그러니까 앞으로 더 자주 하게 될 일을 잘하는 게 중요하지 않겠니?"

"그런 거 같네요." 크누트는 곰곰이 생각했다. "근데 잘 진다는 게 무슨 뜻이에요?"

아이의 어깨 너머로 레아와 나의 눈이 마주쳤다. "기꺼이 또 질 용기를 갖는 거야."

"생선 다 구워졌어요." 그녀가 말했다.

대구 껍질이 은박지에 달라붙는 바람에 레아가 은박지를 벌렸을 때는 하얀 생선살을 발라내서 먹을 수밖에 없었다.

"천상의 맛이군요." 내가 말했다. 무슨 뜻으로 한 말인지는 모르겠지만 더 나은 표현을 생각해낼 수가 없었다.

"으으음." 크누트가 신음했다.

"화이트 와인만 있으면 완벽할 텐데요." 내가 말했다.

"지옥 불." 크누트가 이를 드러내며 말했다.

"예수님도 와인은 마셨어." 레아가 말했다. "어쨌든 대구는 레드 와인과 먹는 거예요." 크누트와 내가 생선을 먹다 말고 돌아보자, 그녀는 깔깔 웃었다. "난 잘 모르지만 그렇다고 들었어요!"

"아빠도 술을 마셨는데." 크누트가 말했다.

레아의 웃음소리가 멈췄다.

"레슬링 또 해요!" 크누트가 말했다.

나는 너무 배가 부르다는 표시로 배를 토닥였다.

"심심해……." 크누트가 아랫입술을 삐죽 내밀었다.

"갈매기 알이 있는지 찾아보렴." 레아가 말했다.

"지금 알이 있어요?" 크누트가 물었다.

"여름 알이지. 아주 드물지만 분명 있어."

크누트가 한쪽 눈을 감았다. 그러더니 벌떡 일어나서 쏜살같이 달려 나갔고, 섬의 등성이 너머로 사라졌다.

"여름에 갈매기 알이라고요?" 내가 모래톱에 누우며 말했다. "정말입니까?"

"나는 대부분의 것들이 존재한다고 믿어요. 그리고 드물다고 했잖아요."

"당신네들처럼요?"

"우리요?"

"레스타디우스교도요."

"당신은 우릴 그렇게 보나요?" 그녀는 손을 들어 눈가에 그늘을 만들었고, 나는 한쪽 눈을 찡그리는 크누트의 버릇이 어디서 왔는지 알 수 있었다.

"아뇨." 마침내 난 그렇게 대답하고 두 눈을 감았다.

"얘기 좀 해봐요, 울프." 내가 보트 창고에서 가져온 점퍼로 머리를 받치며 그녀가 말했다.

"무슨 얘기요?"

"아무거나."

"생각 좀 해볼게요."

우리는 말없이 누워 있었다. 모닥불이 타닥거리는 소리와 파도가 부드럽게, 수줍게 해변을 어루만지는 소리가 들렸다.

"스톡홀름의 여름밤." 내가 말했다. "모든 게 푸르렀죠. 다들 잠들었고, 나는 모니카와 함께 천천히 집으로 걸어갔어요. 우린 잠깐 걸음을 멈추고 키스한 다음, 계속 걸었어요. 열린 창문에서 웃음소리가 흘러나왔죠. 섬들 사이로 미풍이 불었고 미풍에서는 풀과 해초 냄새가 났어요." 나는 머릿속으로 노래를 흥얼거렸다. "미풍은 우리의 뺨을 어루만졌고, 난 그녀를 가까이 끌어당겼죠. 밤은 존재하지 않고 오로지 정적과 어둠, 바람뿐이었어요."

"아름답네요. 계속해봐요." 그녀가 말했다.

"밤은 짧고 환하고, 개똥지빠귀가 깨어나면 사라져버리죠. 남자는 백조를 보려고 노 젓기를 멈췄어요. 우리가 베스테르브론*을 건너는 동안 빈 트램 한 대가 지나갔죠. 한밤중에 스톡홀름의 나무들은 은밀히 꽃을 피웠고, 그동안 창문은 빛으로 도시를 칠했어요. 도시는 잠든 사람들을 위해, 먼 길을 떠나야 하지만 스톡홀름으로 다시 돌아올 사람들을 위해 음악을 연주했죠. 거리에서는 꽃향기가 났고, 우리는 다시 키스했고, 천천히 천천히 도심을 가로질러 집으로 걸어갔어요."

나는 귀를 기울였다. 파도. 모닥불. 아득한 갈매기 울음소리.

"모니카, 당신이 사랑하는 여자인가요?"

"네. 내가 사랑하는 여자죠." 내가 말했다.

"아, 얼마나 사귀었는데요?"

"어디 보자. 아마 십 년쯤 될 겁니다."

"오래 사귀었네요."

"네, 하지만 우린 한 번에 3분씩만 사랑에 빠지죠."

"3분?"

"더 정확히 말하면 3분 19초요. 그녀가 노래를 부르는 데 걸리는 시간이죠."

* Västerbron, 스톡홀름 중심을 가로지르는 대형 다리.

레아가 일어나서 앉는 소리가 들렸다. "지금까지 한 얘기가 노래였어요?"

"'우리는 천천히 도심을 가로지르네Sakta vi gå genom stan'. 모니카 제터룬드."

"실제로 본 적은 없고요?"

"네. 예전에 스톡홀름에서 스티브 쿤과 함께 공연하는 티켓을 구한 적이 있긴 해요. 그런데 안나가 병이 나서 일을 해야만 했죠."

그녀는 말없이 고개를 끄덕였다.

"누군가와 함께하는 게 그렇게 행복하다니 부럽네요. 그러니까 그 노래 속 커플처럼요."

"하지만 오래가지 않죠."

"그건 모르는 거예요."

"그래요. 아무도 몰라요. 하지만 당신 경험으로 볼 때 오래가던 가요?"

갑자기 차가운 돌풍이 불었고, 나는 눈을 떴다. 해협 반대편 절벽 가장자리에 무언가가 보였다. 아마도 그냥 큰 바위의 실루엣일 것이다. 나는 레아에게로 몸을 돌렸다. 그녀는 몸을 웅크린 채앉아 있었다.

"난 그냥 모든 게 존재할 수 있다는 거예요. 영원한 사랑조차도." 그녀가 말했다.

바람에 그녀의 머리카락 몇 가닥이 얼굴을 가렸고, 문득 난 그녀에게서 그것을 보았다. 안나와 똑같은 푸른 광채. 어쩌면 그냥 이곳의 햇빛 때문일 수도 있다.

"미안해요. 내가 상관할 바가 아닌데. 난 그냥……." 난 말을 멈췄다. 내 눈이 아까 본 바위를 찾았지만 이번에는 찾을 수가 없었다.

"그냥……?"

나는 숨을 깊이 들이쉬었다. 분명 나중에 후회할 것이다. "지난 번에 장례식이 끝나고 작업실 창문 아래 서 있었어요. 당신이 시동생과 하는 얘기를 우연히 듣게 됐죠."

그녀는 가슴 앞에서 팔짱을 꼈다. 날 바라봤다. 충격을 받은 게 아니라 그냥 찬찬히 바라보는 눈빛이었다. 그러더니 크누트가 사라진 쪽을 힐끗 봤다가 다시 날 봤다.

"남자를 사랑하는 마음이 얼마나 오래가는지 경험한 적 없어요. 내게 주어진 남자를 사랑한 적이 없으니까요."

"주어져요? 정략결혼을 했다는 겁니까?"

그녀는 고개를 저었다. "정략결혼은 옛날에 가문들끼리 계획해서 하는 결혼이죠. 우호적인 연합. 방목지와 순록 무리. 같은 종교. 휴고와 나는 그런 식의 결혼이 아니었어요."

"그럼요?"

"강제로 이뤄진 결혼이었죠."

"누가 강요했는데요?"

"당시 상황이요." 그녀는 또 크누트 쪽을 돌아봤다.

"그럼……."

"네, 난 임신 중이었어요."

"당신네 종교가 혼외 관계의 아이들에게 딱히 관대하지 않다는 건 알지만 휴고는 레스타디우스교도가 아니잖습니까. 안 그래요?"

그녀는 고개를 저었다. "당시 상황, 그리고 아버지 때문이죠. 그 두 가지가 우리를 억지로 결혼시켰어요. 아버지는 당신 말대로 하지 않으면 날 교단에서 제명하겠다고 했고요. 제명된다는 건 단지 곁에 사람이 없는 정도가 아니에요. 완전히 혼자가 되는 거라고요. 이해하겠어요?" 그녀가 손으로 입을 막았다. 처음에는 흉터를 가리려고 그러는 줄 알았다. "난 제명된 사람들이 어떻게 되는지 봤어요……."

"이해합니다……."

"아뇨, 당신은 이해 못해요, 울프. 왜 내가 이방인에게 이런 얘기를 하는지 모르겠네요."

나는 그제야 그녀가 울먹이고 있다는 걸 깨달았다. "내가 이방인이기 때문이겠죠."

"네, 아마도요." 그녀가 훌쩍거렸다. "당신은 떠날 사람이니까요."

"휴고는 레스타디우스교도가 아니니 제명할 수도 없었을 텐데 당신 아버지가 어떻게 휴고에게 결혼하라고 강요했죠?"

"휴고에게 나와 결혼하지 않으면 날 강간한 일을 경찰에 신고하겠다고 했어요."

난 말없이 그녀를 바라봤다.

그녀는 허리를 똑바로 펴고 고개를 들어 바다를 바라보았다.

"네, 난 열여덟 살 때 날 강간했던 남자와 결혼했어요. 그의 아이를 낳았고요."

본토에서 날카로운 비명 소리가 들렸다. 뒤를 돌아보니 검은 가마우지가 절벽 아래에서 해수면에 가깝게 날아가고 있었다.

"당신이 성경을 그렇게 해석했기 때문인가요?"

"우리 집에선 오직 한 사람만 성경을 해석할 수 있죠."

"당신 아버지군요."

그녀는 어깨를 으쓱였다. "그 일이 있던 날 밤, 나는 집에 가서 엄마에게 휴고기 날 강간했다고 말했어요. 엄마는 날 위로했지만 그냥 잊는 게 최선이라고 하셨죠. 엘리아센의 아들을 강간으로 신고한들 무슨 소용이 있겠어요? 하지만 내가 임신한 걸 알고 엄마는 아버지에게 모두 말했어요. 아버지가 제일 먼저 한 말은 하나님께 임신하지 않게 해달라고 기도했느냐는 거였죠. 두 번째는 휴고와 내가 결혼해야 한다는 거였고요."

그녀는 침을 삼켰다. 말을 멈췄다. 나는 이것이 그녀가 아주 소수의 사람들에게만 털어놓은 이야기라는 걸 깨달았다. 어쩌면 내가 처음일 수도 있다. 장례식 후로 내가 그녀에게 이런 이야기를 할 수 있는 최초이자 최고의 기회를 준 것이다.

"그런 다음 아버지는 엘리아센 씨를 만나러 갔어요."그녀가 말을 이었다. "휴고의 아버지와 우리 아버지는 이 마을의 권력자들이죠. 각기 다른 방식으로요. 엘리아센 씨는 사람들에게 일자리를 줬고, 아버지는 그들에게 하나님 말씀을 전하고 그들의 고통받는 영혼을 달래줬어요. 아버지는 엘리아센 씨에게 만약 결혼에 동의하지 않으면 신도들 중 누군가에게 그날 밤 보고 들은 게 있다고 증언하게 할 거라고, 그런 일쯤은 누워서 떡 먹기라고 했죠. 엘리아센 씨는 아버지에게 협박할 필요 없다, 어차피 당신 딸은 좋은 신붓감이다, 어쩌면 당신 딸이 휴고를 좀 진정시켜 줄지도 모른다고 했죠. 일단 두 분이 그렇게 결정한 후에는 그대로 됐고요."

"어떻게-." 나는 말문을 열었지만 다시 비명 소리가 들렸다. 이번에는 새가 아니었다.

크누트.

우리 둘 다 벌떡 일어났다.

뱃사람은 자기가 찾는 사람을 반드시 찾아내죠.

또다시 비명 소리. 우리는 그쪽으로 달려갔다. 내가 먼저 섬 꼭대기에 도착했다. 크누트를 보았다. 뒤를 돌아보니 레아가 스커트를 들어 올린 채 달려오고 있었다.

"크누트는 무사해요."

아이는 100미터쯤 떨어진 곳에서 해안으로 올라온 무언가를 바라보고 있었다.

"그게 뭐니?" 내가 아이에게 외쳤다.

크누트는 검은 물체를 가리켰고, 그 위로 파도가 계속 넘실거렸다. 그러자 냄새가 났다. 시체 썩는 냄새.

"뭐예요?" 레아가 내 옆에 와 서면서 물었다.

나는 크누트처럼 말없이 손으로 가리켰다.

"죽음과 파괴네요." 그녀가 말했다.

나는 크누트에게 내려가려고 하는 그녀를 막았다. "당신은 여기 있어요. 내가 가서 보고 올게요."

"그럴 필요 없어요. 난 뭔지 알아요."

"뭔데요?"

"해표."

"해표?"

"바다표범요. 죽었네요." 그녀가 말했다.

우리가 노를 저어 본토로 돌아갈 때는 여전히 밤이었다.

완벽한 정적 속에서 노가 바다에서 나올 때 찰박거리는 소리만 들렸다. 비스듬한 햇살에 물방울이 다이아몬드처럼 반짝거렸다.

나는 보트 뒤쪽에 앉아 두 모자가 노를 젓는 모습을 지켜봤다. 머릿속으로 '우리는 천천히 도심을 가로지르네'를 흥얼거렸다. 두 사람은 하나의 유기체 같았다. 골똘하게 집중한 표정의 크누트는 등과 엉덩이를 써서 몸이 흔들리지 않도록 노력했고, 무거운 노를 차분하고 일성한 어른의 리듬으로 저어 나갔다. 크누트의 엄마는 그 뒤에 앉아 아이의 동작에 맞춰 아이와 동시에 노를 저으려고 주의를 기울였다. 누구도 말하지 않았다. 그녀의 손등을 지나가는 정맥과 힘줄이 움직였고, 가끔씩 제대로 가고 있는지 확인하기 위해 어깨 너머를 돌아볼 때마다 그녀의 검은 머리카락이 한쪽으로 휘날렸다. 물론 크누트는 자기의 노 젓는 실력을 내게 뽐내고 싶은 마음이 없는 척했지만 나를 몰래 훔쳐보면서 계속 속마음을 드러냈다. 그럴 때마다 나는 턱을 내밀고 잘한다는 뜻으로 고개를 끄덕였다. 크누트는 모르는 척했지만 그럴 때마다 동작에 좀 더 힘이 들어갔다.

우리는 도르래에 묶인 밧줄을 이용해 보트를 거치대로, 보트 창고 안으로 끌어당겼다. 그 육중한 보트를 끌어올리는 건 놀랄 만큼 쉬웠다. 생존을 위한 인류의 끈질긴 창의력과 능력에 감탄하지 않을 수 없었다. 또한 필요하다면 기꺼이 악랄해지는 마음에도.

우리는 자갈길을 따라 집들이 있는 쪽으로 걸어갔다. 길 초입의 전신주 앞에서 걸음을 멈췄다. 전신주에 붙어 있던 댄스 밴드 전단지 위에 또 다른 전단지들이 붙어 있었다.

"잘 가요, 울프. 덕분에 즐거웠어요. 조심해서 들어가고, 잘 자요." 그녀가 말했다.

"네. 조심해서 가세요." 나는 그렇게 말하며 미소를 지었다. 여기 사람들은 작별 인사를 아주 진지하게 했다. 어쩌면 집들 간의 거리가 엄청나게 멀고, 자연이 너무도 잔혹하기 때문인지 모른다. 곧, 혹은, 그냥 다시 만나는 걸 당연하게 받아들일 수 없는 것이다.

"토요일 아침 집회소 예배에 와주면 정말 반가울 거예요." 그녀가 살짝 딱딱한 어조로 말했고, 얼굴의 근육이 실룩거렸다. "안 그러니, 크누트?"

벌써 반쯤 잠든 크누트가 말없이 고개를 끄덕였다.

"말은 고맙지만 날 구하기에는 너무 늦은 거 같네요." 이 중의적인 발언이 의도적인 것인지는 나도 알 수 없었다.

"성경 말씀을 들어서 해로울 건 없어요." 늘 무언가를 찾는 듯한 이상하고 강렬한 눈동자로 그녀가 날 바라봤다.

"한 가지 조건이 있습니다. 당신 차를 빌려주세요. 예배가 끝나면 그 차로 알타에 가야겠습니다. 몇 가지 살 물건이 있어요." 내가 말했다.

"운전할 줄 알아요?"

나는 어깨를 으쓱였다.

"나도 같이 가야겠네요." 그녀가 말했다.

"그럴 필요 없습니다."

"보기보다 다루기 쉽지 않아요."

그녀의 중의적인 발언 역시 의도적이었는지는 알 수 없었다.

오두막에 도착한 나는 술은 입도 대지 않고 침대에 누워 곧장 곯아떨어졌다. 내가 기억하는 한 꿈도 꾸지 않았다. 잠에서 깼을 때는 어떤 일이 일어났다는 느낌이 들었다. 무언가 좋은 일. 이런 기분을 마지막으로 느꼈던 때는 까마득한 옛날이었다.

12

성령이여, 그대에게 기도드리니

진실한 하나의 믿음을 가진 우리는 지상에 머물러

온 마음으로 우리의 믿음을 지켜내도록 도울 것입니다.

숨이 끊어질 때까지.

우리가 죽음을 맞이해

이 지상의 고난을 떠나

그대와 함께 집으로 향할 때

키리에 엘레이손(Kyrie Eleison, 주여 자비를 베푸소서)!

작은 집회소 안에서 찬송가가 느릿한 천둥처럼 울려 퍼졌다.
스무 명 남짓 되는 신도들 전부가 부르는 듯했다.

나는 레아에게 건네받은 작고 검은 책 속의 말들을 이해하려고 노력했다. 《란스타 성가집》. 속표지에 '1869년 왕실 채택본'이라고 적혀 있었다. 전에 잠깐 훑어본 적이 있었는데 1869년 이후로 한 음절도 고치지 않은 듯했다.

찬송가가 끝나자, 한 남자가 무거운 걸음으로 삐걱거리는 마룻바닥을 가로질러 간소한 단상에 올랐다. 그는 우리에게로 몸을 돌렸다.

레아의 아버지였다. 크누트의 할아버지. 야콥 사라.

"전능하사 천지를 창조하신 하나님 아버지를 내가 믿사오며……." 그가 말문을 열었다. 다른 사람들은 침묵을 지키며 그가 혼자서 사도신경 전체를 읽도록 내버려두었다. 낭독이 끝나자, 그는 꼼짝하지 않고 그대로 서서 말없이 연단을 내려다보았다. 오랫동안. 분명 무언가 잘못되었다고, 설교할 말이 기억나지 않아서 저러는 거라고 확신이 들 무렵, 그가 언성을 높였다.

"크리스천 여러분. 성부 성자 성령의 이름으로. 네, 오늘 예배는 성 삼위일체의 이름으로 시작하고 싶습니다. 네." 다시 침묵. 그는 여전히 고개를 숙인 채 헐렁한 양복 속에서 몸을 옹송그렸다. 마치 긴장한 신임 목사처럼. 분명 크누트가 말했던 대로 방방곡곡을 누비며 산전수전을 겪은 목사처럼 보이진 않았다. "왜냐하면 만약 우리가 자기 자신을, 자신의 존재를 들여다본다면 가엾은 죄인으로서 이 연단에 서는 게 좋지 않기 때문입니다." 그는 다시 말을 멈췄다. 나는 주위를 둘러봤다. 이상하게도 다른 사람들은 이 남자의 눈에 띄는 고군분투를 전혀 불편하게 여기지 않는 듯했다. "그리고 오늘 우리는 이 귀한 말씀, 신성하고 순수한 하나님의 말씀을 위해 이렇게 모였습니다. 어떻게 이 말씀을 유지해야 할까? 우리는 그렇게 자문해야 합니다. 하지만 그것이 우리가 해야 할 일이라면 이 연단에 올라오는 게 왜 그리 어려울까요?" 그는 마침내 고개를 들었다. 우리를 똑바로 바라봤다. 그의 단호한 눈빛에 불확실한 기색은 조금도 없었다. 본인이 영향을 받고 있다는 겸손의 흔적도 전혀 없었다. "우린 먼지에 불과합니다. 그리고 먼지로 돌아갈 것입니다. 하지만 믿음을 지킨다면 영생을 누리게 될 것입니다. 우리가 사는 이 세상은 부패하고 있으며 세상의 지배자, 악마, 사탄과 같이 대중을 유혹하는 자에 의해 조정되고 있습니다." 혹시 지금 그가 날 보고 있는 건가? "우리 가여운 자들은 이 세상에서 살아남을 것입니다. 만약 우리가 악마를 버리고, 우리에게 남은 길지 않은 시간을 희망 속에서 걸어간다면 말입니다."

또 다른 찬송가. 레아와 나는 출구 바로 옆에 앉아 있었고, 난 그녀에게 밖에 나가 담배를 피우고 오겠다는 신호를 보냈다.

밖으로 나와 집회소 벽에 등을 기댄 채 안에서 울리는 찬송가를 들었다.

"실례되는 부탁입니다만, 그 백해무익한 걸 하나만 얻을 수 있을까요?"

집회소는 길 끝에 자리했다. 마티스는 모퉁이에서 기다리고 있었던 게 틀림없다. 나는 담뱃갑을 건넸다.

"구원은 받았습니까?" 그가 물었다.

"아직. 저들의 노래는 약간 음정이 안 맞아서요."

그가 웃음을 터뜨렸다. "찬송가를 제대로 듣는 법을 배워야겠군요. 음정에 맞춰 정확하게 부르는 건 속세의 사람들에게나 중요하죠. 진정한 신도들에게는 감정이 제일 중요합니다. 그게 아니라면 우리 사미족이 왜 레스타디우스교도가 됐겠습니까? 내 말 들어요, 울프. 사미족 주술사의 북 치기, 주술과 레스타디우스교의 방언, 치유, 감상주의는 종이 한 장 차이죠." 나는 그에게 라이터를 건넸다. "이 망할 놈의 느릿한 찬송가 부르기도 마찬가지고요……." 그가 중얼거렸다.

우리는 동시에 담배를 한 모금 빨며 찬송가를 들었다. 찬송가가 끝나자 다시 레아의 아버지가 설교하기 시작했다.

"이 동네에서는 목사들이 설교할 때 고통받는 것처럼 말해야하나요?" 내가 물었다.

"누구요? 야콥 사라? 네. 자기는 연단에 서도록 선택된 자가 아니라 그저 교회에서 임명한 우둔한 기독교인이라는 사실을 전달하는 게 그의 임무죠." 마티스는 고개를 숙이고 목사처럼 저음의 목소리를 냈다. "*이 신도들을 이끄는 사람으로서 나의 바람은 늘 신에게 복종하게 해달라는 것입니다. 하지만 우리는 썩은 육신이라는 짐을 지고 있습니다.*" 그는 담배를 한 모금 빨았다. "100년 동안 그래왔죠. 겸손과 단순함이 가장 큰 이상입니다."

"당신 사촌 말로는 당신도 그런 사람이었다고 하더군요."

"하지만 그러다 빛을 봤죠." 마티스는 그렇게 말하고는 불쾌한 표정으로 담배를 내려다봤다. "저기, 이 안에 진짜 담배가 들어 있긴 한 겁니까?"

"신학을 공부하다가 믿음을 잃었다고요?"

"네, 하지만 어차피 여기서는 내가 오슬로로 떠난 순간부터 날 변절자로 봤죠. 진정한 레스타디우스교도는 성직자가 되기 위해 속세의 사람들과 어울려 공부하지 않거든요. 설교자의 유일한 임무는 예부터 전해 내려오는 진정한 교리를 전달하는 겁니다. 오슬로에서 새로 유행하는 쓰레기가 아니고요."

마지막 찬송가도 끝이 나고, 야콥 사라의 목소리가 다시 울려 퍼졌다.

"하나님은 인내심이 강하십니다만 종말을 의심하지 마십시오. 그분은 분명 한밤중의 도둑처럼 오실 것이고, 믿지 않는 자들이 밝혀지면서 세상은 무너질 것입니다."

"말이 나왔으니 말인데," 마티스가 말했다. "사형 선고를 받은 사람들은 그가 예정보다 조금이라도 일찍 오기를 바라지 않을 겁니다. 안 그래요?"

"뭐라고요?"

"그가 코순에 돌아오지 않으면 아주 기뻐할 사람도 있겠죠."

담배를 빨던 나는 동작을 멈췄다.

"네, 네." 마티스가 말했다. "요니가 더 북쪽으로 갔는지, 아니면 오슬로로 돌아갔는지는 모릅니다. 하지만 자기가 원하는 걸 찾지 못했다고 해서 돌아오지 말란 법은 없죠."

나는 기침을 하며 연기를 뱉었다.

"물론 곧바로 돌아오진 않을 겁니다. 아마도 당신은 여기서 안전할 거예요, 울프. 하지만 언제라도 누군가가 다이얼을 눌러 몇마디 할 수 있죠. 저걸 통해서요." 그가 머리 위로 지나가는 전화선을 가리켰다. "그 일로 보상금을 받을 수도 있고요."

나는 담배를 땅에 던졌다. "그래서 용건이 뭡니까?"

"요니 말로는 당신이 돈을 훔쳤다더군요, 울프. 그러니까 여자 문제는 전혀 아닌 건가요?"

나는 대답하지 않았다.

"그리고 피르요 말로는 당신이 그걸 잔뜩 가지고 있다더군요. 돈 말입니다. 그러니 요니가 돌아오지 않도록 그중 일부를 희생

할 가치가 있지 않을까요, 울프?"

"얼마를 원하는데요?"

"정반대의 결과를 위해 요니가 제시했던 돈보다는 많지 않아요. 사실 약간 적죠."

"왜 적죠?"

"왜냐하면 아직도 가끔씩 잠에서 깨어 끈질긴 의심에 시달리기 때문입니다. 만약 그분이 정말로 존재하고, 돌아와서 산 자와 죽은 자를 심판한다면 어떻게 될까? 그럴 경우, 보다 관대한 처벌을 받기 위해 악행보다는 선행을 하는 게 낫지 않을까? 조금이라도 덜 뜨거운 불에서 조금이라도 짧은 억겁의 세월 동안 탈 수 있게 말입니다."

"그러니까 선행을 베풀고 싶기 때문에 날 고발했을 때 받을 돈보다 더 적은 돈을 내놓으라고 협박한다는 겁니까?"

마티스는 담배를 빨았다. "약간 적다고 했습니다. 성인이 될 생각은 없으니까. 5천 크로네로 하죠."

"이런 날강도 같으니."

"내일 아침에 우리 집으로 오세요. 싼값에 술을 드리죠. 술과 침묵이에요, 울프. 적당히 마시고 적당히 침묵하기. 그런 건 돈이 드는 법이라고요."

그는 망할 놈의 오리처럼 뒤뚱거리며 길 아래로 걸어갔다.

나는 다시 집회소로 들어가 자리에 앉았다. 레아가 호기심 어린 표정으로 날 보았다.

"오늘 우리 예배에 손님이 한 분 오셨습니다." 야콥 사라가 그렇게 말하자, 부스럭거리는 소리와 함께 사람들이 뒤를 돌아보았다. 그들은 미소를 지으며 내게 고개를 끄덕여 보였다. 순수한 온정과 호의. "그가 안전한 여행을 하고, 하루빨리 자기가 속한 곳으로 무사히 돌아가게 해달라고 하나님께 기도합시다."

그는 고개를 숙였고, 신도들도 똑같이 했다. 웅얼거리는 그의 기도는 잘 알아들을 수 없었고 전부 고어들로 이뤄져 있었다. 아마 새로 온 신도에게 의미가 있는 말과 구절일 것이다. 특히 한 단어가 내 마음에 꽂혔다. *히루빨리*.

예배는 찬송가로 끝났다. 레아가 찬송가 찾는 걸 도와줬고, 나도 함께 노래했다. 가락은 모르지만 어찌나 천천히 부르는지 한 박자만 늦추면 얼마든지 따라갈 수 있었다. 노래를 부르면서 성대가 울리니 기분이 좋았다. 레아는 내가 가사에 감동받아 열심히 부르는 줄 알고 미소를 지었다.

밖으로 나가려는데 누군가가 내 팔을 부드럽게 잡아 다시 집회소 안으로 끌어당겼다. 야콥 사라였다. 그는 날 창가로 데려갔다. 레아는 문밖으로 사라졌다. 그녀의 아버지는 사람들이 모두 나갈 때까지 기다렸다가 내게 말했다.

"이곳이 아름답다고 생각합니까?"

"어느 정도는요." 내가 말했다.

"어느 정도라." 그가 내 말을 반복하며 고개를 끄덕였다. 그러고는 날 봤다. "그 애를 데리고 함께 떠날 생각이오?" 그의 목소리에서 느릿하고 부드러운 겸손은 사라졌고, 숱이 많은 눈썹 아래로 날 쏘아보는 눈빛은 나를 옴짝달싹 못 하게 했다.

나는 뭐라고 말해야 할지 몰랐다. 지금 악의적인 농담을 한답시고 자기 딸과 도망갈 생각이냐고 묻는 걸까? 아니면 악의적인 농담을 하려는 의도 없이 자기 딸과 도망갈 생각이냐고 묻는 걸까?

"네." 내가 말했다.

"네?" 그의 한쪽 눈썹이 올라갔다.

"네. 전 레아를 데리고 알타로 갈 겁니다. 갔다가 돌아올 거고요. 사실 레아가 절 데려간다고 해야겠죠. 자기가 직접 운전하겠다니까요."

나는 침을 삼켰다. 괜한 문제를 일으키는 게 아니길 바랐다. 여자가 남자를 태우고 운전을 하는 게 죄라거나 그런 게 아니길.

"알타에 갈 거라는 건 나도 알고 있소. 레아가 우리에게 크누트를 봐달라고 했으니까. 알타는 악마의 소굴이오. 나도 가봐서 알지."

"성수와 마늘을 가져가야겠군요." 나는 웃었다가 금세 후회했다. 그의 표정은 전혀 변하지 않았다. 다만 눈동자 속에 잠깐 불꽃이 일었다가 빠르게 사라졌다. 마치 여기 어딘가에 있는 바위를 대형 망치로 내려친 것처럼.

"미안합니다. 전 그냥 지나가는 여행객이니 *하루빨리* 사라질 거고, 전부 다시 예전으로 돌아갈 겁니다. 목사님께서 그토록 좋아하는 방식으로요."

"확실합니까?"

전부 예전으로 돌아가는 게 확실하냐는 건지, 자기가 좋아하는 방식으로 돌아가는 게 확실하냐는 건지는 알 수 없었다. 내가 아는 건 이 대화를 계속하고 싶은 마음이 별로 없다는 것이다.

"난 이곳을 사랑하오." 그는 그렇게 말하더니 창가로 몸을 돌렸다. "풍요롭고 살기 좋아서가 아니오. 보다시피 황폐하고 척박한 곳이지. 경치가 아름답다거나 감탄이 절로 나와서도 아니오. 그냥 다른 곳과 똑같은 시골일 뿐이오. 이곳이 날 사랑해서 사랑하는 것도 아니오. 난 사미족이고, 통치자들은 우리를 반항아 취급하며 무능하다 선포하고, 우리에게서 자긍심을 박탈했소. 그런데도 내가 여길 사랑하는 건 내 땅이기 때문이오. 그래서 난 이곳을 지키기 위한 일을 했소. 아무리 못생기고 멍청한 자식이라도 아버지가 보호하는 것처럼 말이오. 이해하겠소?"

나는 이해했다는 뜻으로 고개를 끄덕였다.

"난 스물두 살 때 레지스탕스에 들어가 독일군과 싸웠소. 그들은 여기 와서 내 땅을 강간했지. 그러니 어찌해야겠소? 난 한겨울 고원에 누워 굶어 죽고 얼어 죽을 지경이었소. 하지만 독일군은 한 명도 쏘지 않았어. 살인 충동은 억눌러야 했소. 놈들을 공격했다가는 죄 없는 민간인만 보복을 당할 테니까. 하지만 난 증오를 느꼈소. 증오를 느끼고, 굶주리고, 몸이 꽁꽁 얼고, 그리고 기다렸지. 마침내 독일군이 사라지자, 난 이 땅이 다시 내 것이 되었다고 믿었소. 그런데 이번에는 새로 온 소련군이 떠날 생각을 하지 않는 거요. 독일군에 이어 내 땅을 차지할 마음을 먹고 있었던 거지. 고원에 있던 우리는 불에 타 폐허로 변한 마을로 내려왔소. 난 우리 가족이 묵고 있던 라보를 찾아냈소. 거기서 다른 네 가족과 함께 살고 있더군. 누이는 매일 밤마다 소련군이 와서 여자들을 강간한다고 했소. 그래서 난 총을 장전하고 기다렸지. 첫 번째 놈이 마을에 도착하더니 라보 입구에 섰소. 내가 입구에 미리 파라핀 램프를 걸어둔 덕분에 난 놈의 심장을 조준해 쐈지. 놈은 픽 쓰러지더군. 나는 군모를 벗기지 않은 채 놈의 머리를 잘라 라보 앞에 걸어놓았소. 내겐 전혀 힘든 일이 아니었소. 대구를 죽이고 머리를 잘라 건조대에 걸어두는 것과 다를 바가 없었으니까. 다음 날 두 명의 소련군이 와서 목 없는 시신을 수거해갔소. 어떤 질문도 하지 않았고, 머리는 건드리지도 않았소. 그 뒤로 여자들이 강간당하는 일이 없어졌소." 그는 낡은 양복 재킷의 단추를 채우고, 한 손으로 옷깃을 쓸어내렸다. "그게 내가 한 일이고 나는 또 그렇게 할 거요. 내 것을 지키기 위해서." 그가 눈을 들어 날 봤다.

"그냥 경찰에 신고하면 됐을 텐데요. 그래도 결과는 같았을 겁니다." 내가 말했다.

"그럴 수도 있지. 하지만 내가 직접 하고 싶었소."

야콥 사라는 내 어깨에 손을 올렸다.

"이젠 나은 것 같군." 그가 말했다.

"뭐가요?"

"자네 어깨."

그는 일부러 온화한 미소를 짓더니, 마치 무언가 할 일이 떠올랐다는 듯이 숱 많은 양 눈썹을 치켜세웠다. 그러고는 뒤로 돌아가버렸다.

내가 레아의 집으로 갔을 때 그녀는 이미 차 안에 앉아 있었다.

나는 조수석에 앉았다. 그녀는 심플한 회색 코트에 빨간 실크 스카프를 두르고 있었다.

"예쁘게 차려입었네요." 내가 말했다.

"무슨 소리예요." 자동차 열쇠를 돌리며 그녀가 말했다.

"보기 좋아요."

"차려입은 거 아니에요. 옷이 이것뿐이라고요. 당신을 괴롭히던가요?"

"당신 아버지요? 그냥 지혜를 좀 나눠주셨죠."

레아는 한숨을 쉬고 기어를 올린 다음, 클러치를 풀었다. 차가 출발했다.

"집회소 밖에서 마티스와 한 얘기는요? 그것도 지혜에 관한 얘기였나요?"

"아, 그거요. 마티스가 자기 서비스의 대가로 돈을 좀 달라더군요." 내가 말했다.

"당신은 주기 싫고요?"

"모르겠어요. 아직 결정 안 했어요."

앞에 보이는 교회 옆으로 누군가 길을 따라 걷고 있었다. 옆으로 지나갈 때 사이드미러를 봤더니, 그녀가 먼지구름 속에서 우릴 지켜보고 있었다.

"아니타예요." 레아가 말했다. 내가 사이드미러를 들여다보는 걸 본 모양이었다.

"아." 난 최대한 애매하게 말했다.

"지혜 얘기가 나왔으니 말인데, 크누트에게서 당신과 했다던 얘길 들었어요."

"어떤 거요?"

"여름방학이 끝나면 여자친구를 만들 거라더군요. 리스티나가 거절한다 해도."

"정말요?"

"네. 전설의 스모 선수인 후타바야마도 연승 행진이 시작되기 전까진 계속 졌다면서요."

우린 함께 웃었다. 난 그녀의 웃음소리에 귀를 기울였다. 보비의 웃음은 세차게 흐르는 시냇물처럼 가볍고 보글보글했다. 레아의 웃음은 우물이었다. 아니, 느리게 흐르는 강이었다.

길은 군데군데 구부러지고 완만한 비탈을 지나기도 했지만 대부분은 고원을 곧장 가로질러 한없이 달렸다. 나는 차창 위에 달린 손잡이를 잡았다. 이유는 모르겠다. 시속 60킬로미터로 평평하고 쭉 뻗은 도로를 달리는데 굳이 손잡이를 잡을 필요는 없기 때문이다. 하지만 난 늘 손잡이를 잡는다. 그뿐이다. 팔이 저릴 때까지. 다른 사람들도 그러는 듯했다. 어쩌면 우리 인간에게는 공통점이 있는지도 모른다. 무언가 단단한 것에 매달리고 싶은 마음.

가끔씩 바다가 보였고, 그렇지 않을 때는 낮고 바위투성이인 둔덕과 언덕 사이를 달렸다. 이곳의 풍경에는 로포텐의 극적인 요소라든가, 베스트마르크의 아름다움은 없지만 다른 무언가가 있었다. 고요한 공허, 말없는 무자비함. 여름의 신록조차도 더 힘들고 추운 시절을 약속했다. 추위는 우리를 지치게 해 종국에는 승리를 거두리라. 가는 길에 본 차량은 서너 대뿐이었고, 사람이나 동물은 아예 보이지 않았다. 종종 집과 오두막이 보였는데 그럴 때마다 의문이 들었다. 하필 왜 이런 곳에?

두 시간 삼십 분이 지나자 집들은 점점 주기적으로 나타났고, 갑자기 길옆에 '알타'라고 적힌 표지판을 지나게 됐다.

적어도 표지판에 의하면 우리는 도시에 와 있었다.

몇몇 교차로를 지나면서 (교차로를 둘러싼 상점, 학교, 공공건물에는 모두 이 도시의 문장인 하얀 화살촉이 그려져 있었다) 이 도시의 중심부는 하나가 아니라 세 개라는 사실을 알게 됐다. 각각 독자적인 작은 마을 같기는 했지만, 그렇다고는 해도 알타가 로스앤젤레스의 축소판일 줄 누가 알았겠는가?

"어릴 때 난 알타에서 세상이 끝난다고 믿었죠." 레아가 말했다.

그렇다고 봐도 무방하지 않을까? 내 짐작대로라면 여기는 코순보다 훨씬 더 북쪽이었다.

우리는 차를 주차했고(여기서는 주차가 전혀 문제되지 않았다) 나는 상점들이 문을 닫기 전에 간신히 필요한 물건을 구입했다. 속옷, 부츠, 우비, 담배, 비누, 그리고 면도 용품. 그런 다음에는 저녁을 먹기 위해 체인 레스토랑인 카피스토바에 갔다. 지난번에 먹었던 대구의 맛을 잊을 수 없어서 메뉴판에서 대구 요리를 찾았지만 아무리 봐도 없었다. 레아는 빙그레 웃으며 고개를 저었다.

"여기선 외식할 때 생선을 먹지 않아요. 뭔가 근사한 걸 먹죠." 그녀가 말했다.

우리는 미트볼을 주문했다.

"어릴 때 난 하루 중 이 시간이 제일 싫었어요." 인적 없는 거리를 내다보며 내가 말했다. 도시 풍경인데도 어딘가 이상하게 적막하고 무자비한 구석이 있었다. 여기서도 자연이 모든 걸 통제하며 인간은 작고 무능한 존재라는 느낌이 끈질기게 따라다녔다. "토요일에 모든 상점들이 문을 닫고, 저녁이 되기 전까지의 시간이요. 세상이 황무지로 변한 느낌이었죠. 다른 사람들은 이제 곧 시작하는 파티나, 나만 모르는 어딘가에 초대받았는데 난 괴롭힐 만한 못난 친구도 없이 홀로 우두커니 앉아 있는 기분이었죠. 7시 뉴스와 함께 텔레비전 방송이 시작되면 좀 나았어요. 정신을 팔 데가 생기니까요."

"우린 파티나 텔레비전은 없었어요." 레아가 말했다. "하지만 주위에 늘 사람들이 있었죠. 대개는 노크도 하지 않고 그냥 들어와서 거실에 앉아 얘기를 시작했어요. 아니면 조용히 앉아서 그냥 듣기만 하거나요. 말하는 사람은 주로 아버지였죠, 당연히. 하지만 결정을 내리는 사람은 엄마였어요. 아버지가 그만 진정하고 다른 사람에게 말할 기회를 줘야 할 때가 언제인지, 사람들이 집에 가야 할 때가 언제인지 엄마가 결정했죠. 우린 늦게까지 남아 어른들의 말을 들을 수 있었어요. 굉장히 안전하고 즐거운 느낌이었죠. 한번은 불쌍한 술꾼인 알프레드 아저씨가 마침내 예수를 만나자, 아버지가 울었던 기억이 나요. 1년 뒤에 아저씨가 오슬로에서 약물 과다로 사망했다는 걸 알게 됐을 때 아버지는 4천 킬로미터를 운전해 오슬로로 갔죠. 아저씨의 관을 가져와 제대로 된 장례를 치르기 위해서요. 전에 내게 뭘 믿느냐고 물었죠?"

"네."

"그게 내가 믿는 거예요. 선행을 베풀 수 있는 사람의 능력."

저녁을 먹은 뒤 우리는 밖으로 나갔다. 하늘에 구름이 잔뜩 껴서 마치 땅거미가 내린 듯했다. 핫도그와 프렌치프라이, 소프트 아이스크림을 판다고 적어 놓은 가게의 열린 문에서 음악이 흘러나왔다. 클리프 리처드. 'Congratulations'.

우리는 안으로 들어갔다. 네 개의 테이블 중 하나에 커플이 앉아 있었다. 둘 다 담배를 피우고 있었는데 지극히 무관심한 얼굴로 우리를 쳐다봤다. 나는 잘게 부순 초콜릿 조각을 뿌린 아이스크림 두 개를 주문했다. 기계에서 길게 뽑아져 나와 콘 위에 깔끔하게 똬리를 튼 순백색의 아이스크림을 보니, 왠지 신부의 베일이 생각났다. 나는 주크박스 옆에 서 있던 레아에게 아이스크림 하나를 건넸다.

"이것 좀 봐요. 이거……?"

나는 유리 뒤의 라벨을 읽었다. 50외레짜리 동전을 집어넣고 버튼을 눌렀다.

모니카 제터룬드의 서늘하면서도 관능적인 목소리가 흘러나왔다. 담배 피우는 커플의 목소리도. 레아는 주크박스에 몸을 기댔다. 마치 모든 단어와 음을 흡수하는 듯했다. 반쯤 감긴 눈. 보일 듯 말 듯하게 양옆으로 흔드는 엉덩이. 찰랑거리는 스커트의 밑단. 노래가 끝나자, 그녀는 다시 50외레를 넣고 버튼을 눌렀다. 그리고 한 번 더. 그런 후에야 여름밤으로 걸어 나갔다.

공원의 나무 뒤에서 음악이 흘러나왔다. 우리의 발걸음이 자동적으로 음악이 나오는 쪽으로 향했다. 티켓 부스 앞에 어린 친구들이 줄을 서 있었다. 행복하고, 시끄럽고, 밝고 환한 색깔의 여름 옷을 입고 있었다. 나는 티켓 부스에 붙어 있는 포스터가 코순의 전신주에 붙어 있던 포스터라는 걸 깨달았다.

"우리도……?"

"안 돼요." 그녀가 미소 지었다. "우린 춤출 수 없어요."

"춤은 출 필요 없어요."

"기독교인은 저런 데 가면 안 돼요."

우리는 나무 밑 벤치에 앉았다.

"당신이 말하는 기독교인이라는 건……." 내가 운을 뗐다.

"레스타디우스교도를 말하는 거죠, 네. 이방인에게는 좀 이상하게 보이겠지만 우린 고대 성경의 해석을 엄격히 따라요. 믿음의 내용이 바뀌어서는 안 된다고 믿거든요."

"하지만 지옥 불에 떨어진다는 개념이 성경에 등장한 건 중세 시대부터예요. 꽤 근대에 와서 날조된 개념이라 할 수 있죠. 그렇다면 그 개념도 거부해야 하는 거 아닌가요?"

그녀는 한숨을 쉬었다. "논리는 머리에 살고, 믿음은 가슴에 살죠. 둘은 꼭 좋은 이웃이라고 할 수 없어요."

"하지만 춤도 가슴에 삽니다. 아까 당신이 주크박스 음악에 맞춰 몸을 흔든 것도 죄가 되나요?"

"아마도요." 그녀가 미소를 지었다. "하지만 그보다 더 큰 죄도 있죠."

"예를 들면요?"

"글쎄요. 예를 들어, 오순절교도들과 어울리는 거죠."

"그게 더 큰 죄라고요?"

"트롬쇠에 사는 한 사촌이 있는데 밤에 몰래 나가 오순절교 모임에 갔어요. 나중에 아버지에게 들켰을 때 사촌은 디스코 클럽에 갔다고 거짓말을 했대요."

우린 함께 웃었다.

아까보다 좀 더 어두워졌다. 돌아갈 시간이었다. 그런데도 우린 그대로 앉아 있었다.

"스톡홀름을 가로질러 걸었을 때 그들은 어떤 기분이었을까요?" 그녀가 물었다.

"온갖 기분을 다 느꼈을 겁니다." 나는 담배에 불을 붙이며 말했다. "그들은 사랑에 빠져 있었어요. 그러니 모든 걸 보고, 듣고, 냄새를 맡을 수 있죠."

"사랑에 빠지면 그렇게 되나요?"

"경험해본 적 없어요?"

"사랑에 빠져본 적이 없어요." 그녀가 말했다.

"정말요? 왜요?"

"모르겠어요. 반한 적은 있죠, 네. 하지만 사랑에 빠진다는 게 그런 거라면 난 경험이 없네요."

"그러니까 당신은 얼음공주였군요? 남자들이 다 사귀고 싶어 하지만 감히 말을 붙일 엄두가 안 나는 여자."

"내가요?" 그녀가 웃었다. "아닌 거 같은데."

그녀는 손으로 입을 가렸다가 얼른 뗐다. 무의식적인 행동일 수도 있다. 하지만 저렇게 아름다운 여자가 고작 윗입술의 작은 상처에 콤플렉스가 있다고는 믿기 힘들었다.

"당신은 어때요, 울프?" 그녀는 조금도 비꼬는 기색 없이 내 가명을 불렀다.

"숱하게 많죠."

"좋은 일이네요."

"글쎄요, 그건 잘 모르겠군요."

"왜요?"

나는 어깨를 으쓱였다. "대가를 치르게 되니까요. 다만 여자에게 차여도 웃어넘기게 되죠."

"말도 안 돼요." 그녀가 말했다.

나는 씩 웃으며 숨을 들이쉬었다. "난 그런 남자애들 중 하나였어요. 알죠?"

"어떤 남자애들요?"

나는 답할 필요가 없었다. 그녀의 볼이 상기되는 걸로 보아 내 말이 무슨 뜻인지 그녀도 알고 있었기 때문이다. 사실 난 좀 놀랐다. 그녀는 볼을 붉힐 타입으로 보이지 않았기 때문이다.

그래도 내가 대답하려는데 고함 소리가 끼어들었다.

"여기서 뭐하는 짓거리야?"

나는 뒤를 돌아봤다. 그들은 우리의 벤치에서 10미터쯤 떨어진 곳에 서 있었다. 세 명이서. 각자 손에 술병을 들고 있었다. 마티스의 병이었다. 우리 둘 중 누구에게 한 질문인지 알 수 없었지만 주위의 어슴푸레한 빛으로도 그 말을 한 사람이 누구인지는 알 수 있었다. 오베. 배우자 상속권을 가진 동생.

"그…… 그…… 남부 새끼랑."

혀 꼬부라진 소리를 들으니 병 안의 내용물을 마신 게 분명했지만 더 신랄하게 모욕적인 단어를 찾아내지 못하는 이유는 단지 그 때문이 아닌 듯했다.

레아는 벌떡 일어나 다급히 달려가더니 그의 한쪽 팔을 잡았다. "오베, 이러지-."

"야, 너! 남부 놈! 날 봐. 이제 곧 이년이랑 잘 수 있을 거 같지? 우리 형은 무덤에 있고 이년은 과부가 됐으니까. 하지만 이 사람들에게는 그게 허락되지 않아. 그거 알고 있었냐? 이런 상황에서도 배꼽을 맞출 수가 없다고! 다시 결혼하기 전까지는! 하하하!" 그는 레아를 옆으로 밀치더니 큰 호를 그리며 술병을 들어 올려 입으로 가져갔다.

"하지만 이년하고는 잘될지도 모르지……." 그의 입에서 알코올과 침이 튀었다. "이년은 창녀니까!" 그는 광기 어린 눈으로 날 봤다. "창녀라고!" 내가 아무런 반응도 보이지 않자, 그가 다시 말했다. 여자를 창녀라고 부르는 것은 자리에서 일어나 그 단어를 말한 사람의 면상에 주먹을 날리라는 국제적 신호라는 걸 나도 모르는 바가 아니다. 하지만 난 그대로 앉아 있었다.

"뭐야, 남부 놈. 보지 도둑인 줄만 알았더니 겁쟁이네." 그가 껄껄 웃었다. 마침내 제대로 된 단어를 찾아내 즐거운 기색이 역력했다.

"오베……." 레아는 그를 말렸지만 그는 술병을 든 손으로 그 녀를 밀쳤다. 고의는 아니었을 테지만 병이 그녀의 머리를 쳤다. 고의는 아니었을 것이다. 나는 자리에서 일어났다.

그가 씩 웃었다. 그러고는 나무 밑 어슴푸레한 그늘에 서 있던 친구들에게 술병을 건네고 가슴 앞으로 주먹을 들어 올린 채 내게 다가왔다. 양쪽으로 벌린 다리는 빠르고 민첩하게 놀리면서 자세를 잡았다. 얼굴은 주먹 뒤로 가져가 옆으로 살짝 기울였고, 눈동자는 갑자기 초점이 정확히 잡히면서 초롱초롱해졌다. 나는 초등학교를 졸업한 후로 싸운 적이 거의 없다. 정정한다. 초등학교를 졸업한 후로 싸운 적이 한 번도 없다.

첫 번째 주먹이 내 코를 강타하자 곧바로 눈에 눈물이 고여 앞이 보이지 않았다. 두 번째 주먹은 턱으로 날아왔다. 무언가가 툭 끊어지는 느낌과 함께 비릿한 피 맛이 났다. 나는 이를 뱉어내고 허공에 주먹을 휘둘렀다. 그의 세 번째 주먹은 다시 코로 날아왔다. 다른 사람들에게는 어떻게 들렸는지 모르겠지만 내게는 그 우두둑 소리가 꼭 차가 박살나는 소리처럼 들렸다.

나는 여름밤에 주먹을 날렸다. 다시 그의 주먹에 가슴을 맞고 앞으로 고꾸라지면서 양팔로 그를 껴안았다. 그의 팔을 꽉 옭아 매 더는 날 때리지 못하게 하려고 했지만, 그는 왼팔을 빼내 내

귀와 관자놀이를 반복적으로 때렸다. 쿵쿵, 끽끽거리는 소리와 함께 무언가에 금이 가는 느낌이 들었다. 나는 무엇이든 물어뜯으려고 덤벼들었고 무언가가, 귀가 잡히자 있는 힘껏 깨물었다.

"이런 씨발!" 그가 소리를 지르더니 양팔을 빼내 오른팔로 내 목을 조였다. 땀과 아드레날린의 강렬한 냄새가 코를 찔렀다. 전에도 이 냄새를 맡은 적이 있었다. 뱃사람에게 진 빚이 있고 따라서 앞으로 어떻게 될지 모른다는 사실과 갑작스럽게 대면한 사람들에게서.

"여자를 또 건드리면-." 나는 남아 있는 그의 귀에 대고 속삭였다. 입안의 피 속에서 내 말이 부글거렸다. "죽여버린다."

그가 웃었다. "그럼 넌 어때, 남부 놈? 남아 있는 그 예쁜 이를 마저 다 털어줄까?"

"맘대로 해." 내가 헐떡거렸다. "하지만 여자를 건드리면……."

"이걸로?"

그가 손에 든 칼의 유일한 장점이라고 한다면 크누트의 칼보다 작다는 것뿐이다.

"그럴 배짱도 없으면서." 내가 신음했다.

그는 칼끝을 내 볼에 댔다. "내가?"

"그럼 어디 해봐, 이 망할 놈의-" 이상하게 갑자기 혀 짧은 소리가 나왔고, 혀에 칼날이 닿는 걸 느끼고서야 그가 칼로 내 볼을 푹 찔렀다는 걸 깨달았다. "근친교배종아." 나는 노력 끝에 가까스로 그렇게 말했다. 보다시피 그 단어를 말하려면 어느 정도 혀를 움직여야 하기 때문이다.

"뭐라고 이 병신아?"

그가 칼을 비트는 게 느껴졌다.

"네 형이 네 아비라고. 그래서 네가 그렇게 멍청하고 못생긴 거야." 내가 혀 짧은 소리로 말했다.

볼에서 칼이 확 빠졌다.

난 그다음 순서를 알고 있었다. 여기서 끝나리라는 걸 알고 있었다. 사실 내가 자청한 결말, 거의 애걸하다시피 한 결말이었다. 폭력적인 유전자를 물려받은 사람에게는 이 상황에서 날 칼로 찌르는 것 말고는 다른 선택의 여지가 없다.

그러니 내가 왜 그랬을까? 씨발, 그걸 내가 어찌 알겠는가. 우리 머릿속에서 어떤 계산이 이뤄지는지, 긍정적인 결과를 얻기 위해 어떤 방식으로 더하고 빼는지 내가 어찌 알겠냐고. 다만 수면 부족에 과도한 햇볕과 알코올로 멍해진 내 머리에 계산 비슷한 것의 한 조각이 언뜻 스쳐갔다. 그 계산의 긍정적인 결과는 저 남자가 일급 살인으로 아주 오랫동안 감방에서 썩는 것이다. 레아 같은 여자라면 그사이에 아주 멀리 멀리 떠날 수 있다. 적어도 어디에 돈이 있는지 알고, 그 돈을 가져갈 정신만 있다면. 긍정적인 결과는 하나 더 있다. 오베가 석방될 때쯤에는 크누트 하구로야마가 엄마와 스스로를 지킬 수 있을 정도로 어른이 되었을 것이다. 다만 부정석인 결과는 내 목숨이다. 하지만 앞으로 내게 남아 있는 시간과 질을 고려할 때 별로 큰 가치가 없다. 그렇다, 나도 계산이라는 걸 할 수 있었다.

나는 눈을 감았다. 따뜻한 피가 볼을 타고 셔츠 칼라 아래로 떨어졌다.

기다렸다.

아무 일도 일어나지 않았다.

"내가 한다면 하는 거, 알지?" 누군가의 목소리가 들렸다.

내 목을 조이던 팔이 느슨해졌다.

나는 두 걸음 뒤로 물러섰다. 다시 눈을 떴다.

오베는 칼을 버린 채 두 손을 들고 있었다. 바로 앞에 레아가 서 있었다. 그녀가 그의 이마에 겨눈 총이 눈에 익었다.

"꺼져." 그녀가 말했다.

오베 엘리아센의 울대뼈가 올라갔다 내려왔다. "레아……."

"빨리!"

그는 칼을 주우려고 허리를 숙였다.

"그 칼은 잃어버린 걸로 아는데." 그녀가 으르렁거리듯이 말했다.

그는 다시 양손을 들어 올리고 어둠 속으로 뒷걸음질 쳤다. 그들이 나무 사이로 사라지면서 분노에 찬 욕설과 술을 벌컥벌컥 마시는 소리, 나뭇가지 스치는 소리가 들렸다.

"여기 있어요." 그녀가 내게 권총을 건넸다. "벤치에 있더군요."

"떨어뜨렸나 보네요." 나는 그렇게 말하며 다시 허리춤에 총을 찔러 넣었다. 볼에서 흘러나오는 피를 삼켰다. 관자놀이의 맥박이 미친 듯이 툭툭 뛰었고, 한쪽 귀가 잘 들리지 않았다.

"당신이 일어나기 전에 총을 빼놓는 걸 봤어요, 울프." 그녀가 한쪽 눈을 감았다. 가족의 습관. "볼에 뚫린 구멍을 꿰매야겠어요. 어서 가요. 차에 바늘과 실이 있어요."

돌아오는 길은 기억이 잘 안 난다. 음, 알타 강에 갔던 기억은 난다. 우리는 그곳의 강둑에 앉았고, 그녀가 내 상처를 닦아주는 동안 나는 강이 중얼거리는 소리를 들으며 자갈 비탈을 바라보았다. 비탈은 가팔랐고, 하얀 절벽에 설탕을 부어놓은 듯했다. 그리고 요즘 들어 평생 봤던 것보다 밤낮으로 하늘을 더 자주 봤다고 생각했던 일도 기억난다.

그녀는 내 코를 부드럽게 만져보더니 부러지지 않았다는 결론을 내렸다. 내게 사미어로 무어라 말하고는 노래를 흥얼거렸는데 아마도 회복과 관련된 요이크일 것이다. 요이크와 강의 소리. 속이 약간 울렁거렸고, 그녀가 손으로 모기를 쫓아줬고, 단순히 상처에 머리카락이 닿지 않게 하려는 깃보다는 더 다정히게 내 머리카락을 쓸어 넘겼던 기억도 난다. 내가 왜 차에 바늘과 실, 소독약이 있느냐고, 가족이 외출 시에 사고가 자주 나기라도 했느냐고 묻자, 그녀는 고개를 저었다.

"외출해서가 아니에요. 집 안에서 일어나는 사고 때문이죠."

"집 안에서요?"

"네. 휴고라는 이름의 사고죠. 그이는 술에 취하면 폭력을 행사하곤 했어요. 그럴 땐 집에서 도망쳐 상처를 치료할 수밖에 없죠."

"당신 상처를 직접 꿰맸나요?"

"나와 크누트요."

"휴고가 크누트도 때렸어요?"

"크누트 이마에 상처가 왜 생겼겠어요?"

"당신이 꿰매준 겁니까? 이 차에서?"

"초여름이었어요. 휴고는 술에 취해 있었고, 그건 늘 있는 일이었죠. 내가 또 꾸짖는 눈빛으로 자길 보고 있다고 했어요. 그날 밤에 내가 자길 무시하지 않고 조금이라도 존경심을 보였으면 날 건드리지 않았을 거라고요. 당시 난 평범한 소녀였고, 그는 만선으로 집에 돌아온 엘리아센 집안의 대단한 아들이었으니까요. 나는 대답하지 않았어요. 그랬더니 그가 더 화를 냈고 우린 결국 싸우게 됐죠. 난 어떻게 방어해야 하는지 알고 있어요. 근데 그 순간에 크누트가 들어온 거예요. 우리 사이에 끼어들어서 아빠에게 그러면 안 된다고 했죠. 그러자 휴고가 술병을 집어던졌어요. 크누트는 이마에 술병을 맞고 풀썩 쓰러졌죠. 그래서 난 크누트를 데리고 차로 갔어요. 집에 돌아오니 휴고는 진정됐더군요. 하지만 크누트는 일주일 내내 어지러움과 울렁증에 시달리며 침대에 누워 있었죠. 진찰을 받으려고 알타에서 의사까지 불렀어요. 휴고는 의사뿐 아니라 다른 사람들에게도 크누트가 계단에서 떨어졌다고 말했죠. 난…… 난 누구에게도 사실을 말하지 않았어요. 그리고 크누트에게 다시는 그런 일이 없을 거라고 계속 말했죠."

내가 오해했다. 엄마가 아빠는 걱정할 필요 없다고 했던 크누트의 말을 오해했다.

"진실을 아는 사람은 아무도 없었어요. 그러던 어느 저녁, 늘 휴고와 함께 술을 마시는 친구들이 오베의 집에 모였을 때 누군가가 물었죠. 진짜로 무슨 일이 있었던 거냐고. 그래서 휴고는 건방진 마누라와 버릇없는 애새끼에 대해, 자기가 어떻게 분수를 깨닫게 했는지 말해줬죠. 그래서 온 마을이 알게 됐고, 휴고는 바다로 떠난 거예요."

"지난번에 목사님이 휴고가 속죄하지 않은 행실로부터 도망치려 했다는 말이 그거였나요?"

"그것도 있고 또 다른 것도 있죠. 당신 관자놀이에서 피가 나요."

그녀는 목에 둘렀던 빨간 스카프를 풀어 내 머리에 묶었다.

그 후로 한동안은 무슨 일이 있었는지 전혀 기억나지 않는다. 정신을 차렸을 때는 차 뒷좌석에 웅크린 자세로 누워 있었고, 그녀가 도착했다고 말하는 중이었다. 또한 아무래도 내가 경미한 뇌진탕을 당해서 그렇게 졸린 것 같다고, 그러니 자기가 오두막까지 따라가는 게 좋겠다는 말도 했다.

내가 조금 앞서서 걸었고 더는 마을이 보이지 않자, 바위에 앉아 그녀를 기다렸다. 빛과 정적. 마치 폭풍 전야 같았다. 혹은 폭풍이 지나간 후거나. 모든 생명을 쓸어가는 폭풍. 점점이 흩어진 안개는 하얀 시트를 뒤집어쓴 유령처럼 언덕의 신록을 따라 슬금슬금 내려가면서 자라다 만 왜소한 자작나무들을 삼켰다. 안개가 물러나고 다시 나타난 나무들은 무언가에 홀린 듯했다.

그러자 그녀가 왔다. 왠지 둥둥 떠서 오는 것 같았고 그녀 역시 홀려 있었다.

"산책 나왔어요?" 그녀가 미소를 지으며 물었다. "우리가 가려는 길이 같을 수도 있겠네요."

비밀 숨바꼭질.

귀에서 삐 소리가 나면서 어지러워지자, 레아가 혹시 모른다며 날 부축했다. 우리의 걸음은 놀랄 만치 빨라졌는데 내 의식이 들락날락해서 그럴 수도 있다. 마침내 오두막에 도착하자 집에 돌아왔다는 이상한 기분이 들었다. 오슬로에서 숱하게 많은 집에 살았지만 한 번도 느껴본 적 없는 안락함과 평화로움이었다.

"이제 좀 자요." 그녀가 내 이마를 만지며 말했다. "내일이 되면 다 좋아질 거예요. 그리고 물 외에 다른 건 마시면 안 돼요. 알았죠?"

"어디 가는 데요?" 그녀가 침대 곁을 떠나자 내가 물었다.

"집이죠, 당연히."

"꼭 지금 가야 해요? 크누트는 할아버지와 함께 있잖아요."

"뭐 많이 급하지는 않아요. 하지만 당신은 가만히 누워서 쉬어야 해요. 이야기하거나 걱정하면 안 된다고요."

"맞는 말이에요. 하지만 당신도 내 옆에 가만히 누워 있으면 안 되나요? 잠깐이면 돼요."

나는 눈을 감았다. 그녀의 차분한 숨소리가 들렸다. 그녀가 곰곰이 생각하는 소리까지 들리는 것 같았다.

"난 위험하지 않아요." 내가 말했다. "오순절교도도 아니고."

그녀가 부드럽게 웃었다. "그럼 잠깐만 누워 있을게요."

나는 벽에 딱 붙었고, 그녀는 좁은 침대로 올라와 내 옆에 옹색하게 누웠다.

"당신이 잠들면 갈게요. 크누트가 아침 일찍 돌아올 거예요."

나는 거기 누워 반은 정신이 나간 동시에 오롯이 존재했고, 내 감각은 주위의 모든 걸 받아들였다. 그녀 몸의 온기와 맥박, 그녀의 블라우스 칼라에서 스며 나오는 향기, 그녀의 머리카락에서 나는 비누 냄새, 우리 사이에 놓여 우리의 몸이 직접 닿지 않도록 막아주는 그녀의 팔과 손.

잠에서 깼을 때는 밤이라는 기분이 들었다. 어딘가 고요했다. 한밤중의 태양이 중천에 떠 있었는데도 자연이 휴식을 취하는 듯했다. 자연의 박동이 느려진 듯했다. 내 목이 어깨로 이어지는 부분에 레아의 얼굴이 내려와 있었다. 내 살갗에 닿은 그녀의 코와 고른 숨을 느낄 수 있었다. 그녀를 깨워야 했다. 크누트가 돌아오기 전에 미리 가 있으려면 지금 떠나야 한다고 말해야 했다. 물론 나도 크누트가 돌아왔을 때 엄마가 맞아주기를 바랐다. 그래야 크누트가 걱정하지 않을 테니까. 하지만 또 한편으로는 그녀가 계속 이대로 있기를 바랐다. 몇 초라도 더. 그래서 움직이지 않고 그대로 누워 생각했다. 생생하게 살아 있는 기분이 들었다. 마치 그녀의 몸이 내 몸에 생명을 불어넣는 것처럼. 멀리서 천둥소리가 들렸다. 그러자 그녀의 속눈썹이 파르르 떨리며 살갗을 간지럽혔고, 난 그녀가 깼다는 걸 알 수 있었다.

"무슨 소리죠?" 그녀가 속삭였다.

"천둥이에요. 걱정할 거 없어요. 아주 멀리서 들렸으니까."

"여긴 천둥이 친 적 없어요. 날씨가 워낙 추우니까요." 그녀가 말했다.

"남쪽에서 따뜻한 공기가 올라오는지도 모르죠."

"그럴 수도 있겠네요. 악몽을 꿨어요."

"무슨 꿈인데요?"

"그가 오고 있었어요. 우리를 죽이려고."

"오슬로에서 온 남자요? 아니면 오베?"

"모르겠어요. 기억이 안 나요."

우리는 그대로 누워 또 천둥이 치는 소리를 들었다. 아까처럼 멀리서 들렸다.

"울프?"

"네?"

"스톡홀름에 가본 적 있어요?"

"네."

"좋아요?"

"여름에는 아주 좋죠."

그녀가 한 손으로 머리를 받치고 날 내려다봤다. "욘. 사자자리." 그녀가 말했다.

나는 고개를 끄덕였다. "오슬로에서 온 남자가 그것도 말했나요?"

그녀는 고개를 저었다. "당신이 잠든 사이에 당신 목걸이에 달린 인식표를 봤어요. '욘 한센, 7월 24일생.' 난 천칭자리예요. 당신은 불의 별자리고, 난 공기의 별자리죠."

"난 지옥 불에 활활 타고, 당신은 천국에 가나요?"

그녀가 빙그레 웃었다. "제일 먼저 드는 생각이 그거예요?"

"아뇨."

"그럼 뭔데요?"

그녀의 얼굴이 코앞에 있었다. 그녀의 눈동자는 너무도 어둡고 강렬했다.

나는 내가 그녀에게 키스하려고 한다는 걸 전혀 몰랐다. 키스하기 전까지는. 키스를 한 사람이 나인지 그녀인지도 확실하지 않았다. 하지만 키스한 후에는 팔로 그녀를 껴안아 끌어당겼다. 그녀를 꼭 껴안자, 그녀의 몸이 풀무처럼 이 사이로 공기를 토해냈다.

"안 돼요!" 그녀가 신음했다. "이러면 안 돼요!"

"레아……."

"안 돼요! 우린…… 난 이럴 수 없어요. 놔줘요!"

나는 그녀를 놓아주었다.

그녀는 침대에서 내려가 비틀비틀 걸어갔다. 집 한가운데에 서서 숨을 헐떡거리며 날 무섭게 노려봤다.

"난…… 미안해요. 그럴 생각은……." 내가 말했다.

"쉬." 그녀가 나직이 말했다. "그 일은 없었던 거예요. 다시 일어나지도 않을 거고요. 절대로. 알겠어요?"

"아뇨."

그녀는 떨리는 한숨을 길게 내쉬었다.

"난 결혼한 몸이에요, 울프."

"결혼했다고요? 당신 남편은 죽었잖아요."

"당신은 몰라요. 난 단지 휴고하고만 결혼한 게 아니에요. 난…… 그…… 모든 것과 결혼했어요. 여기 있는 모든 것과요. 당신과 난 완전히 다른 세계에 속해 있어요. 당신은 마약을 팔아서 살지만, 난 교회 관리인이에요. 신자라고요. 당신이 뭘 위해 사는지 모르지만 난 그걸 위해 살아요. 그리고 크누트하고요. 그 외에 다른 건 중요치 않아요. 그리고…… 멍청하고 무책임한 꿈 때문에 그걸 망치고 싶지 않아요. 난 그럴 여유가 없어요, 울프. 이해하겠어요?"

"하지만 내게 돈이 있다고 했잖아요. 저기 찬장 옆 널빤지 뒤를 찾아봐요. 거길 보면-."

"싫어요, 싫어, 싫어!" 그녀가 양손으로 귀를 틀어막았다. "듣고 싶지 않아요. 당신의 돈은 한 푼도 원하지 않아요! 난 내가 가진 것만 원할 거예요. 더는 필요 없어요. 우린 다시 만나지 않을 거예요. 다시는 당신을 보고 싶지 않아요. 정말…… 정말…… 바보 같고 미친 짓으로 끝났네요……. 이제 그만 갈게요. 앞으로 찾아오지 마세요. 나도 찾아오지 않을 거예요. 잘 있어요, 울프. 잘 지내요."

다음 순간 그녀는 오두막에서 사라졌고, 나는 벌써 이 모든 일이 꿈인지 현실인지 의심스러웠다. 그렇다, 그녀는 내게 키스했고 내 볼의 통증도 거짓이 아니었다. 그렇다면 나머지도 전부 사실일 것이다. 그녀가 다시는 날 보고 싶지 않다고 말한 부분도. 나는 침대에서 일어나 밖으로 나갔다. 마을로 뛰어가는 그녀의 뒷모습이 보였다.

물론 그녀는 도망치고 있었다. 누군들 안 그러겠는가? 나도 그랬는데. 아주 오래전에. 하지만 당시 난 도망치는 타입이었다. 그녀는 도망치는 것을 감당하지 못하는 반면, 나는 걸핏하면 도망쳤다. 머무는 걸 감당하지 못하기 때문이다. 내가 대체 무슨 생각을 한 거지? 정말로 우리 둘이 함께할 수 있다고 생각했을까? 아니, 생각이 아니다. 아마도 꿈일 것이다. 마음이 불러일으킨 이미

지와 환상. 이제는 꿈에서 깨어날 때다.

다시 천둥소리가 들렸다. 이번에는 좀 더 가까웠다. 나는 서쪽을 봤다. 멀리서 납빛의 구름이 쌓여가고 있었다.

그가 오고 있었어요. 우리를 죽이려고요.

다시 오두막으로 들어가 벽에 이마를 댔다. 나는 신을 믿지 않는 것만큼이나 꿈도 믿지 않는다. 인간의 사랑보다는 약쟁이의 약 사랑을 더 믿는다. 하지만 죽음은 믿는다. 그건 내가 지켜야 할 약속이다. 시속 천 킬로미터로 날아오는 9밀리미터의 총알도 믿는다. 총알이 총신을 떠나 우리 뇌를 통과할 때까지의 시간이 삶이라고 믿는다.

나는 침대 밑에서 밧줄을 꺼내 문손잡이에 묶었다. 밧줄의 반대쪽은 벽에 고정된 묵직한 침대 프레임에 묶어 밖에서 문을 열 수 없게 했다. 밧줄을 더 팽팽하게 조였다. 됐다. 그런 다음, 침대에 누워 천장의 널빤지를 바라봤다.

13

스톡홀름에서 있었던 일이다. 아주아주 오래전, 이 모든 게 시작되기 전에. 난 열여덟 살이었고, 오슬로에서 출발한 기차를 타고 스톡홀름에 도착했다. 혼자서 쇠데르말름의 거리를 걸어 다녔다. 유고르덴의 잔디밭을 누비고 다니다가 방파제에 앉아 다리를 흔들거리며 건너편의 왕궁을 바라봤다. 지금 내가 누리는 이 자유를 절대 저들이 가진 것과 바꾸지 않을 거라고 생각했다. 그러고는 수중에 있던 몇 벌 안 되는 옷이나마 최고로 잘 차려입고 왕립 연극 극장으로 갔다. 왜냐하면 〈페르귄트〉에서 솔베이지 역을 맡은 노르웨이 여자와 사랑에 빠졌기 때문이다.

그녀는 나보다 세 살 많았고, 난 파티에서 그녀와 이야기를 나눈 적이 있었다. 그래서 스톡홀름에 간 것이다. 그게 가장 큰 이유였다. 그녀의 연기는 훌륭했고, 스웨덴어를 모국어처럼 구사했다. 적어도 내가 듣기엔 그랬다. 매력적이고, 절대 내 손에 들어오지 않을 여자였다. 그런데도 공연이 진행되는 동안 내 열병은 시들어갔다. 아마도 그날 스톡홀름과 함께 보낸 하루에 비하면 그 여자는 상대가 되지 않기 때문일 것이다. 혹은 내가 열여덟 살이고, 앞줄에 앉은 빨간 머리 여자와 벌써 사랑에 빠졌기 때문일 수도 있다.

다음 날 세르옐 광장에서 대마초를 구입했다. 왕립 공원까지 걸어갔는데 거기서 빨간 머리 여자를 다시 만났다. 연극이 재미있었냐고 물었더니 그녀는 그저 어깨만 으쓱이고는 담배 마는 법을 보여주며 스웨덴어로 설명했다. 스무 살이었고, 외스테르순드에서 왔고, 오덴플란에 있는 작은 아파트에서 살았다. 그 아파트 바로 옆에 트라난이라는 이름의 가격이 적당한 레스토랑이 있어서 우리는 튀긴 청어와 으깬 감자를 먹고, 멜란외르*를 마셨다.

알고 보니 그녀는 극장에서 내 앞줄에 앉았던 여자가 아니었다. 왕립 연극 극장에는 간 적이 없다고 했다. 나는 그녀의 집에 사흘간 머물렀다. 그녀가 일하러 간 동안에는 그저 도시를 누비며 여름과 이 도시를 들이마셨다. 사흘 후에는 오슬로행 기차에서 창밖을 내다보며 내가 했던 말, 돌아간다던 말을 생각했다. 그

* 중간 도수의 스웨덴 맥주.

러자 처음으로 가장 우울한 생각이 떠올랐다. 돌아가는 건 불가능하다는 생각. 지금이 그때가 되고, 또 지금이 그때가 되며 끝없이 반복될 뿐 우리가 삶이라고 부르는 이 운송 수단에는 후진 기어가 없다.

나는 다시 잠에서 깼다.

무언가가 문을 긁고 있었다. 몸을 비틀어 일으켰더니 문손잡이가 오르락내리락하는 게 보였다.

그녀가 마음을 바꾼 것이다. 돌아온 것이다.

"레아?" 내 심장이 기쁨으로 격렬하게 뛰었고, 난 이불을 젖히며 두 발을 침대에서 내렸다.

하지만 대답이 없었다.

레아가 아니었다.

남자였다. 힘에 세고 화난 남자. 왜냐하면 문손잡이를 어찌나 세게 미는지 침대 프레임이 삐걱거렸기 때문이다.

나는 벽에 기대어져 있던 라이플을 집어 들고 문을 겨눴다.

"누구야? 무슨 용건이야?"

여전히 묵묵부답이었다. 하지만 뭐라고 하겠는가? 날 처리하러 왔으니 제발 문을 열어달라고? 밧줄이 피아노 줄처럼 파르르 떨렸고, 급기야 문이 빠끔 열렸다. 그 사이로 리볼버의 총신을 밀어 넣을 수 있을 만큼.

"대답해. 아니면 쏜다!"

침대 프레임을 고정시킨 큰 못들이 벽에서 1밀리미터씩 뽑히면서 널빤지들이 고통으로 비명을 지르는 듯했다. 그러더니 문밖에서 딸각 소리가 났다. 마치 리볼버에 장전이라도 하는 것처럼.

나는 총을 쐈다. 쏘고 쏘고 또 쐈다. 탄창의 세 발, 약실의 한 발. 그 뒤에는 더욱 무거운 침묵이 흘렀다.

나는 숨을 죽였다.

젠장! 아직도 긁는 소리가 났다. 우지끈 소리와 함께 문에서 손잡이가 뽑혀버렸다. 그러더니 구슬프고 요란하게 울부짖는 소리와 아까의 딸각 소리가 다시 났다. 그제야 그 소리의 정체를 알 수 있었다.

베개 밑에서 권총을 꺼내고 밧줄을 느슨하게 한 다음, 문을 열었다.

순록은 멀리 가지 못했다. 오두막에서 20킬로미터 떨어진 곳의 헤더에 누워 있었다. 마을이 보이는 쪽을 향해. 마치 본능적으로 숲보다 사람을 찾아가려고 했던 것 같았다.

나는 순록에게 다가갔다.

순록은 움직이지 않은 채 머리만 돌렸다. 녀석의 뿔에 아직도 문손잡이가 달려 있었다. 뿔을 문질렀던 것이다. 오두막 문에 대고 뿔을 문지르다가 손잡이에 뿔이 걸린 것이다.

순록은 머리를 땅에 대고 누워 날 바라봤다. 사실 녀석의 눈동자에 간청하는 기색이 없다는 걸, 그저 내 마음이 투사되었을 뿐임을 알고 있었다. 나는 권총을 들어 올렸다. 순록의 촉촉한 눈동자에 내 움직임이 비쳤다.

아니타가 뭐라고 했더라? 당신은 반사된 상을 쏠 거야.

자기 무리에서 도망친 순록은 은신처를 찾아내 홀로 지냈지만 끝내 죽고 말았다. 이 순록이 곧 나의 반사된 상일까?

난 총을 쏠 수가 없었다. 당연했다.

눈을 감았다. 질끈. 총을 쏜 후에 겪게 될 일을 생각했다. 겪지 않게 될 일을 생각했다. 더는 눈물도, 두려움도, 후회도, 비난도, 갈망도, 욕망도, 상실감도, 내게 주어진 모든 기회를 낭비했다는 느낌도 없을 것이다.

나는 총을 쐈다. 두 번.

그런 다음 오두막으로 돌아갔다.

침대에 누웠다. 키스와 죽음. 키스와 죽음.

두어 시간 후에 깨어나니 골치가 아프고 귀는 울리고 다 끝났다는 느낌이 들었다. 중력이 몸을 끌어당기고 내게서 모든 빛과 희망을 빨아 가버렸다. 하지만 아직은 밑바닥까지 떨어지지 않아서 날 끌어올릴 수 있었다. 재빨리 구명 튜브를 잡기만 한다면. 유일한 해결책은 이 추락을 늦추는 것뿐인데, 그럴 경우 다시 가라앉으면 어둠이 더 깊어지고 더 오래간다. 하지만 지금으로서는 그 방법밖에 없었다.

바리움 왕자님이 없으니 난 내게 남은 유일한 구명 튜브를 붙잡았다. 술병의 뚜껑을 열었다.

14

술이 최악의 어둠을 씻어냈는지는 몰라도, 내 머리와 가슴에서 레아까지 씻어내지는 못했다. 전에 몰랐다면 이제는 확실히 알 수 있었다. 난 바보같이, 속수무책으로 절망적인 사랑에 빠졌다. 또다시.

하지만 이번엔 달랐다. 차선책으로 택할 수 있는 앞줄의 여자가 없었다. 오로지 레아뿐이었다. 지나치게 신앙심이 깊은 기독교인이자 아들이 있고, 입술에 흉터가 있고, 최근에 익사로 남편을 잃은 이 여자를 원했다. 레아. 칠흑처럼 검은 머리에 눈에는 희미하게 푸른 광채가 돌고, 등의 곡선이 아름다운 여자. 생각에 잠겨 천천히 말하고 불필요하게 돌려서 말하지 않는 여자. 상대를 있는 그대로 보고 받아들이는 여자. 날 받아들인 여자. 그것만으로도…….

난 벽 쪽으로 돌아누웠다.

그녀도 날 원했다. 비록 두 번 다시 날 보고 싶지 않다고 말했지만 그녀는 날 원했다. 그렇지 않다면 왜 내게 키스했겠는가? 그녀는 내게 키스했다. 본인이 원하지 않았다면 키스하지 않았을 테고, 그 일은 일어나지 않았을 것이다. 그러니 내가 키스를 너무 못해서 그 자리에서 차인 게 아니라면, 해결책은 간단했다. 그녀에게 내가 의지할 수 있는 남자, 그녀와 크누트를 돌봐줄 수 있는 남자라고 설득시키면 될 일이었다. 그녀가 날 오해했고, 심지어 나조차도 날 오해했다고. 이번만큼은 달아나고 싶지 않다. 내게는 능력이 있기 때문이다. 다만 지금까지 증명할 기회가 없었을 뿐이다. 가정을 이룰 능력. 지금 생각하니 가정을 이룬다는 게 마음에 들었다. 안정되고 예측 가능한 생활이 좋았다. 그렇다, 심지어 획일적이고 단조로운 면까지도. 결국 난 늘 이걸 찾아 헤맸던 것이다. 이제야 찾아냈을 뿐이다.

나는 자조의 웃음을 터뜨렸다. 어쩔 수가 없었다. 실패한 살인 청부업자로 사형 선고를 받은 내가 여기 이렇게 누워 술에 취한 채 한 여자와 오랫동안 행복하게 살 계획을 세우고 있다니. 더구나 마지막으로 만났을 때 다시는 날 보고 싶지 않다고 말한 여자와.

그러다 다시 벽 반대편으로 돌아누웠고, 앞에 있는 의자 위의 빈 술병을 봤을 때 둘 중 하나라는 걸 알았다.

그녀를 만나든가, 술을 더 마시든가.

다시 잠으로 빠져들기 전, 멀리서 늑대 우는 소리가 솟아올랐다가 가라앉았다. 놈들이 돌아왔다. 죽음과 부패의 냄새를 맡았으니 곧 여기로 올 것이다.

상황이 급박해졌다.

나는 일찍 일어났다. 뭉게뭉게 솟아오른 구름이 아직 서쪽에 있었지만 더 가까워지진 않았다. 오히려 약간 뒤로 물러난 듯했다. 그리고 천둥소리도 더는 들리지 않았다.

시냇물로 몸을 씻었다. 그때까지 머리에 계속 두르고 있던 빨간 실크 스카프를 풀고, 관자놀이의 상처도 씻었다. 속옷을 갈아입고 셔츠도 갈아입었다. 면도도 했다. 실크 스카프를 빨려다가 아직 그녀의 향기가 살짝 남아 있는 걸 깨닫고 그냥 목에 둘렀다. 그녀에게 하려고 생각 중인 말을 중얼거렸다. 지난 한 시간 동안 족히 여덟 번은 바꿨지만 그래도 외우고 있었다. 장황해서는 안 되고 그냥 솔직해야 한다. 그리고 이렇게 끝맺을 것이다. "레아, 사랑해요." 당연히 그렇게 끝나야 한다. 난 여기 있고, 당신을 사랑한다. 꼭 그래야겠다면, 할 수 있다면 날 쫓아내라. 하지만 난 여기 서서 당신에게 손을 내밀고 있고, 그 안에는 두근거리는 내 심장도 있다. 나는 면도기를 헹구고 이를 닦았다. 혹시라도 그녀가 다시 키스할 경우에 대비해서.

그런 다음 마을을 향해 걷기 시작했다.

죽은 순록 옆을 지나가니 파리 한 무리가 솟아올랐다. 이상하게도 순록은 더 커진 것 같았다. 오두막에서 겨우 스무 발짝 떨어져 있었는데도 오두막에 있을 때는 몰랐던 악취가 풍겼다. 아마 꾸준히 불던 서풍에 날아간 모양이다. 순록의 눈 하나가 사라지고 없었다. 맹금류의 짓일 것이다, 아마도. 하지만 아직 늑대나 다른 큰 동물들은 다녀간 것 같지 않았다. 아직은.

난 다시 걸었다. 빠르고 단호하게. 마을을 지나 잔교로 내려갔다. 레아를 만나기 전에 처리해야 할 일이 두 가지 있었다.

허리춤에서 권총을 꺼내 두어 걸음 달려간 다음, 바다를 향해 최대한 멀리 던졌다. 그다음에는 피르요의 가게에 가서 순록 미트볼 통조림을 샀다. 마티스의 집이 어디에 있는지 물어보기 위한 구실이었다. 그녀는 핀란드어로 세 번이나 설명했는데도 내가 알아듣지 못하자, 날 끌고 밖으로 나가 길 위쪽, 권총을 두 번 던지면 닿을 거리에 있는 집을 가리켰다.

초인종을 세 번 누른 후, 포기하고 돌아가려는데 마티스가 문을 열었다.

"밖에서 인기척이 나는 것 같더니만." 그는 구멍이 여러 군데 뚫린 기모 티셔츠에 팬티, 두툼한 울 양말을 신었고, 머리카락은 사방으로 뻗어 있었다. "문도 안 잠겼는데 여기서 뭐하는 겁니까?"

"초인종 소리 못 들었어요?"

그는 내가 가리킨 물건을 재미있다는 듯이 바라봤다.

"이런, 우리 집에 초인종이 있었네. 하지만 고장 난 것 같군요. 들어와요."

마티스는 가구가 전혀 없는 집에 살고 있었다.

"여기 삽니까?" 내 말이 벽에 부딪혀 메아리쳤다.

"최소한으로만 머물려고 하죠. 어쨌든 우리 집 주소는 여기로 되어 있습니다."

"인테리어가 참 멋지네요."

"시베르트에게 물려받은 집입니다. 가구는 다른 사람이 물려받고요."

"친척인가요?"

"몰라요. 어쩌면 그럴 수도 있겠네요. 사실 우리는 비슷한 구석이 좀 있었죠. 그래서 친척이라고 생각했을 수도 있겠네요."

나는 웃었다. 마티스는 멍하니 날 보더니 바지를 입고 바닥에 앉았다. 책상다리를 했다.

나도 똑같이 했다.

"실례되는 질문입니다만, 볼은 어쩌다 그렇게 된 겁니까?"

"나뭇가지에 뜯겼어요." 난 그렇게 말하고 재킷 주머니에서 돈을 꺼냈다.

마티스는 돈을 세어보았다. 씩 웃고는 재킷 주머니에 돈을 쑤셔 넣었다. "침묵. 그리고 술. 지하실에 시원하고 맛좋은 술이 있어요. 어떤 종류로 줄까요?"

"종류가 여러 가지인가요?"

"아뇨." 그는 아까와 똑같이 씩 웃었다. "그럼 당분간 코순에서 지낼 생각인가요, 울프?"

"아마도요."

"이제 당신은 안전해요. 그러니 다른 곳으로 갈 이유가 없죠. 오두막에 머물 건가요?"

"달리 머물 데가 있나요?"

"글쎄요……." 그의 미소는 마치 얼굴에 그린 것 같았다. "마을 여자를 둘이나 알아뒀으니 시린 옆구리를 데우고 싶어질지도 모르죠. 가을이 다가오고 있으니까."

나는 잠시 그의 갈색 이에 주먹을 날릴까 생각했다. 그건 또 어떻게 알았지? 나는 억지웃음을 지었다. "당신 육촌이 그러던가요?"

"육촌?"

"콘라드? 코레? 코르넬리우스?"

"그 사람은 내 육촌이 아니에요."

"육촌이라던데." 나는 책상다리를 풀려고 낑낑거렸다.

"그래요?" 마티스가 한쪽 눈썹을 치켜올리더니 덥수룩한 머리를 긁적거렸다. "이런 젠장, 그렇다면……. 이봐요, 어디 가는 거요?"

"가야죠."

"아직 술을 가져오지 않았잖아요."

"술 없이 살아볼 겁니다."

"정말입니까?" 그가 내 뒤에서 큰 소리로 외쳤다.

나는 비석 사이를 지나 교회로 올라갔다.

문이 열려 있기에 살그머니 안으로 들어갔다.

그녀는 내게 등을 돌린 채 제단에 서서 꽃병의 꽃을 정리하고 있었다. 호흡을 진정시키기 위해 숨을 들이쉬었지만 심장은 이미 통제 불능이었다. 무거운 발걸음으로 그녀에게 다가갔다. 그런데도 내가 헛기침을 하자, 그녀는 놀라서 펄쩍 뛰었다.

그녀가 뒤로 빙글 돌았다. 제단은 두 계단 위에 있었기 때문에 그녀는 날 내려다보고 있었다. 눈은 빨갰고 눈꺼풀이 부어 있었다. 난 내 심장이 분명 밖에서도 보일 거라고, 어찌나 심하게 두근거리는지 가슴에 금이 가기 시작했을 거라고 생각했다.

"무슨 일이죠?" 속삭이는 그녀의 목소리는 울어서 쉰 것 같았다.

사라졌다.

내가 준비했던 모든 말이 사라졌다. 기억나지 않았다.

남은 건 마지막 문장뿐이었다.

그래서 난 그걸 말했다.

"레아, 사랑해요."

그녀는 눈을 깜빡거렸다. 충격받았다는 듯이.

그녀가 날 바로 쫓아내지 않는다는 사실에 용기를 얻어 나는 말을 이었다. "당신과 크누트가 나와 함께 떠났으면 좋겠어요. 아무도 우리를 찾지 못할 곳으로. 대도시로. 여러 섬들로 이뤄져 있고, 으깬 감자와 멜란외르가 있는 도시로. 거기서 낚시도 하고, 연극도 보러 가요. 그다음에는 우리 집이 있는 스트란드베겐으로 천천히 걸어가요. 꼭 거기에 살아야 한다면 큰 아파트는 얻을 수 없을 거예요. 왜냐하면 거긴 비싼 동네니까. 하지만 집을 얻을 수는 있을 겁니다."

그녀가 붉은 눈을 글썽이며 뭐라고 중얼거렸다.

"네?" 나는 한 걸음 다가갔지만 그녀가 손을 들어 날 막았다. 자신을 보호하려는 듯 시든 꽃다발을 몸 앞에 들고 있었다. 그녀가 다시 말했다. 이번에는 큰 소리로.

"아니타에게도 그렇게 말했나요?"

마치 누군가가 내게 바렌츠 해의 물을 양동이로 쏟아부은 것 같았다.

레아는 고개를 저었다. "아니타가 여기 왔었어요. 휴고 일로 조의를 표한다고 하더군요. 그러더니 당신과 내가 차를 타고 가는 걸 봤다면서 당신이 어디 있는지 알고 싶어 했어요. 당신이 돌아오겠다고 약속했다더군요."

"레아, 난……."

"말할 필요 없어요, 울프. 여기서 나가요."

"싫습니다! 그땐 숨을 곳이 필요했어요. 요니가 날 찾고 있었다고요. 아니타가 자기 집에 머물러도 좋다고 했고, 난 달리 갈 곳이 없었어요."

"그럼 아니타에게 손대지 않았나요?" 그녀의 목소리에서 약간의 희망이 느껴지는 듯했다.

나는 부정하고 싶었지만 턱 근육이 마비되고, 입이 저절로 벌어졌다. 크누트의 말이 맞았다. 나는 거짓말을 하는 데도 서툴다.

"그게…… 그러니까 아마 손을 대기는 했을 거예요. 하지만 아무 의미도 없어요."

"의미가 없어요?" 레아는 콧방귀를 뀌고는 손등으로 눈물을 닦았다. "오히려 잘된 일인지도 모르겠네요, 울프. 어차피 당신하고 떠나는 일은 없었을 테지만, 그래도 떠났으면 어땠을까 아쉬워할 일도 없겠어요."

그녀가 고개를 숙이더니 뒤로 돌아 성구보관실로 갔다. 길고 장황한 작별인사는 필요 없었다.

나는 그녀를 쫓아가고 싶었다. 붙잡고 설명하고 간청하고 강요하고 싶었다. 하지만 내 모든 에너지가, 내 모든 의지가 빠져나간 듯했다.

그녀의 등 뒤로 문이 쾅 닫히는 소리가 교회에 울려 퍼지자, 난 이것이 우리의 마지막 만남임을 깨달았다.

비틀거리며 햇빛 속으로 나갔다. 교회 계단에 우두커니 서서 빽빽이 늘어선 묘비를 따가운 눈으로 바라보았다.

어둠이 내렸다. 나는 쓰러졌다. 구멍이 날 안으로, 아래로 빨아들였고, 세상의 모든 술을 다 가져와도 이를 막지는 못할 것이다.

하지만 분명 아무 도움이 되지 않는다 해도 술은 술이다. 마티스의 집에 노크하고 안으로 들어갔더니 부엌 조리대에 이미 술 두 병이 놓여 있었다.

"돌아올 줄 알았죠." 그가 씩 웃었다.

나는 병을 집어 들고 아무 말 없이 나왔다.

15

이야기가 어떻게 끝나느냐고?

우리 할아버지는 건축가다. 할아버지가 말씀하시길, 선線은(그리고 이야기도) 시작한 곳에서 끝난다고 했다. 그 반대이기도 하고.

할아버지는 교회를 설계했다. 당신이 잘하는 일이었기 때문이지 어떤 신을 믿어서도 아니라고 했다. 그저 생계를 유지하는 수단이었을 뿐이다. 하지만 돈을 받고 설계하는 교회의 존재 이유인 신을 믿었다면 더 좋았을 거라고 했다. 그랬으면 당신의 일이 더 뜻깊었을 거라고.

"난 우간다의 병원을 설계했어야 했어. 설계하는 데 닷새, 짓는 데 열흘이면 끝나고 더 많은 목숨을 구했을 테니까. 아무도 구원하지 못하는 미신을 기념하는 건축물을 설계하느라 몇 달씩 앉아 있는 대신에 말이야." 할아버지는 그렇게 말했다.

도피처, 할아버지는 당신의 교회를 그렇게 불렀다. 죽음에 대한 걱정으로부터의 도피처. 영생을 바라는 불치의 희망으로부터의 도피처.

"차라리 불안해하는 사람들에게 담요나 테디베어를 주면서 껴안고 있으라고 하는 게 더 싸게 먹혔을 게다. 하지만 교회를 꼭지어야 한다면 다른 멍청이들보다는 내가 하는 게 낫지. 그래도 난 봐줄 만하게 지으니까. 그 멍청이들은 요즘 교회라고 부르는 흉물스런 건축물로 이 나라를 오염시키고 있어."

우리는 악취가 풍기는 양로원에 앉아 있었다. 나의 부자 삼촌과 내 사촌, 그리고 나. 하지만 다른 두 사람은 듣고 있지 않았다. 할아버지는 백 번쯤 한 말을 또 하고 있었다. 그들은 고개를 끄덕이고, 건성으로 맞장구를 치며 계속 시계를 힐끗거렸다. 여기 오기 전에 삼촌은 30분이면 충분하다고 했다. 나는 더 있고 싶었지만 삼촌 차를 타고 돌아가야 했다. 할아버지는 그 무렵 약간 오락가락했지만, 나는 인생에 대해 할아버지가 반복적으로 하는 말을 듣는 게 좋았다. 아마도 이 변화무쌍한 세상에서 변하지 않는 게 있다는 느낌을 주기 때문이었을 것이다. "넌 죽을 거야. 남자답게 받아들여, *꼬마야*." 내 유일한 걱정은 목에 십자가 목걸이를 건 수간호사가 할아버지를 설득하는 것이었다. 죽음이 가까이 왔을 때 그들의 신에게 영혼을 맡기라고. 할아버지가 그 설득에 넘어간다면 무신론자인 할아버지 밑에서 자란 소년에게 트라우마가 될 것 같았다. 나는 죽음 이후의 삶은 믿지 않았지만, 삶 이후의 죽음은 믿었다.

어쨌든 이젠 그것이 나의 가장 간절한 희망이자 바람이었다.

레아가 문을 쾅 닫은 뒤로 이틀이 지났다.

이틀 동안 오두막의 침대에 누워 구멍 속으로 한없이 추락하며 술 두 병 중 하나를 비웠다.

그럼 이 이야기를 어떻게 끝내야 할까?

나는 심한 갈증을 느끼며 침대에서 굴러 떨어져 시냇가로 비틀비틀 걸어갔다. 무릎을 꿇고 시냇물을 마셨다. 그러고는 우두커니 앉아 바위 뒤로 빙글빙글 돌아가는 급류에 비친 나를 바라봤다.

그리고 깨달았다.

당신은 반사된 상을 쏠 거야.

염병할, 왜 아니겠어. 놈들은 날 죽이지 못할 것이다. 내가 날 죽일 거니까. 선은 여기서 끝난다. 그리 끔찍한 일도 아니다. 할아버지는 늘 이렇게 말했다. Son cuatro días*, 인생은 눈 깜짝할 사이에 끝난다.

---

* 스페인 속담으로, 인생은 고작 나흘이다(그나마 그중 이틀은 흐리다)라는 뜻이다.

나는 이 결정에 환희에 가까운 감정을 느끼며 오두막으로 달려갔다.

라이플은 벽에 기대어져 있었다.

훌륭한 결정이었고, 세상에 아무런 영향도 미치지 않을 결정이었다. 날 위해 울거나, 날 그리워하거나, 내 죽음으로 힘들어할 사람은 아무도 없다. 세상에 나보다 더 불필요한 존재는 생각해내기 힘들었다. 한마디로 모두에게 이로운 결정이었다. 어서 실행에 옮기기만 하면 된다. 겁쟁이가 되기 전에, 교활하고 믿을 수 없는 내 뇌가 이 비참한 존재를 유지하는 데 찬성해 절박한 반론을 생각해내기 전에.

나는 라이플의 개머리판을 바닥에 놓고 총신을 입에 넣었다. 화약 가루 때문에 총신에서는 쓰고 짠 맛이 났다. 방아쇠까지 손이 닿도록 하기 위해 총신을 어찌나 깊숙이 밀어 넣었는지 목구멍이 아플 지경이었다. 검지가 겨우 방아쇠에 닿았다. 어서 당겨. 자살. 처음이 항상 최악이다.

어깨를 비틀고 방아쇠를 당겼다.

메마른 딸칵 소리.

젠장.

총알이 순록에게 박혀 있다는 걸 깜빡했다.

하지만 총알은 더 있다. 어딘가에.

선반과 찬장을 뒤졌다. 이 집에 탄약통이 든 상자를 놓아둘 만한 곳은 많지 않다. 결국에는 무릎을 꿇고 침대 밑을 봤더니 거기 있었다. 탄약통을 탄창에 밀어 넣었다. 그렇다, 내 뇌에 총알 하나면 충분했지만 만약을 대비해 더 많이 장전해야 안전할 것 같았다. 그리고 당연히 손가락이 떨려서 장전하는 데 시간이 걸렸다. 하지만 결국에는 탄창을 라이플에 철컥 밀어 넣었고, 레아가 알려준 대로 장전했다.

다시 총신을 입에 넣었다. 총신은 침으로 축축했다. 나는 방아쇠를 향해 손을 뻗었다. 그런데 라이플이 더 길어진 것 같았다. 아니면 내 팔이 더 짧아졌거나. 내 마음이 바뀐 걸까?

아니다. 마침내 방아쇠에 손가락이 닿았다. 곧 라이플이 발사되고 내 뇌가 정지할 것이다. 뇌조차도 적절한 반론을 찾아내지 못했다. 뇌 역시 쉬고 싶어 하며, 추락을 원치 않고, 이 어둠이 아닌 진짜 어둠을 원하는 것이다.

나는 숨을 깊이 들이쉬고 방아쇠를 누르기 시작했다. 귀에서 들리던 헛헛 소리에 희미한 음이 잡혔다. 잠깐만, 이건 내 머릿속에서 나는 소리가 아니다. 밖에서 나는 소리다. 종이 울리는 소리. 바람의 방향이 바뀌었나 보다. 교회 종소리가 더할 나위 없이 적절한 배경음이라는 사실을 부인할 수 없었다. 방아쇠를 좀 더 눌렀다. 하지만 발사하려면 1밀리미터쯤 더 눌러야 했다. 무릎을 구부리고 총신을 더 깊이 넣었다. 허벅지가 아팠다.

교회 종.

지금?

내가 경험한 바로는 결혼식과 장례식은 오후 1시에 진행된다. 세례식과 예배는 일요일에. 그리고 내가 아는 한 8월에는 종교 행사도 없다.

총신이 목구멍으로 더 깊이 미끄러졌다. 됐다. 지금이다.

독일군.

예전에 레아가 말해준 적이 있다. 레지스탕스에게 독일군이 오는 걸 알리기 위해 교회 종을 쳤다고.

나는 눈을 감았다. 다시 떴다. 라이플을 입에서 뺐다. 자리에서 일어났다. 라이플을 문 옆에 세워두고 마을 쪽으로 난 창 앞에 섰다. 아무도 보이지 않았다. 쌍안경을 집어 들었다. 아무것도 없었다.

혹시 몰라서 다른 쪽도 확인했다. 숲 쪽도. 아무것도 없었다. 쌍안경으로 숲 뒤의 언덕을 확인했다. 그제야 그들이 보였다.

모두 네 명이었다. 아직 멀리 떨어져 있어서 누구인지 보이지 않았다. 한 명만 제외하고. 그렇다면 나머지 세 명이 누구일지 짐작하는 건 어렵지 않았다.

마티스의 몸이 좌우로 흔들렸다. 내가 준 돈으로는 충분치 않아서 다른 제안도 받아들인 게 분명했다. 아마 내 눈에 띄지 않고 몰래 접근할 수 있도록 뒷길로 안내해줄 테니 돈을 더 달라고 했을 것이다.

하지만 저들은 너무 늦었다. 저들 대신 내가 그 일을 할 것이다. 죽기 전에 고문당하고 싶은 마음은 추호도 없었다. 단지 고통스러워서가 아니라 내가 금방 자백할 것이기 때문이다. 돈은 오두막의 벽 뒤에, 마약은 빈 집 마룻바닥 밑에 숨겨놓았다고. 그 집이 빈 까닭은 사람들이 자살한 사람의 집으로 이사 오는 걸 꺼리기 때문이다. 그런 면에서 본다면 자기 집에서 자살한 토랄프는 재정적으로 판단 착오를 한 셈이다. 상속자들이 집값 하락으로 고민하지 않을 장소를 골랐어야 했다. 예를 들면, 아주 외진 곳에 있는 사냥용 오두막 같은 곳.

나는 벽에 기대어진 라이플을 봤다. 하지만 다시 잡지는 않았다. 시간은 충분했다. 저들은 숲을 통과해야 하니 여기까지 오려면 적어도 10분, 아마 15분쯤 걸릴 것이다. 하지만 그 때문이 아니었다.

교회의 종. 종이 울리고 있었다. 날 위해 울리고 있었다. 그리고 종을 울리는 사람은 그녀였다. 내가 사랑하는 여자가 교회의 관습을 무시하고, 목사와 신도들이 뭐라고 할지도 상관하지 않고 종을 울리고 있었다. 심지어 자기 목숨까지도 상관하지 않았다.

왜냐하면 그녀가 왜 종을 울리는지 마티스는 당연히 알기 때문이다. 그녀의 마음속에는 오직 한 가지 사실밖에 없었다. 앞으로 다시는 만나고 싶지 않은 남자에게 요니가 오두막으로 가고 있다고 경고하는 것.

그리고 그로 인해 상황이 바뀌었다.

꽤 많이.

이제 그들은 숲으로 다가갔고, 난 쌍안경으로 다른 세 사람의 윤곽을 볼 수 있었다. 그중 한 명은 헐렁한 재킷 위로 가느다란 목이 솟아 있어 어딘가 새처럼 보였다. 요니. 다른 두 명의 어깨 위로 무언가가 삐죽 솟아 있었다. 라이플. 아마 자동 라이플일 것이다. 뱃사람의 바닷가 창고 컨테이너에는 자동 라이플이 가득 들어 있었다.

나는 내게 남은 가능성을 계산해봤다. 만약 저들이 오두막에 들어오려고 한다면 한 놈씩 처치할 수 있다. 하지만 저들은 그러지 않을 것이다. 마티스가 이곳 지형을 이용하도록 도와줄 테니 시냇물을 타고 내려와 오두막을 산산조각 낼 수 있을 만큼 가까이 접근할 것이다. 난 주위를 둘러봤다. 내가 몸을 숨길 수 있는 곳은 나무로 만들어진 이 오두막뿐이다. 그러니 오두막 앞에 서서 손을 흔드는 게 나을지도 모르겠다. 다시 말해, 내가 가진 유일한 기회는 저들보다 먼저 총을 쏘는 것이다. 그리고 그러기 위해서는 저들이 가까이 와야 한다. 난 저들의 얼굴을 봐야만 한다.

세 명이 숲으로 사라졌다. 네 번째 남자, 라이플을 든 양복쟁이는 뒤에 남아 뭐라고 소리를 질렀는데 들리지 않았다.

숲으로 들어가면 앞으로 몇 분간 저들은 날 볼 수 없다. 지금이 달아날 수 있는 기회였다. 마을로 내려가서 폭스바겐을 훔쳐야겠다. 그러려면 지금 가야 했다. 빨리 전대를 들고…….

두 개의 점.

그 점들은 어찌나 빨리 움직이는지 헤더를 가로질러 숲을 향해 날아가는 것 같았다.

그제야 남자가 뭐라고 소리쳤는지 깨달았다. 또한 그들이 만반의 대비를 했다는 것도. 개. 두 마리의 개. 정적. 추적할 때 짖지 않는 개라면 분명 훈련을 더럽게 잘 받았을 것이다. 아무리 빨리 뛰어도 잡힐 것이다.

상황이 나빠 보이기 시작했다. 3분 전, 총구를 입에 넣고 있었을 때보다 더 나빠진 않았지만 이제는 완전히 달라졌다. 멀리서 들리는 가냘픈 종소리는 나쁜 놈들이 오고 있다는 사실뿐 아니라 이젠 내게 잃을 것이 있다는 사실도 알려줬다. 마치 두 개의 칼에 동시에 찔린 기분이었다. 하나는 뜨겁고 하나는 차갑고, 하나는 행복 하나는 죽는다는 두려움. 희망은 정말 나쁜 놈이다.

주위를 둘러봤다.

내 시선이 크누트의 칼에 머물렀다.

행복과 죽는다는 두려움. 희망.

네 번째 남자와 개들이 숲으로 사라질 때까지 기다렸다가 벽에서 전대를 꺼내 문을 열고 밖으로 달려 나갔다.

순록 옆에 무릎을 꿇었더니 파리 떼가 일제히 날아올랐다. 이젠 개미떼도 달라붙어 있었다. 부푼 사체의 털은 아직도 살아 있는 동물의 털 같았다. 어깨 너머를 돌아봤다. 나와 숲 사이에는 오두막이 있어서 그들이 오두막에 도달하기 전까지는 날 볼 수 없다. 하지만 시간이 많지 않았다.

눈을 감고 순록의 배에 칼을 밀어 넣었다.

안에서 가스가 새어나오며 긴 신음 소리가 났다.

배를 따라 칼을 아래로 죽 내렸다. 내장이 쏟아지자 숨을 참았다. 예상보다 피가 적었다. 아마도 사체 밑바닥에 고여 있거나 응고됐을 것이다. 아니면 다 먹어버렸거나. 왜냐하면 벌레들로 우글거리는 건 사체의 외부만이 아니었기 때문이다. 안쪽에도 순록의 살을 먹고, 그 위를 기어 다니고, 거기에 알을 까는 누르스름한 구더기들이 꿈틀거렸다. 젠장.

나는 심호흡을 했다. 눈을 감고 목구멍까지 올라오는 욕지기를 삼킨 다음, 실크 스카프를 코와 입 위로 끌어올렸다. 사체 안으로 두 손을 넣어 큼직하고 끈적거리는 자루처럼 생긴 내장을 끌어냈다. 아마도 위장일 것이다. 칼로 여기저기를 잘라 위장을 꺼내 버렸더니 헤더 위로 데굴데굴 굴러갔다.

사체 안의 어둠을 바라봤다. 그 속으로 들어가고 싶지 않았다. 몇 분, 어쩌면 몇 초 후에 그들이 당도할 것이다. 그런데도 악취가 진동하는 이 걸쭉한 사체 속에 들어갈 엄두가 나지 않았다. 내 몸이 거부했다.

개 짖는 소리가 들렸다. 젠장.

레아를 생각했다. 얼굴에 미소가 천천히 퍼져갈 때의 눈과 입술, 그녀는 깊고 따뜻한 목소리로 이렇게 말할 것이다. "잘했어요, 울프."

나는 침을 삼킨 다음, 벌어진 복부를 벌리고 사체 안으로 들어갔다.

덩치가 큰 순록이었고, 내장을 꽤 많이 제거했는데도 공간이 충분하지 않았다. 몸을 완전히 감춰야 했다. 사체로 날 감싸야 했다. 내 몸은 온갖 점액들로 끈적거렸고, 이 안은 덥기까지 했다. 사체가 부패하는 과정에서 발생하는 가스 그리고 이 안을 돌아다니는 작은 곤충 떼의 열기가 쌓인 탓이었다. 개미집 안이 언제나 뜨겁듯이. 더는 욕지기를 참을 수 없어 몇 번인가 연거푸 토했다.

토하고 나니 기분이 좀 나아졌다. 하지만 아직도 밖에서 내 몸이 보였다. 이 벌어진 입구를 어떻게 봉하지? 입구의 위아래 가죽을 잡아 붙여보려고 했지만 너무 미끈거려서 잡을 수가 없었다.

하지만 더 큰 문제가 있었다. 헤더 너머에서 거대한 검은 개 두 마리가 날 향해 달려오고 있었다.

놈들은 순록에게 달려들더니 그중 한 마리가 사체 안으로 머리를 집어넣고 날 물려고 했다. 내가 칼을 휘두르자 녀석의 머리가 사라졌다. 대신 마구 짖어대기 시작했다. 사람들이 오기 전에 어떻게든 입구를 봉해야 한다. 짖는 소리는 점점 커졌고, 사람들 목소리도 들렸다.

"오두막은 비었어!"

"저기 동물이 있다!"

나는 입구 아래쪽 가죽에 칼을 찔러 넣고, 위쪽 가죽을 잡아 또 미끄러지기 전에 간신히 칼에 끼워 넣었다.

칼을 두어 번 비틀었더니 입구가 봉해졌다. 이제는 기다리면서 저 개들이 말하는 법을 배우지 않았기를 바라는 수밖에 없었다.

다가오는 발소리가 들렸다.

"어서 개들 쫓아내요, 스튀르케르. 개들을 잘 다룰 줄 알았더니만."

등골이 오싹해졌다. 그렇다, 저건 날 죽이러 왔던 남자의 목소리다. 요니가 돌아왔다.

"죽은 순록 때문이야. 뇌는 작은데 본능이 많을 때는 명령에 따르기가 쉽지 않다고."

"개 얘깁니까, 아니면 당신 얘깁니까?"

"으악, 냄새." 세 번째 목소리가 신음했다. 이 목소리는 바로 알 수 있었다. 밀실의 브륀힐센, 늘 속임수를 쓰던 놈. "이 뿔에 달린 건 뭐야? 그리고 왜 내장이 다 나와 있지? 아무래도 확인을……?"

"늑대 짓입니다." 마티스가 말했다. "실례되는 말입니다만, 공기를 너무 많이 들이마시지는 마세요. 독성이 있으니까요."

"정말이야?" 요니의 나직한 목소리.

"보툴리누스균이죠. 포자가 허공을 날아다니거든요. 포자 하나만으로도 사람을 죽이기에 충분합니다."

젠장! 기껏 숨었더니 내가 여기서 이렇게 죽는단 말인가? 그 망할 놈의 박테리아 때문에?

"처음에는 눈에 불쾌한 피로감이 느껴지죠." 마티스가 말을 이었다. "그다음에는 표현 능력이 사라집니다. 그래서 순록의 사체를 바로 태우는 겁니다. 계속 서로를 보면서 제대로 된 대화를 할 수 있도록 말이죠."

정적이 흘렀고, 난 아마도 요니가 마티스를 바라보며 속을 알 수 없는 그의 미소를 해석하려는 중일 거라고 생각했다.

"오두막을 샅샅이 뒤져주세요. 저 염병할 개도 데려가고요." 요니가 말했다.

"저긴 없다니까. 숨어 있을 데가 없어." 브륀힐센이 우겼다.

"나도 알아요. 하지만 돈과 약이 나오면 놈이 아직 이 근방에 있다는 뜻입니다."

개들이 끌려가며 미친 듯이 짖어대는 소리가 들렸다.

"실례되는 질문입니다만, 만약 아무것도 안 나오면 어떻게 됩니까?"

"그럼 당신 말이 맞겠지." 요니가 말했다.

"그럴 줄 알았어요. 배를 띄우던 남자가 맞다니까요." 마티스가 말했다. "해안가에서 50미터밖에 떨어지지 않은 곳이었고, 아주 못생긴 남부인이었어요. 여기엔 그렇게 생긴 사람이 없거든요. 좋은 배에 바람까지 계속 불었다면 아마 지금쯤 꽤 멀리 갔을 겁니다."

"근데 당신은 왜 한밤중에 해변에 누워 있었던 거야?"

"여름에는 거기서 자는 게 제일 좋으니까요."

정강이 아래쪽에서 무언가가 꿈틀거렸다. 구더기나 개미라기에는 너무 컸다. 나는 코가 아닌 입으로 숨을 쉬었다. 뱀일까? 아니면 쥐? 제발 쥐이기를. 털이 복슬복슬하고 작고 귀여운 쥐. 배고픈 쥐라도 좋으니 제발 뱀만은…….

"정말?" 요니의 목소리는 한층 더 나직해졌다. "그리고 마을에서 숲까지 오는 가장 빠른 길이 언덕 전체를 다 도는 거고? 한 시간도 넘게 걸렸어. 지난번에 왔을 때는 30분도 안 걸렸다고.”

“그거야 그렇죠. 하지만 만약 남부인이 집에 있었다면 그의 총에 맞았을 겁니다.”

동물인지 뭔지 모를 그것이 발 위를 돌아다녔다. 나는 발을 털고 싶은 충동을 느꼈지만 조금이라도 움직이거나 소리를 내면 들킨다는 걸 알고 있었다.

“글쎄.” 요니가 비웃었다. “과연 그랬을까?”

“아, 당신이 어깨가 좁긴 하지만 머리가 커서 충분히 표적이 됐을 겁니다, 남부인.”

“욘 한센이 총을 쏠 수 없다는 게 아냐. 그럴 배짱이 없다는 거지.”

“그래요? 진작 말했으면 더 빠른 길을-.”

“말했잖아, 이 사미족아!”

“북부 사투리로 하셨어야죠.”

내 발에서 돌아다니던 놈은 무릎까지 올라왔고 이제 허벅지로 향했다. 불현듯 녀석이 바지 안으로 들어왔다는 걸 깨달았다.

“쉬!”

내가 비명을 질렀나? 아니면 움직였나?

“이건 무슨 소리지?”

완벽한 정적이 흘렀다. 나는 숨을 죽였다. 하느님…….

“교회 종소립니다. 오늘이 윌리엄 스바르트스타인의 장례식이

거든요."

만약 이게 나그네쥐라면? 녀석들은 아주 신경질적이라고 들었다. 녀석은 이제 나의 가장 중요한 부위로 다가가고 있었다. 나는 움직임을 최소화해서 바짓가랑이를 붙들고 힘껏 잡아당겼다. 바지가 허벅지에 딱 달라붙으며 놈의 앞길을 막았다.

"악취는 실컷 맡았으니 시냇물 근처나 확인합시다. 개들이 순록 냄새 때문에 혼란을 겪었다면 아마 놈은 거기 숨어 있을 테니까." 요니가 말했다.

그들이 헤더 사이로 걸어가는 소리가 들렸다. 바지 안에 있던 놈은 한동안 터널의 막힌 부분을 계속 밀치더니 포기하고 왔던 길로 되돌아갔다. 곧이어 오두막에서 목소리가 들렸다. "여긴 아무것도 없어. 라이플과 양복뿐이야!"

"알았어요. 비 오기 전에 철수합시다."

그 후로 한 시간쯤 누워 있었던 것 같은데 아마 실제로는 10분이었을 것이다. 난 순록 가죽에 꽂아둔 칼을 빼고 밖을 내다봤다.

아무도 없었다.

헤더 사이를 기어 시냇가로 갔다. 얼음처럼 차가운 물속에 들어가 몸을 푹 담갔다. 죽음과 충격, 부패를 냇물로 깨끗이 씻어냈다.

이윽고 천천히, 천천히 나는 되살아났다.

16

하느님······.

소리 내어 말하진 않았지만 순록의 사체 안에서 난 분명 그렇게 생각했다. 길모퉁이에서 전도하는 사람처럼 큰 소리로. 그러자 괴물들이 사라졌다. 어릴 때 침대 밑 혹은 작은 상자 혹은 옷장 속에 숨어 있던 괴물들이 그랬듯이.

정말 그렇게 간단할까? 그저 기도만 하면 되는 걸까?

나는 오두막 앞에 앉아 담배를 피우며 하늘을 올려다봤다. 진한 납빛 구름이 하늘 전체를 뒤덮었고, 그로 인해 주위가 어두워졌다. 날씨가 고열에 시달리는 듯했다. 숨 막힐 것처럼 후텁지근하고 무더웠다가 어느새 광풍이 몰아치며 갑자기 추워졌다.

신. 구원. 천국. 영생. 유혹적인 개념이었다. 상처받고 지친 마음에 안성맞춤인 개념. 너무도 유혹적인 나머지 할아버지는 마침내 포기했고, 이성을 버리고 모든 걸 희망에 걸었다. "공짜는 거절하지 않는 법이란다." 할아버지는 윙크를 하며 그렇게 말했다. 가짜 티켓과 가짜 신분증으로 디스코 클럽에 몰래 들어가는 열여섯 살짜리처럼.

나는 가져갈 물건을 몇 개 챙겼다. 옷가지, 신발, 양복, 라이플과 쌍안경. 먹구름은 아직 비를 뿌리지 않았지만 오래 버티지 못할 것이다.

요니는 돌아올 것이다. 그는 분명 마티스를 믿지 않았다. 당연했다. 언덕 전체를 빙빙 돌아가는 길. 늑대. 보툴리누스균. 내가 배를 타고 떠나는 걸 봤다는 말. 윌리엄 스바르트스타인의 장례식.

대학에서 낭비한 2년에 대해 기억나는 게 별로 없긴 하지만 윌리엄 블랙스톤*은 기억한다. 마티스처럼 법과 신을 향한 믿음의 교차로에 섰던 18세기 영국 법학자. 내가 그를 기억하는 까닭은 할아버지가 그를 아이작 뉴턴, 갈릴레오 갈릴레이, 쇠렌 키에르케고르와 함께 지극히 날카로운 지성의 소유자들도 죽음으로부터 도망칠 수 있는 기회만 주어진다 싶으면 기독교의 허무맹랑한 이야기도 믿을 준비가 되어 있다는 예시로 들었기 때문이다.

마티스는 날 배신하지 않았다. 반대로 날 구해주었다. 그렇다

* black과 stone을 각각 노르웨이어로 바꾸면 스바르트(svart)와 스타인(stein)이다.

면 요니에게 연락해 내가 코순에 있다고 알려준 사람은 누굴까?

또다시 광풍이 불었다. 마치 닐씨가 어서 떠나라고 말하는 듯했다. 서쪽에서 천둥소리가 들렸다. 그래, 그래, 간다. 지금은 밤이었다. 만약 요니와 그 일당들이 아직 코순에 있다면 어딘가에서 자고 있을 것이다.

난 오두막 벽에 담배를 비벼 끄고는 가죽 가방을 집어 들고 어깨에 라이플을 멨다. 길을 따라 내려가면서 뒤돌아보지 않았다. 오로지 앞만 보았다. 앞으로도 그럴 것이다. 뒤에 뭐가 있든 그대로 남겨둘 것이다.

마을의 자갈길에 접어들자, 하늘이 기대감에 부풀어 쿠르릉거리고 따다닥 소리를 냈다. 주위가 어찌나 어두운지 집들의 실루엣과 불이 켜진 몇몇 창문만 보였다.

믿거나 기대하거나 바라는 건 아무것도 없었다. 그저 그녀를 찾아가 라이플과 쌍안경을 돌려주고, 빌려줘서 고마웠다고 할 것이다. 목숨을 구해준 일도. 그리고 혹시 나와 여생을 함께 보내고 싶은 마음이 있는지 물을 것이다. 그런 다음에 떠날 것이다. 그녀와 함께든, 혼자든.

나는 교회를 지났다. 아니타의 집을 지났다. 집회소를 지났다. 그러자 레아의 집 앞에 서게 되었다.

갑자기 하늘에서 뒤틀린 마녀의 손가락이 반짝하면서 날 가리켰다. 귀신처럼 푸르스름한 불빛이 순간적으로 레아의 집과 차고, 망가진 볼보를 비췄다. 폭풍우가 몰아치기 전의 서곡인 천둥소리가 따다닥 울렸다.

그들은 부엌에 있었다.

창문 너머로 불이 켜져 있었고 그들이 보였다. 그녀는 조리대에 기대 있었는데 등을 뒤로 활짝 젖힌 채 부자연스럽고 뻣뻣한 자세를 취하고 있었다. 오베는 머리를 앞으로 들이밀고 한 손에 칼을 쥐고 있었다. 내게 휘둘렀던 것보다 큰 칼이었다. 그는 칼을 그녀의 얼굴 앞에서 휘둘렀다. 그녀를 협박했다. 그녀는 몸을 한 층 더 뒤로 젖혀 칼로부터, 시동생으로부터 멀어졌다. 그는 칼을 들지 않은 손으로 그녀의 목을 잡았고, 그녀는 소리를 질렀다.

나는 라이플을 어깨에 올렸다. 가늠쇠에 그의 머리가 들어왔다. 그는 옆으로 서 있었기에 관자놀이를 맞힐 수 있었다. 하지만 유리를 통과할 때 빛이 굴절되네 어쩌네 했던 얘기가 머릿속에서 소용돌이쳤다. 그래서 목표물을 살짝 낮췄다. 가슴으로. 나는 양눈썹을 치켜올리고 숨을 깊이 한 번(두 번 할 시간도 없었다) 들이쉰 다음, 팔꿈치를 다시 낮추고 숨을 내쉬며 천천히 방아쇠를 잡아당겼다. 이상하게 마음이 차분했다. 그러자 또 다른 빛의 손가락이 하늘을 갈랐고, 그의 머리가 저절로 내가 있는 창문 쪽으로 돌아갔다.

주위가 다시 어두워졌지만 그는 여전히 창문을 응시하고 있었다. 나를 응시하고 있었다. 날 본 것이다. 지난번보다 더 피폐해진 모습이었다. 며칠 동안 계속 술을 마신 게 틀림없다. 수면 부족 혹은 레아에 대한 사랑으로 미쳐서, 죽은 형에 대한 슬픔으로 미쳐서, 원치 않는 삶에 갇힌 것에 미쳐서 정신이 이상해진 것이다. 그렇다, 아마 그 때문일 것이다. 어쩌면 그는 나와 똑같을지도 모른다.

당신은 반사된 상을 쏘게 될 거야.

그러니까 이게 내 운명이다. 저 남자를 쏴서 경찰에 체포되고 유죄를 선고받아 수감되면 곧 뱃사람의 수하들이 나타나 내 인생에 확실한 종지부를 찍는 것. 좋다. 받아들일 수 있다. 전혀 문제되지 않는다. 문제는 내가 그의 얼굴을 봤다는 것이다.

검지에서 힘이 빠지자, 방아쇠의 스프링 힘이 우세해져 무력한 검지를 뒤로 밀어냈다. 난 쏘지 못할 것이다. 이번에도 쏘지 못할 것이다.

다시 하늘에서 귀가 찢어질 듯한 천둥이 쳤다. 쏘라고 호통치듯이.

크누트.

후타바야마도 연승 행진이 시작되기 전까지는 계속 졌어.

253

나는 다시 심호흡을 했다. 사선射線은 이미 확보되었다. 나는 오베의 흉측한 얼굴을 정통으로 겨누고 총을 쐈다.

마을의 지붕들 위로 총성이 울렸다. 나는 라이플을 내렸다. 산산조각 난 유리창 너머를 바라봤다. 레아는 양손으로 입을 막은 채 바닥을 내려다보고 있었다. 그녀 옆, 머리 위쪽의 하얀 벽에는 마치 누군가가 그로테스크한 장미를 그려 놓은 듯했다.

총성의 마지막 메아리가 잦아들었다. 코순 전체가 이 소리를 들었으리라. 곧 사람들이 밖으로 나올 것이다.

나는 계단을 올라갔다. 현관문을 두드렸다. 왜 그랬는지 모르겠다. 집 안으로 들어갔다. 그녀는 여전히 부엌에 서서 아까와 똑같은 자세로 바닥의 피 웅덩이 속에 누워 있는 시신을 내려다보고 있었다. 내가 여기 있다는 걸 알기나 하는지 의심스러웠다.

"괜찮아요, 레아……?"

그녀가 고개를 끄덕였다.

"크누트는……?"

"아버지에게 보냈어요." 그녀가 속삭였다. "내가 왜 교회 종을 쳤는지 알게 되면 그들이 다시 올 거 같아서……."

"고마워요. 당신이 날 살렸어요."

나는 고개를 기울여 죽은 남자를 내려다봤다. 그는 일그러진 눈으로 날 바라봤다. 지난번보다 햇볕에 더 그을었고, 얼굴의 다른 부분은 전혀 손상되지 않았다. 이마에 드리운 금색 앞머리 바로 아래, 아무 죄도 없어 보이는 구멍만 뚫려 있을 뿐이었다.

"그가 돌아왔어요. 돌아올 줄 알았어요." 그녀가 속삭였다.

그제야 알아차렸다. 그의 왼쪽 귀가 멀쩡하다는 것을. 흉터 자국조차 없었다. 자국이 있어야 했다. 불과 이틀 전 일이기 때문이다. 난 서서히 깨달았다. 그가 돌아왔다는 레아의 말, 그 말은⋯⋯.

"어떤 바다나 땅도 이 악마를 붙잡아둘 수 없다는 걸 알고 있었어요. 아무리 깊이 묻는다 해도요."

이 남자는 휴고였다. 쌍둥이 형. 나는 오베의 반사된 상을 쏜 것이다.

나는 눈을 꼭 감았다. 다시 떴다. 하지만 아무것도 달라지지 않았다. 꿈이 아니다. 난 레아의 남편을 죽였다.

목소리가 나오지 않아 헛기침을 해야 했다.

"난 오베인 줄 알았습니다. 그가 당신을 죽이려는 것 같더군요."

마침내 그녀가 날 바라봤다.

"오베보다 휴고를 죽이는 게 나아요. 오베는 감히 날 건드리지 못해요."

나는 시체를 향해 고갯짓을 했다. "하지만 이 남자는 다른가요?"

"조금만 늦었으면 날 칼로 찔렀을 거예요."

"이유가 뭐죠?"

"내가 말했거든요."

"뭘요?"

"여길 떠나고 싶다고. 크누트도 데려가겠다고. 다시는 그를 보고 싶지 않다고요."

"이 남자도 다시 보고 싶지 않아요?"

"휴고에게 말했어요. 내가…… 내가 다른 사람을 사랑한다고."

"다른 사람?"

"당신이요, 울프." 그녀가 고개를 저었다. "어쩔 수 없어요. 난 당신을 사랑해요."

그 말이 찬송가처럼 집 안에 울렸다. 그녀의 눈에서 나오는 푸른 광채가 어찌나 강렬한지 난 눈을 돌릴 수밖에 없었다. 점점 퍼져가는 피에 그녀의 한쪽 발이 잠겼다.

나는 그녀에게 한 발짝 다가갔다. 두 발짝 다가갔다. 양쪽 발 모두 피에 잠겼다. 부드럽게 그녀의 어깨를 잡았다. 그녀를 내게 끌어당기기 전에 그래도 되는지 확인하고 싶었다. 하지만 그 답을 알아내기도 전에 그녀가 내 품으로 쓰러지며 내 턱 아래 얼굴을 묻었다. 그러더니 한 번, 두 번 흐느꼈다. 그녀의 뜨거운 눈물이 셔츠 칼라 아래로 흘러내렸다.

"이리 와요." 내가 말했다.

난 그녀를 거실로 이끌었고, 번개의 섬광이 거실을 밝히며 소파로 가는 길을 보여주었다. 우리는 소파에 앉았다. 나란히.

"갑자기 부엌 문간에 그이가 나타나서 깜짝 놀랐어요." 그녀가 말했다. "배에서 엔진을 켜놓은 채 술을 마시다가 잠들었다더군요. 깨어보니 망망대해였고, 기름은 바닥이 났더래요. 노가 있었지만 바람이 계속 배를 바다 쪽으로 밀었나 봐요. 처음 며칠은 차라리 잘된 일이라고 생각했대요. 다들 그를 비난했고, 크누트가 다친 뒤로 그는 짐승만도 못한 인간이 돼버렸으니까요. 그런데 비가 왔고, 그래서 다시 살아난 거예요. 바람의 방향도 바뀌었고요. 그러자 자기가 잘못한 건 하나도 없다는 생각이 들었대요." 그녀가 쓴웃음을 지었다. "휴고가 부엌 문간에 서서 그러더군요. 모든 걸 바로잡겠다고. 나와 크누트를 바로잡겠다고요. 그래서 내가 크누트를 데리고 떠날 거라고 했더니, 그가 다른 남자가 있는 거냐고 묻더군요. 그래서 우리 둘만 떠날 거지만 그렇다고, 다른 남자를 사랑한다고 했어요. 그가 그 사실을 알아야 한다고 생각했어요. 내가 다른 남자를 사랑할 수 있다는 걸요. 그래야 내가 다시는 돌아오지 않으리라는 걸 깨달을 테니까요."

그녀가 말하는 동안 집 안의 온도가 내려갔고, 그녀는 몸을 내게 밀착시켰다. 지금까지 총성을 듣고 달려온 사람은 아무도 없었다. 또다시 콰쾅 하는 번개 소리가 들리자, 난 그 이유를 깨달았다. 그리고 앞으로도 아무도 오지 않으리라는 걸.

"휴고가 돌아왔다는 걸 아는 사람이 있나요?" 내가 물었다.

"없을걸요. 오늘 오후에야 이 근처에 도착해 집으로 노를 저었대요. 배는 잔교에 묶어두고 곧장 이리로 왔다고 했어요."

"그게 언제였습니까?"

"30분 전요."

30분 전. 천둥 때문에 다들 집 안에 있고 사방이 어두웠던 때. 아무도 휴고를 보지 못했고, 아무도 그가 살아 있었다는 걸 모른다. 또 이제는 죽었다는 것도. 밤에 쏘다니기 좋아하는 누군가라면 봤을 수도 있지만. 그 외의 사람들에게 휴고 엘리아센은 그저 바다에서 죽은 뱃사람에 불과했다. 더는 찾으려 하지 않는 사람. 그게 나라면 좋을 텐데. 그들이 더는 찾으려 하지 않는 사람이 나라면 좋을 텐데. 하지만 요니가 말했듯이 '뱃사람은 빚쟁이의 시신을 보기 전까지는 절대 포기하지' 않는다.

번개의 섬광이 다시 방을 환하게 밝혔다. 그러고는 다시 어두워졌다. 하지만 난 봤다. 해결책을 똑똑히 봤다. 앞서 말했듯이 뇌는 신기하면서도 놀라운 기관이다.

"레아." 내가 말했다.

"네?" 그녀가 내 목에 대고 속삭였다.

"내게 계획이 있어요."

17

초토화 작전.

그게 내 계획에 붙인 이름이다. 나는 독일군처럼 퇴각할 것이다. 그리고 사라질 것이다. 흔적도 없이.

우리는 먼저 비닐봉지로 시신을 싸서 밧줄로 꽁꽁 묶었다. 그 다음에는 바닥과 벽을 깨끗이 닦았다. 부엌 벽에서 총알도 파냈다. 레아는 손수레의 녹슨 바퀴를 만지작거리더니 손수레를 밀어 내가 시신과 함께 기다리고 있는 차고로 왔다. 나는 손수레에 시신을 실었다. 시신 아래 라이플을 밀어 넣었다. 손수레 앞쪽에 밧줄을 묶어 레아가 앞에서 끌 수 있게 했다. 작업실로 가서 작은 펜치를 가져온 다음, 우리는 길을 나섰다.

밖에는 아무도 없었고 다행히도 여전히 어두웠다. 사람들이 잠에서 깨려면 서너 시간은 더 있어야 했지만 그래도 만약의 경우를 대비해 손수레에 방수포를 덮어두었다. 일은 예상보다 수월하게 진행되었다. 팔이 아프면 레아와 교대해서 내가 앞에서 끌고, 레아가 뒤에서 밀었다.

크누트는 그들이 오슬로 번호판을 단 차에서 내리는 걸 봤다고 한다.

"크누트가 달려오더니 세 남자와 개 두 마리가 차에서 내렸다고 했어요." 레아가 말했다. "그러면서 당신에게 달려가 경고를 해주겠다고 하더군요. 하지만 난 개 때문에 너무 위험하다고 했죠. 개가 크누트의 냄새를 맡고 크누트를 쫓아갈 수도 있으니까요. 그래서 마티스에게 달려가 도와달라고 했어요."

"마티스에게요?"

"당신에게서 마티스가 이런저런 서비스의 대가로 돈을 요구한다고 들었을 때 짐작이 갔죠. 오슬로에 전화해 당신을 넘기지 않는 대가로 돈을 요구했다는 걸."

"하지만 그들에게 연락한 사람이 마티스일 수도 있다는 생각은 안 들었어요?"

"왜냐하면 연락한 사람은 아니타이니까요."

"아니타?"

"아니타는 내게 조의를 표하려고 온 게 아니에요. 왜 내가 당신과 같은 차에 타고 있었는지 설명을 듣고 싶어서 온 거죠. 그리고

내 설명으로는 만족하지 못한다는 걸 알겠더군요. 내가 남쪽에서
온 이방인과 쇼핑이나 하려고 알타에 갈 사람이 아니라는 걸 안
거예요. 남자에게 버림받은 여자는 무슨 짓이든 할 수 있죠……."

아니타. 아니타에게 약속하면 반드시 지켜야 해.

그녀는 내 영혼을 저당 잡았고, 요니의 전화번호도 있었고, 요
니가 찾는 게 나라는 걸 짐작할 수 있을 정도의 눈치도 있었다.
그녀의 주술이 뭔지는 몰라도 난 거기에 걸린 것이다.

"하지만 마티스를 믿었나요?" 내가 말했다.

"네."

"그자는 거짓말쟁이에 공갈범인데요?"

"또한 정확히 자기가 받은 돈만큼만 주는 냉소적인 사업가이기
도 하죠. 그래서 약속은 반드시 지켜요. 게다가 내가 그의 부탁을
몇 번 들어준 적도 있고요. 난 마티스에게 그들을 다른 곳으로 데
려가달라고, 아니면 적어도 시간을 끌어달라고 부탁했어요. 내가
교회에 가서 종을 칠 동안에요."

나는 마티스가 날 어떻게 도와줬는지 설명했다. 내가 배를 타
고 코순을 떠나는 걸 똑똑히 봤다고 거짓말을 하는가 하면, 오두
막까지 멀리 돌아서 왔다고. 그렇게 돌아서 오지 않았다면 바람
의 방향이 바뀌어 내가 종소리를 듣기 전에 그들이 먼저 도착했
을 것이다.

"이상한 사람이에요." 내가 말했다.

"이상한 사람이죠." 그녀가 웃었다.

오두막까지 가는 데 한 시간이 걸렸다. 날씨는 갑자기 급격하게 추워졌지만 구름은 여전히 낮게 드리워져 있었다. 난 비가 오지 않게 해달라고 기도했다. 아직은 안 된다. 이러다 기도하는 게 습관이 되는 게 아닐까?

오두막에 가까이 다가가자, 몇몇 형체들이 소리도 없이 자취를 감추더니 쏜살같이 산마루로 올라가는 듯했다. 순록의 내장은 찢어발겨져 있었고, 사체는 완전히 벌어져 있었다.

놈들은 돈과 전대를 찾아 오두막을 샅샅이 뒤지고 갔다. 매트리스는 찢어서 헤쳐놓고, 벽에 붙은 찬장은 떼어버렸고, 난로는 열어서 재를 파헤쳤다. 마지막으로 남아 있던 술병은 테이블 밑에 쓰러져 있고, 마룻바닥과 벽의 널빤지는 모두 뜯어냈다. 그걸 보니 토랄프의 집에 숨겨둔 마약도 안전하지 못하겠다는 생각이 들었다. 그들이 작정하고 거길 뒤진다면 말이다. 하지만 상관없다. 그걸 다시 가지러 갈 생각은 추호도 없다. 사실 앞으로는 마약과 관련된 일은 절대 하지 않을 생각이다. 여러 가지 이유로. 사실 이유가 많은 건 아니지만 내가 가진 이유만으로 충분하다.

레아가 밖에서 기다리는 동안, 나는 시신을 싼 비닐을 잘랐다. 침대에 루핑 펠트를 몇 겹 깔고 그 위로 시신을 옮겼다. 그의 손에서 결혼반지를 뺐다. 항해 중에 체중이 줄었는지, 아니면 원래부터 반지가 살짝 헐거웠는지는 모르겠다. 내 목에서 인식표가 달린 목걸이를 빼서 그의 목에 걸었다. 혀끝으로 어느 쪽 앞니가 부러졌는지 확인한 다음, 펜치를 그의 입에 넣어 똑같은 위치의 앞니를 뽑았다. 그의 배 위에 라이플을 올려놓고 찌그러진 총알은 머리 아래 두었다. 손목시계를 봤다. 시간이 얼마 남지 않았다.

다시 루핑 펠트로 시신을 덮은 다음, 술병 뚜껑을 열어 침대와 루핑 펠트, 오두막 전체에 뿌렸다. 그러고도 술이 조금 남았다. 난 잠시 망설이다가 병을 거꾸로 해 마티스의 불경스러운 액체로 바싹 마른 마룻바닥을 적셨다.

성냥갑에서 성냥을 꺼냈다. 성냥갑 옆으로 유황이 긁히는 소리와 함께 불꽃이 확 타오르자, 몸이 부르르 떨렸다.

지금이다.

나는 루핑 펠트 위로 성냥을 던졌다.

인간의 몸은 잘 타지 않는다는 글을 읽은 적이 있다. 아마 60퍼센트가 수분으로 이뤄져 있기 때문일 것이다. 하지만 타르가 칠해진 루핑 펠트가 순식간에 타오르는 걸 보니 불 꺼진 뒤에 살점이 별로 남아 있을 것 같지 않았다.

나는 밖으로 나갔고, 불씨가 잘 타올라 확 번지도록 문을 열어 두었다.

하지만 그건 걱정할 필요가 없었다.

불꽃은 마치 우리에게 말을 거는 듯했다. 처음에는 절제된 목소리로 중얼거리듯이, 그러다가 점차 언성이 높아지고 말투가 격렬해지더니 마침내 하나의 일관된 함성이 되었다. 크누트도 이 불꽃을 보고 좋아했을 것이다.

마치 내 마음을 읽기라도 한 듯 그녀가 말했다. "크누트는 늘 아빠가 지옥 불에 떨어질 거라고 했죠."

"우리는요? 우리도 지옥 불에 떨어질까요?"

"모르겠어요." 그녀는 그렇게 말하며 내 손을 잡았다. "나도 알아내려는 중인데 웃기는 게 뭔지 알아요? 아무 느낌도 없다는 거예요. 휴고 엘리아센. 난 이 남자와 10년 넘게 한 지붕 아래 살았는데 안됐다는 마음조차 없어요. 그가 전혀 불쌍하지 않아요. 더는 그에게 화가 나지 않지만, 그렇다고 기쁘지도 않아요. 두렵지도 않고요. 두려움이 사라진 건 아주 오랜만이에요. 크누트가 잘못될까, 내가 잘못될까 늘 두려웠거든요. 심지어 당신도 두려웠어요. 근데 가장 이상한 게 뭔지 알아요?"

그녀는 침을 삼키고 오두막을 바라봤다. 이제 오두막은 하나의 불꽃이 되어 훨훨 타오르고 있었다. 불꽃의 붉은 불빛 속에서 그녀는 놀랄 만큼 아름다웠다.

"후회하지 않는다는 거예요. 지금도 그렇고, 나중에도 그럴 거예요. 지금 우리가 한 짓이 큰 죄라면 난 기꺼이 지옥 불에 떨어지겠어요. 우리가 한 짓을 용서해달라고 하지 않을 거니까요. 요 며칠간 내가 후회한 일이라고는-." 그녀가 날 돌아봤다. "당신을 떠나보낸 것뿐이에요."

밤의 기온은 갑자기 급격하게 떨어진 상태였다. 그러니 내 볼과 이마가 뜨거운 건 분명 불타는 오두막의 열기 때문일 것이다.

"포기하지 않아줘서 고마워요, 울프." 그녀가 달아오른 내 뺨을 쓰다듬었다.

"흠. 욘이 아니고요?"

그녀는 내게 몸을 내밀었다. 그녀의 입술이 내 입술과 닿기 직전이었다. "우리 계획을 고려할 때 앞으로도 계속 울프라고 부르는 게 좋을 것 같아요."

"이름과 계획 얘기가 나왔으니 말인데, 나와 결혼해줄래요?"

그녀가 날 노려보았다. "지금 이 상황에서 내게 청혼하는 거예요? 내 남편이 바로 앞에서 불타고 있는데?"

"그게 실용적인 해결책이에요."

"실용적!" 그녀가 코웃음을 쳤다.

"실용적이죠." 나는 가슴 앞에서 팔짱을 꼈다. 하늘을 올려다봤다. 그런 다음, 손목시계를 봤다. "게다가 지금까지 내가 사랑했던 어떤 여자보다 당신을 더 사랑하고, 레스타디우스교도인 여자는 결혼하기 전에 키스하면 안 된다고 들었으니까요."

오두막의 지붕과 벽이 무너지면서 수많은 불똥이 하늘로 날아올랐다. 그녀는 몸을 더 앞으로 내밀었다. 우리의 입술이 만났다. 그리고 이번에는 어떤 의심도 없었다.

그녀가 내게 키스하고 있었다.

우리는 서둘러 마을로 내려갔다. 우리 뒤의 오두막은 벌써 연기가 피어오르는 폐허가 되었다. 내가 교회에 숨어 있는 동안, 그녀가 짐을 꾸리고 크누트가 있는 할아버지 집으로 가서 폭스바겐으로 날 데리러 오기로 했다.

"많이 챙길 거 없어요." 내가 전대를 툭툭 치며 말했다. "필요한 건 사면 되니까."

그녀는 고개를 끄덕였다. "밖으로 나오지 말아요. 내가 교회로 들어갈게요."

우리는 자갈길에서 헤어졌다. 내가 코순에 처음 도착해 마티스를 만났던 바로 그곳이었다. 그게 까마득한 옛날 일 같았다. 그때처럼 육중한 교회 문을 밀고 들어가 제단으로 갔다. 그 앞에 서서 십자가를 올려다봤다.

공짜는 거절하지 않는 법이라던 할아버지의 말은 진심이었을까? 그것만이 할아버지가 미신에 항복한 이유일까? 아니면 내 기도가 정말로 이뤄졌고, 십자가에 매달린 저 남자가 날 구원할 걸까? 내가 저 남자에게 빚을 진 걸까?

나는 심호흡을 했다.

저 남자? 저자는 그저 망할 놈의 나무에 조각된 남자일 뿐이다. 저 아래 해변에서 이교도들이 기도하는 바위에 대고 해도 이뤄졌을 것이다.

하지만 그래도.

젠장.

나는 신도석 첫 줄에 앉았다. 생각했다. 삶과 죽음에 대해 생각했다고 해도 그렇게 가식적인 말은 아닐 것이다.

20분쯤 지나자 문이 쾅 닫혔다. 나는 뒤를 돌아봤다. 너무 어두워서 누군지 보이지 않았다. 하지만 레아가 아닌 건 확실했다. 발걸음이 너무 무거웠다.

요니? 오베?

나는 가슴이 두근거렸고, 대체 왜 권총을 바다에 버렸는지 기억해내려 했다.

"그래," 길게 늘여 빼는 모음. 귀에 익은 저음의 목소리. "하나님과 대화 중이었소? 지금 옳은 일을 하는 건지 물어보는 중이었겠지?"

이유는 모르겠지만, 침대에서 막 일어난 그의 모습은 레아와 더 닮아 보였다. 얼마 남지 않은 머리카락은 평상시와 달리 헝클어져 있었고, 셔츠의 버튼은 하나씩 밀려서 채워져 있었다. 그런 모습은 확실히 덜 위협적이었으나 그것 말고도 그의 말투와 표정에서 그가 아주 평온하다는 느낌이 들었다.

"아직 하느님을 믿는 건 아닙니다. 하지만 제게 의심이 있다는 사실을 더는 부정하지 않겠습니다." 내가 말했다.

"의심은 누구나 있소. 믿는 자들은 더더욱."

"정말입니까? 당신도요?"

"물론이오." 야콥 사라는 끙 소리를 내며 내 옆에 앉았다. 큰 체격이 아니었는데도 그가 앉자 신도석이 흔들렸다. "그래서 믿는다고 하는 거요. 안다고 하는 게 아니라."

"성직자도요?"

"성직자는 더하지." 그가 한숨을 쉬었다. "성직자는 말씀을 전할 때마다 자신의 신념과 대면해야 한다오. 스스로 확신하지 못하면 자기 목소리에서 의심과 믿음이 동시에 들리리라는 걸 알기 때문이오. 오늘 내가 하나님을 믿었을까? 진정으로, 확고하게 하나님을 믿었을까?"

"흠. 단상에 올랐는데 그다지 확고한 믿음이 들지 않으면 어떻게 하십니까?"

그는 턱을 문질렀다. "그럴 때는 기독교인으로 사는 것만으로도 좋은 일이라고 믿는 수밖에. 금욕 생활을 하고 죄를 짓지 않는 건 이 속세에서도 가치 있는 일이오. 운동선수들도 훈련에서 얻는 통증과 노력 자체에서 의미를 찾는다 들었소. 설사 우승하지 못한다고 해도 말이오. 그것과 비슷한 이치라 할 수 있지. 설사 천국이 정말로 존재하지 않는다 해도, 최소한 우리는 기독교인으로서 안정되고 훌륭한 삶을 살고 있소. 열심히 일하고, 검소함을 실천하고, 하나님과 자연이 우리에게 주는 가능성을 받아들이고, 서로를 보살피면서 말이오. 역시 성직자였던 우리 아버지께서 레스타디우스교에 대해 뭐라고 했는지 아시오? 우리의 종교를 통해 사람들이 알코올 중독에서 벗어나고, 가정이 깨지는 것을 막는 것만으로도 우리가 하는 일은 가치 있다고 하셨소. 설사 우리가 거짓을 설교하고 있다고 해도 말이오." 그는 잠시 말을 멈췄다. "하지만 늘 그런 건 아니오. 때로는 성경에 따라 사는 것이 필요 이상의 대가를 치러야 할 때가 있소. 레아의 경우처럼……. 내가 잠시 망상에 빠져 레아에게 강요한 삶처럼 말이오." 그의 목소리가 살짝 떨렸다. "그걸 깨닫는 데 오랜 시간이 걸렸소. 누구도 아버지로부터 그런 결혼을 강요당해서는 안 되는 거였소. 강제로 자신을 취하고, 그래서 미워할 수밖에 없는 남자와의 결혼을 말이오." 그는 고개를 들어 앞의 십자가를 바라봤다. "그렇소, 난 지금도 그것이 성경을 따른 옳은 일이었다고 확신하오. 하지만 때로는 구원이 너무 큰 대가를 요구할 수 있소."

"아멘."

"그리고 당신 둘, 당신과 레아……." 그는 몸을 돌려 날 봤다. "난 집회소에서 자주 봤소. 뒷줄에 앉아, 보는 사람이 아무도 없다고 생각하는 두 젊은이가 당신과 레아처럼 서로를 바라보던 눈빛을 말이오." 그는 고개를 저으며 슬픈 미소를 지었다. "물론 요즘에는 재혼에 관한 성경 말씀이 재해석의 여지가 있소. 이교도와 결혼하는 건 말할 것도 없고. 하지만 난 그런 레아의 모습은 본 적이 없소. 방금 전 크누트를 데리러 왔을 때와 같은 목소리를 들어본 적도 없고. 당신은 내 딸을 다시 아름답게 만들어줬소, 울프. 난 있는 그대로 말하는 것일 뿐이오. 그리고 내가 그 애에게 준 모든 피해가 당신으로 인해 치유되기 시작한 것 같소." 그는 크고 주름진 손을 내 무릎에 올려놓았다. "그리고 당신은 옳은 일을 하는 거요. 코순을 떠나야 해. 엘리아센 가문은 막강한 권력을 가졌소. 나보다 훨씬 더. 그들은 절대 당신과 레아가 여기 살도록 내버려두지 않을 거요."

이제야 이해가 갔다. 지난번 집회소에서 예배가 끝난 후, 그가 내게 레아를 데려갈 생각이냐고 물었던 건…… 협박이 아니었다. 간청이었다.

"게다가……." 그가 내 무릎을 토닥였다. "당신은 이미 죽었잖소. 안 그렇소, 울프? 레아에게서 앞으로 어떻게 해야 하는지 들었소. 당신은 외로움과 우울증에 시달린 나머지 오두막에 불을 지른 다음, 침대에 누워 라이플로 머리를 쏜 거요. 새카맣게 탄 시체에는 당신 이름이 적힌 인식표가 걸려 있을 거고, 나와 오베 엘리아센은 경찰에게 당신이 앞니 하나가 빠졌다는 사실을 확인해줄 거요. 난 당신의 유가족에게 연락해 당신이 평소 여기 묻히고 싶어 했다는 걸 설명할 거요. 서류를 정리하고 교구 목사와 상의한 다음, 당신의 시신을 빠르고도 효율적으로 매장할 거요. 특별히 원하는 찬송가가 있소?"

나는 몸을 돌려 그를 바라보았다. 그의 금니 하나가 어슴푸레한 빛에 반짝 빛났다.

"진실을 아는 사람은 나 혼자뿐일 거요." 그가 말했다. "난 당신이 어디로 갈지 모르고, 알고 싶지도 않소. 그래도 언젠가는 레아와 크누트를 다시 봤으면 좋겠소." 그가 자리에서 일어나자, 무릎에서 빠그닥 소리가 났다.

나도 일어나 그에게 한 손을 내밀었다. "감사합니다."

"감사는 내가 해야지. 내가 딸에게 한 짓을 조금이나마 보상할 수 있는 기회를 주었으니 말이오. 하나님과 함께 평안하기를. 잘 가시오, 그리고 그분의 천사들이 당신의 여행에 동행하기를."

나는 떠나는 그의 뒷모습을 지켜보았다. 문이 열렸다가 다시 닫히면서 차가운 공기가 혹 밀려들었다.

나는 기다렸다. 손목시계를 봤다. 레아가 예상보다 늦어지고 있다. 그녀에게 무슨 문제라도 생긴 게 아니기를 바랐다. 혹은 마음이 바뀌었거나, 혹은…….

밖에서 40마력 엔진이 털털거리는 소리가 들렸다. 폭스바겐이다. 내가 교회 문을 향해 걸어가려는데 문이 벌컥 열리며 세 사람이 들어왔다.

"그 자리에서 꼼짝 말아요!" 목소리가 외쳤다. "금방 끝날 테니까."

남자는 신도석 사이로 재빨리 들어왔다. 크누트가 그 뒤를 따라오고 있었지만 내 시선을 끈 건 레아였다. 그녀는 하얀 드레스를 입고 있었다. 저건 웨딩드레스인가?

마티스는 제단 앞에서 걸음을 멈추더니 웃기게 생긴 작은 안경을 쓰고는 패딩 점퍼 주머니에서 종이 뭉치를 꺼내 뒤적거렸다. 크누트는 펄쩍 뛰어 내 등에 매달렸다.

"등에 웬 모기냐!" 나는 그렇게 말하며 몸을 흔들었다.

"아니다, 핀마르크 주에서 온 리키시 크누트 상이다!" 크누트가 더욱 단단히 매달리며 꽥꽥거렸다.

레아는 내 옆에 와서 나와 팔짱을 꼈다.

"바로 해치우는 게 최선일 것 같았어요." 그녀가 속삭였다. "실용적이잖아요."

"실용적이네요." 내가 따라서 말했다.

"그럼 중요한 대목으로 곧장 들어갑시다." 마티스는 그렇게 말하더니 헛기침을 하고는 서류를 코앞에 들어 올렸다. "하느님과 창조주, 그리고 내게 부여된 노르웨이 사법 대리인의 권한으로, 실례되는 질문입니다만, 울프 한센은 레아 사라를 법적인 아내로 맞이하겠습니까?"

"네." 나는 크고 또렷하게 말했다. 레아가 내 손을 꽉 쥐었다.

"그대는-." 마티스는 서류를 뒤적였다. "아플 때나 건강할 때나 레아 사라를 사랑하고 존중하며 정절을 지킬 것을 맹세합니까?"

"네."

"자, 이제 레아 사라에게 묻겠습니다. 그대는-?"

"네!"

마티스가 안경 너머로 그녀를 바라보았다. "뭐가 네, 라는 거죠?"

"울프 한센을 법적인 남편으로 맞아 그를 사랑하고 존중하며 정절을 지키겠다고요. 죽음이 우릴 갈라놓을 때까지. 서두르지 않으면 곧 그렇게 될 거예요."

"물론이죠, 물론이죠." 마티스는 그렇게 말하며 다시 서류를 뒤적거렸다. "어디 보자, 어디…… 여기 있다! 서로의 손을 잡으세요. 아, 이미 잡고 있군요. 그렇다면…… 맞다! 하느님과 노르웨이 정부의 대변인인 내 앞에서 그대는 에…… 많은 것을 약속했습니다. 그리고 두 사람은 서로 상대의 손을 잡았습니다. 그러므로 두 사람을 법적인 부부로 선포합니다."

레아는 고개를 들어 날 봤다. "그만 내려와, 크누트."

크누트가 손을 풀고 등에서 내려와 내 뒤에 착지했다. 그러자 레아가 내게 서둘러 키스한 뒤, 다시 마티스에게 돌아섰다. "고마워요. 이제 서류에 사인해줄래요?"

"물론이죠." 마티스는 가슴에 대고 볼펜 꼭지를 누른 다음, 종이 한 장에 서명해 레아에게 건넸다. "이게 공식 서류니까 어딜 가든 유효해요."

"신분증을 새로 발급받을 때도 쓸 수 있을까요?" 내가 물었다.

"당신 생년월일은 여기 적혀 있어요. 이건 내 서명이고, 당신이 울프 한센이라는 건 당신 부인이 확인해줄 수 있죠. 그러니, 네, 적어도 노르웨이 대사관에서 임시 여권을 발급받을 수 있을 겁니다."

"그거면 충분해요."

"어디로 갈 겁니까?"

우리는 말없이 그를 바라봤다.

"당연히 그렇겠죠." 그가 중얼거리며 고개를 저었다. "행운을 빕니다."

　그렇게 우리는 한밤중에 신혼부부가 되어 교회에서 나왔다. 나는 결혼했다. 그리고 우리 할아버지 말이 맞다면, 처음이 늘 최악이다. 이젠 누가 잠에서 깨 우리를 보기 전에 얼른 폭스바겐을 타고 코순을 떠나야 했다. 하지만 우리는 계단에서 걸음을 멈추고 깜짝 놀라 위를 올려다봤다.

　"하얀 종이 가루! 뭔가 빠졌다 했는데." 내가 말했다.

　"눈이다!" 크누트가 외쳤다.

　크고 통통한 눈송이가 하늘에서 천천히 내려와 레아의 검은 머리카락에 앉았다. 그녀가 큰 소리로 웃었다. 우리는 계단을 뛰어내려가 차에 올라탔다.

　레아가 자동차 열쇠를 돌리자 시동이 걸렸고, 클러치를 풀자 차가 출발했다.

　"어디로 가요?" 뒷좌석에 앉은 크누트가 물었다.

　"일급비밀이야." 내가 말했다. "국경을 넘을 때 여권이 필요 없는 나라의 수도라는 것만 알려주지."

　"거기서 뭘 할 건데요?"

　"거기서 살 거야. 직장도 구하고, 재미있게 놀고."

　"뭐 하고 놀아요?"

"여러 가지. 예를 들면, 비밀 숨바꼭질 같은 거. 그건 그렇고 재미있는 얘기를 생각해냈어. 다섯 마리의 코끼리를 어떻게 하면 폭스바겐에 다 태울 수 있을까?"

"다섯 마리……." 크누트는 중얼거리더니 운전석과 조수석 사이로 몸을 내밀었다. "알려줘요!"

"앞좌석에 두 마리, 뒷좌석에 세 마리를 태우면 되지."

잠시 정적이 흘렀다. 그러더니 크누트가 다시 뒷좌석에 털썩 기대며 깔깔 웃었다.

"어때?" 내가 말했다.

"점점 나아지고 있어요, 울프 아저씨. 하지만 그건 재미있는 얘기가 아니에요."

"그래?"

"수수께끼라고요."

우리가 핀마르크 주를 벗어나기도 전에 크누트는 잠이 들었다.

스웨덴과의 국경을 지날 무렵에는 낮이 되었다. 단조로운 풍경이 천천히 바뀌며 좀 더 다양한 색깔과 경치가 첨가되었다. 산들은 여기저기 흩어진 설탕 같은 눈들로 덮여 있었다. 레아는 최근에 알게 된 노래를 흥얼거렸다.

"외스테르순드 외곽에 게스트 하우스가 있네요." 자동차 수납함에서 발견한 지도책을 뒤적거리며 내가 말했다. "괜찮아 보여요. 여기서 방 두 개를 잡으면 되겠어요."

"결혼 첫날밤." 그녀가 말했다.

"왜요?"

"그게 오늘이라고요. 안 그래요?"

난 빙그레 웃었다. "네, 그럴 겁니다. 하지만 앞으로 시간은 많아요. 서두를 필요 없다고요."

"당신이 원하는 게 뭔지 모르겠네요, 서방님." 그녀가 나직하게 말하고는 백미러로 크누트가 자고 있는지 확인했다. "하지만 레스타디우스교도들이 보내는 첫날밤에 대해 사람들이 뭐라고 하는지 알아요?"

"모르겠는데요."

그녀는 대답하지 않았다. 그저 거기 앉아 계속 차를 몰며 빨간 입술로 수수께끼 같은 미소를 지었다. 내가 뭘 원하는지 알기 때문인 것 같았다. 그날 밤 오두막에서 내게 물었지만 내가 대답하지 않은 질문의 답을 그녀는 처음부터 알고 있었던 것 같다. 내가 불이고, 그녀가 공기라는 걸 알았을 때 맨 처음 든 생각이 뭐였느냐는 질문. 크누트 말대로 우린 누구나 수수께끼의 답을 알기 때문이다.

불이 타기 위해서는 공기가 필요하다.

젠장, 그녀는 정말로 아름다웠다.

        ✳

　그래서 이 이야기를 어떻게 끝낼 거냐고?

　모르겠다. 하지만 여기서 끝내고자 한다.

　여기까지가 딱 좋기 때문이다. 아마 나중에는 좋지 않은 일도 있을 것이다. 하지만 아직은 그 사실을 모른다. 그저 지금 이 순간에는 모든 것이 완벽하고, 내가 늘 있고자 했던 곳에 있다고 생각할 뿐이다. 목적지로 가는 중이지만 이미 도착해 있었다.

　나는 준비되었다.

　또 한 번 질 준비가.

감사의 말

노르웨이인들에게도 생소한 핀마르크 주의 묘사는 부분적으로 1970년대와 1980년대 초반에 이곳을 여행하고 여기서 살았던 내 경험과 사미족 문화에 대한 다른 이들의 저술을 바탕으로 했다. 거기에는 외위빈 에겐의 저술도 포함되는데, 그는 친절하게도 레스타디우스교에 관한 자기 논문을 발췌할 수 있도록 허락해주었음을 밝힌다.